Um país se faz com tradutores e traduções

Um país se faz com tradutores e traduções
*A importância da tradução e da adaptação
na obra de Monteiro Lobato*

John Milton

martins fontes
selo martins

© 2019 Martins Editora Livraria Ltda., São Paulo,
para a presente edição.

Publisher Evandro Mendonça Martins Fontes
Coordenação editorial Vanessa Faleck
Produção editorial Carolina Cordeiro Lopes
Preparação Lucas Torrisi
Revisão Renata Sangeon
Ubiratan Bueno

Dados Internacionais de Catalogação na Publicação (CIP)
Angelica Ilacqua CRB-8/7057

Milton, John
 Um país se faz com tradutores e traduções : a importância da tradução e da adaptação na obra de Monteiro Lobato / John Milton. – São Paulo : Martins Fontes – selo Martins, 2019.
 216 p.

 ISBN: 978-85-8063-385-6

 1. Tradução e interpretação 2. Tradução e interpretação – Lobato, Monteiro, 1882-1948 3. Lobato, Monteiro, 1882-1948 – Crítica e interpretação I. Título

19-1641   CDD 418.02

Índice para catálogo sistemático:
1. Tradução e interpretaçao – Monteiro Lobato   418.02

Todos os direitos desta edição reservados à
Martins Editora Livraria Ltda.
Av. Dr. Arnaldo, 2076
01255-000 São Paulo SP Brasil
Tel.: (11) 3116 0000
info@emartinsfontes.com.br
www.emartinsfontes.com.br

Sumário

Prefácio • 7

I. As ideias de Monteiro Lobato sobre a tradução • 11
II. *Hans Staden*, crítica à colonização • 61
III. A tradução política de *Peter Pan* • 95
IV. A recontagem de Dona Benta de *Dom Quixote das crianças*: estilo "clara de ovo" • 141
V. *Fábulas* e *Histórias de Tia Nastácia* • 165
VI. Lobato fora do Brasil • 181

Referências bibliográficas • 203

Prefácio

Não sendo brasileiro, e chegando ao país somente em 1979, meu contato com a obra e as personagens do *Sítio do Picapau Amarelo* veio tarde na vida. Antes de participar da banca de doutorado de Adriana Silene Vieira, autora da tese intitulada *As traduções de Carl Jansens e de Monteiro Lobato de "Gulliver's Travels"*, em 23 de março de 2001, no Instituto de Estudos de Linguagem (IEL), Unicamp, tive muito pouco contato com Lobato. Era um nome, só. E, embora tenha passado por Taubaté em várias ocasiões por razões familiares, nunca visitei o parque do Sítio do Picapau Amarelo.

Depois escrevi artigos sobre Lobato, especialmente sobre sua tradução "política" de Peter Pan, com publicações na revista *DELTA* (2003), da PUC-SP; em *Visões e identidades brasileiras de Shakespeare* (2004), org. Marcia A. P. Martins; *Cadernos de Tradução*, n. XI, v. 1, 2003, Florianópolis; *META*, v. 49, n. 3, setembro de 2004; e em *Translation and Resistance* (2010), ed. Maria Tymoczko.

Também tentei ser um "embaixador" de Lobato em congressos nos vários cantos do Brasil e do mundo, tentando popularizar esse autor quase totalmente desconhecido fora do Brasil. Falei várias vezes sobre ele em São Paulo; Salvador; Campinas; Graz (Áustria); Assis (SP); Recife; Santos; São José do Rio Preto; Hong Kong; Málaga; Kings College, Londres; Birmingham; São Carlos (SP); Belém; Belo Horizonte, no congresso internacional do IATIS (International Association of Translation and Intercultural Studies); Montreal; Brasília; Goiânia; Zacatecas (México); Bogotá; Ghent (Bélgica); Paris; Misano Adriático (Itália); Volta Redonda (RJ); Quixadá (CE); Granada; João Pessoa; e Porto Velho.

As apresentações iniciais concentravam-se na adaptação de *Peter Pan* (1930) de Lobato e o subsequente encarceramento do escritor de abril a junho de 1941. Fiz inúmeras apresentações sobre esse tema, mas tinha de desenvolver outros temas para o público. Li *Dom Quixote das crianças* (1936), no qual Lobato usa a mesma técnica de uma recontagem por meio de sua porta-voz, Dona Benta. Depois li *As aventuras de Hans Staden* (1927), escrito com a mesma técnica. E, em 2016, pensei: "Será que isso poderia dar um livro?". A abordagem seria diferente dos vários livros já existentes sobre a obra de Lobato. Como todo meu *background* era de Estudos da Tradução, a ênfase seria nas traduções e adaptações de Lobato. Já tinha descoberto um fio muito interessante: a maneira como Lobato insere suas ideias e opiniões políticas na recontagem de Dona Benta e nas perguntas e comentários dos picapauzinhos, Pedrinho, Narizinho e Emília. Para completar o livro, descobri que Lobato usa uma técnica semelhante em *As fábulas* (1921) e nas *Histórias de Tia Nastácia* (1937). Assim, junto com um capítulo inicial a respeito de elementos biográficos sobre Lobato e suas reflexões e opiniões sobre a tradução, o livro estava quase pronto. E que tal um capítulo sobre Lobato fora do Brasil, enfatizando suas dificuldades para ser publicado nos Estados Unidos, e sua popularidade na Argentina? Agora o livro existe!

Provavelmente, a maior influência em meu trabalho no campo dos Estudos da Tradução foram André Lefevere e a Virada Cultural nos Estudos da Tradução, nas últimas décadas do século XX. Lefevere valorizava a tradução de gêneros mais baixos, histórias em quadrinhos, a tradução na mídia e a tradução de literatura de massa, e essa linha me inspirou a escrever *O Clube do Livro e a tradução* (2002) e, depois, a entrar na área da literatura infantojuvenil. Além disso, boa parte de meu trabalho mais recente tem sido na área dos Estudos da Adaptação, resultando em um grande interesse pela maneira como Lobato ajusta suas recontagens para inserir suas opiniões por meio das vozes de Dona Benta, Pedrinho, Narizinho, Emília e Visconde de Sabugosa.

Tenho de agradecer a várias pessoas pela ajuda que me deram: aos funcionários do Centro de Documentação Alexandre Eulalio (Cedae), da Unicamp; aos da Biblioteca Mindlin, na USP; aos da Biblioteca Monteiro Lobato, em São Paulo, especialmente a Antonio Carlos D'Angelo.

Tenho de agradecer, também, a várias pessoas por sua ajuda para conseguir informações sobre as traduções de Lobato em vários países: Marina Darmaros, União Soviética; Magdalena Nowinska, Polônia; e Ya-chun Liu, China. E a Solange Peixe Pinheiro de Carvalho, por sua minuciosa correção e revisão.

Agradeço a Adriana Silene Vieira e sua orientadora, Marisa Lajolo, por ter me convidado a participar de sua banca de doutorado em 2001; agradeço a Flávio Barros, hoje doutor em Literatura Francesa pela USP, por ter feito um dos comentários mais agudos sobre a obra de Lobato na disciplina de pós-graduação em Historiografia na Tradução, em 2012, quando disse que Dona Benta era "uma típica professora universitária aposentada". Usei essa imagem em muitas palestras subsequentes. Também gostaria de agradecer a Ana Júlia Perrotti-Garcia pelo exemplar de *A literatura infantil de Monteiro Lobato ou comunismo para crianças*, que ela me deu.

Espero que este estudo abra caminho para outras pesquisas na área, como analisar as próprias traduções que não envolvem os comentários dos picapauzinhos; averiguar se Lobato só assinava várias das traduções que levam seu nome – tal trabalho deve ser possível por meio de uma análise forênsica; e fazer uma comparação de como os vários ilustradores da obra de Lobato conseguem "traduzir" suas narrativas e ideias em suas ilustrações. E há trabalhos fascinantes para serem feitos sobre as adaptações da obra de Lobato publicadas na União Soviética e na China. Junto com Marina Darmaros publiquei "Emília, a cidadã-modelo soviética: como a obra infantil de Monteiro Lobato foi traduzida na URSS", mostrando de que maneira a tradução da obra de Lobato tem de se conformar à sociedade soviética, e Emília ganha bons modos!

São Paulo, agosto de 2019.

Capítulo I
As ideias de Monteiro Lobato sobre a tradução

Crescimento e sucesso

Após o período de 1914 a 1917, quando escreveu muitos artigos, incluindo traduções, para *O Estado de S. Paulo* e a *Revista do Brasil*, Monteiro Lobato vendeu a fazenda de dois mil alqueires que herdara de seu avô, o Visconde de Tremembé, em 1917. No ano seguinte, comprou a *Revista do Brasil* por dez contos e, em 1919, abriu sua editora, a Monteiro Lobato & Cia., junto com Octalles Marcondes Ferreira; com essas duas aquisições, Lobato se transformou no maior empresário cultural do Brasil (Camargos; Sacchetta, 2002, p. 209). No período de 1918 até 1925, a *Revista do Brasil* publicou ensaios críticos sobre a situação do país escritos por alguns dos intelectuais mais conhecidos, como Rui Barbosa, Roquete Pinto, Olavo Bilac, Lima Barreto e Assis Chateaubriand. Lobato & Cia. era uma editora muito bem-sucedida, publicando quase metade dos livros editados no Brasil, com obras em várias áreas: filologia, sociologia, ensaios de autores importantes, como Graça Viana e Gilberto Amado, e livros técnicos nas áreas de Medicina, Veterinária, Contabilidade, Gastronomia, Educação, Física, Engenharia, História, Política e Viagens. Na área de poesia, publicou Alphonsus de Guimaraens, Vicente de Carvalho, Rosalina Coelho Lisboa e vários modernistas, como Oswald de Andrade, Menotti del Picchia, Graça Aranha, Guilherme de Almeida, Oliveira Viana, Emiliano di Cavalcanti, Ronald de Carvalho e Sérgio Milliet (Cavalheiro, 1955, p. 82, 88; Landers, 1982, p. 106). Porém, Lobato antagonizou os modernistas com sua crítica famosa a Anita Malfatti, publicada no jornal *O Estado de S. Paulo* em 20 de dezembro de 1917, com o título "A propósito da exposição Malfatti":

> [...] seduzida pelas teorias do que se chama arte moderna, penetrou nos domínios dum impressionismo discutibilíssimo e põe todo o seu talento ao serviço duma nova espécie de caricatura. Sejamos sinceros: futurismo, cubismo, impressionismo e "tutti quanti" não passam de outros ramos de arte caricatural. (apud Azevedo et al., 1997, p. 169-85; Cavalheiro, 1955, p. 244; Yunes, 1983, p. 52)

Lobato tinha uma atitude comercial em relação à publicação de livros, introduzindo anúncios pagos na *Revista do Brasil*; as capas coloridas de Lobato & Cia. contrastavam com as apagadas capas amarelas seguindo a tradição francesa de outras editoras, e a editora também abandonou o formato francês (12 cm × 19 cm), introduzindo seu próprio formato (16,5 cm × 12 cm); experimentava com novos tipos e expandiu o número de pontos de venda para seus livros. Os resultados foram positivos: o custo dos livros era mais barato ao consumidor, e, em 1920, Monteiro Lobato & Cia. conseguiu vender 56 mil exemplares (Hallewell, 1985, p. 252; Passiani, 2003, p. 203). Lobato considerava livros como objetos que tinham de ser vendidos como outros itens comerciais: "[...] exatamente o negócio do que faz vassouras, e vende-as, do que faz chouriços e vende-os" (apud Koshiyama, 2006, p. 79; Lobato, 1944, p. 403); e "[...] livro não é gênero de primeira necessidade... é sobremesa: tem que ser posto embaixo do nariz do freguês, para provocar-lhe a gulodice" (Leonel Vaz de Barros, p. 1957, p. 76, apud Koshiyama, 2006, p. 73). De quarenta pontos de venda, que era o número total de livrarias quando começou sua editora, em 1918, passou a ter duzentos distribuidores em todo o Brasil para os livros de sua editora, em 1919, de acordo com o que escreveu a Lima Barreto (Koshiyama, 2006, p. 19); e conseguiu aumentar o número de pontos de venda a quase dois mil, incluindo farmácias e quiosques de jornal (Hallewell, 1985, p. 245). De fato, somente tinha receio de vender livros em açougues! Também, Monteiro Lobato & Cia. pagava bem a seus autores, muitas vezes adiantado.

Seus livros sobre os problemas do Brasil, como *Problema vital* (1918), *Ideias de Jeca Tatu* (1919), e os de contos, *Urupês* (1918), *Cidades mortas* (1919) e *Negrinha* (1920), tiveram enorme sucesso comercial, e Lobato era o mais bem-sucedido escritor brasileiro desse período. Entre 1918 e 1923, *Urupês* teve nove edições; *Cidades mortas* e *Ideias de Jeca Tatu*, quatro; e *Onda verde*, duas. Seu primeiro livro infantil, *A menina do narizinho arrebitado*, teve a enorme tiragem de 50.500 exemplares, com a distribuição de cinquenta mil exemplares nas escolas do estado de São Paulo. De acordo com Edgard Cavalheiro, biógrafo de Lobato, até o fim de 1922, a tiragem de seus livros foi de 109.500 (Lobato, 1944, p. 437; Landers, 1982, p. 30), e, no fim de 1925, 250 mil livros seus estavam circulando no Brasil (Cavalheiro, 1955, p. 331).

Seu sucesso comercial continuaria durante a vida inteira. Em 1937, *O escândalo do petróleo* chegou a sua quinta edição dois anos depois de ser publicado; *Urupês* chegou a sua 11ª edição; *Fábulas*, à sétima; *História do mundo para crianças* e *O Saci*, à sexta edição. Até 1935, a Companhia Editora Nacional e a Brasiliense lançaram por volta de 1.520.000 exemplares de seus livros (Miceli, 1979, p. 17-8).

Enio Passiani categoriza Lobato como pré-modernista, com suas preocupações sobre a posição do Brasil e sua crítica à falta do desenvolvimento do interior, vista na preguiça e doenças do Jeca Tatu, embora seu estilo tivesse mais a ver com o realismo francês do fim do século XX. Passiani e Vasda

Bonafini Landers, a qual o vê como precursor dos modernistas, consideram Lobato a força dominante na literatura brasileira entre 1918 e 1925, apesar de sua posição ambígua em relação aos modernistas. Lobato era um autor inovador, e a marca de Lobato & Cia. era a mais cobiçada entre autores brasileiros querendo publicar seus livros. Numa carta de 10 de agosto de 1946 enviada de Buenos Aires a Edgard Cavalheiro, escreve: "Parece incrível, mas a vida literária do Brasil, de 15 a 25, girou em redor de mim e da minha editora. Não havia quem não me procurasse, e eu ia lançando nomes e mais nomes novos, depois de haver aberto o país inteiro à entrada de livros" (apud Landers, 1982, p. 31; Lobato, 1972, p. 233).

Crash

Conforme Enio Passiani (2003, p. 237-9), a partir de 1925, a importância de Lobato dentro do sistema literário brasileiro começou a cair. Lobato passou a dedicar muito mais tempo ao comércio, como admite em uma carta a Godofredo Rangel: "A minha obra literária, Rangel, está vez mais prejudicada pelo comércio" (carta de 30 de maio de 1921, em Lobato, 1944, p. 418).

Para ajudar a expandir Monteiro Lobato & Cia., em maio de 1924, Lobato constituiu a sociedade anônima que incluía, entre seus acionistas, algumas das figuras mais importantes da classe dirigente paulistana, como José Carlos de Macedo Soares, Martinho Prado, Paulo Prado, Alceu de Amoroso Lima e Goffredo da Silva Telles. A Companhia Gráfico-Editora Monteiro Lobato tinha o mais moderno parque gráfico da época, com mais de duzentos operários; porém, menos de dois meses após sua fundação, começou a ter problemas devido à Revolução dos Tenentes em São Paulo, deflagrada em 5 de julho de 1924 contra o poder centralizado do presidente Artur Bernardes, com a subsequente ocupação da cidade de São Paulo pelas forças legalistas, a morte de 270 civis e a paralisação comercial da cidade no segundo semestre de 1924. Macedo Soares, amigo de Lobato e presidente da Associação Comercial de São Paulo, como Lobato e vários dos membros do grupo idealizador da *Revista do Brasil*, apoiava a Liga Nacionalista, fundada em São Paulo em 1917. Macedo Soares acabou sendo preso durante dois meses e, depois, partiu para o exílio na Europa (Camargos; Sacchetta, 2002, p. 210-2; Azevedo et al., 1997, p. 152-4).

Além disso, a empresa endividou-se com a importação de equipamentos gráficos dos Estados Unidos, sem a contrapartida da captação financeira. Lobato também era visto como opositor ao governo por causa da amizade com Macedo Soares. E, *last but not least*, a crítica ao voto aberto na sua carta a Artur Bernardes em 9 de agosto, aniversário deste, a qual formou a base de seu panfleto *O voto secreto* (1925), foi vista como um desafio ao presidente. A represália do governo foi cortar as compras de livros escolares de Monteiro Lobato & Cia. Também houve crise no fornecimento de energia, resultado da seca prolongada no começo dos anos 1920, com a consequência de que as indústrias só podiam trabalhar dois dias por semana em junho de 1925 (cartas a Rangel de 10 de junho, 10 de julho e 7 de agosto de 1925, em Lobato, 1944, p. 454-6); e não havia água suficiente para o resfriamento do equipamento gráfico (Debus, 2004, p. 46). E, ainda, a recessão econômica brasileira, com taxa de crescimento de 1,4% em 1924 e 0% em 1925, trouxe uma desvalorização do mil-réis, que aumentou o custo da maquinaria importada. O resultado foi que, em 7 de agosto de 1925, Lobato requereu falência, e, impossibilitado de pagar suas dívidas, todos os seus bens pessoais foram a leilão, e ele vendeu a *Revista do Brasil* para Assis Chateaubriand (Passiani, 2003, p. 224-5; Camargos; Sacchetta, 2002, p. 217-9).

Para Lobato, como editor, isso foi uma interrupção temporária, e ele logo estabeleceu a Companhia Editora Nacional, sob o controle de seu amigo e parceiro Octalles Ferreira, que continuou boa parte do trabalho de Monteiro Lobato & Cia. A nova empresa, no entanto, era somente uma editora, e não fazia serviços de gráfica. Porém, houve dano para o *status* de Lobato. Primeiro, a marca de Monteiro Lobato & Cia. não existia mais, sendo Lobato somente sócio da nova editora. Seu nome como marca, sua grife, perdeu-se (Passiani, 2003, p. 227). Segundo, a perda financeira de Lobato foi grande. E, terceiro, seu próximo lançamento, *O choque das raças ou o presidente negro* (1926), originalmente publicado em vinte partes entre 5 de setembro e 1º de outubro de 1926 no jornal carioca *A Manhã*, foi um fracasso comercial e crítico. Lobato afastou-se de seu domínio de sucesso, o realismo provinciano, e lançou-se na ficção científica, pensando que *O presidente negro* pudesse lançá-lo como escritor internacional, como seria visto mais adiante. Assim, Lobato perdeu sua posição como o ator mais importante no sistema literário brasileiro, posição que nunca mais recuperaria, a qual foi tomada pelos escritores modernistas. Lobato foi relegado a um "pré--modernista" provinciano.

Em 13 de maio de 1926, Mário de Andrade publica no jornal carioca *A Manhã* uma sarcástica necrologia de Lobato, falsamente anunciando "o falecimento de Monteiro Lobato" (Passiani, 2003, p. 31-2). De fato, parece que Lobato nunca se interessou pelos preceitos do modernismo. Nas palavras de Guilhermino Cesar (1983, p. 36): "Monteiro Lobato era um alabatiano; não conhecia as novas teorias literárias e renegava o que de novo a Estética nos mostrava da Europa. Continuava lendo tranquilamente, em 22, o seu Camilo Castelo Branco, sem olhar para os lados [...]". Cesar retrata Lobato como um seguidor dos preceitos de como escrever bem do crítico literário francês Antoine Alabat (1856-1935) (Marcos Junior, 2013) e um escritor amarrado ao provincialismo realista de Camilo Castelo Branco, uma de suas grandes influências enquanto contista (Martins, 2013), para escapar das histórias sobre bigamias parisienses, mas prejudicando, em contrapartida, seu estilo, conforme Edgard Cavalheiro (1955, p. 557). Lobato não se interessava em ler e estudar as novas correntes artísticas e literárias; como veremos, durante sua estadia nos Estados Unidos e após sua volta ao Brasil, nunca se interessaria pelas correntes do modernismo em nenhuma das artes.

De junho de 1926 a junho de 1930, Lobato foi adido comercial do governo brasileiro em Nova York. Essa pode ter sido uma maneira de o governo Washington Luiz se livrar de Lobato após suas críticas à Marinha brasileira num artigo de 1925, "A cegueira naval" (Lobato, 1948a, p. 155-60), no qual critica o atraso, o mau aparelhamento e a falta de visão da Marinha Brasileira. Para ele, as maiores marinhas do mundo estão se preparando para o futuro com aviões que vão varrer os mares, e até a Argentina é muito mais bem preparada do que o Brasil, o "gigante bobo", dirigindo-se "[...] ainda pelo tacto, a caminhar apalpando, como Noé na sua arca" (Lobato, 1948, p. 160). Conforme Cassiano Nunes (2000, p. 16-7), seu amigo Alarico Silveira, secretário do Interior no governo de Washington Luís, "[...] receando alguma represália, pediu ao presidente Washington Luís que o mandasse para o exterior", e Cavalheiro (1955, p. 356) escreve que outra razão era para ele se convencer de que "[o] Brasil não era tão ruim como ele dizia". Assim, em 25 de maio de 1927, Lobato partiu com a família para Nova York.

Durante sua estadia em Nova York, Lobato afinou suas ideias sobre a necessidade de o Brasil desenvolver suas indústrias de ferro e petróleo, que dominariam sua vida pública na década de 1930. Afastando-se da literatura, Lobato não se desenvolveu enquanto autor, e, já em 18 de setembro de 1927, em uma de suas primeiras cartas dos Estados Unidos, menciona o projeto de fabricar ferro no Brasil e sua aproximação com William Smith, o chefe da seção de metalurgia da Ford em Detroit (carta a Lino Moreira, em Lobato, 1972, p. 81).

Antes da viagem, Lobato estava cheio de seu típico entusiasmo, e pretendia fundar a Tupy Publishing Co., que publicaria *O choque das raças ou o presidente negro*, com o subtítulo *Romance americano do ano 2228*. Se Tarzan conseguia vender milhões, poderia ele ter o mesmo sucesso? Como sempre, Lobato foi otimista: teria grande sucesso escrevendo para os norte-americanos bastante infantilizados (carta a Rangel de 8 de julho de 1926, Lobato, 1944, p. 467-8) e sonhava que se tornaria um grande editor milionário de Nova York. A Tupy Publishing Co. cresceria mais do que a Ford, fazendo milionários tanto os editores quanto os editados. Lobato devaneava em seu sonho americano:

> O cargo assegura-me subsistência e deixa-me liberdade de ação. Espero em dois anos dispensá-lo e ficar apenas o chefe da *Tupy Co*. Que sonho lindo! Que maravilha! Morar e ter negócio na maior cidade do mundo, onde os homens se encenam com o fedor da gasolina de 800 mil automóveis! América, a terra de Henry Ford, o Jesus Cristo da Indústria! (carta a Rangel de 23 de março de 1927, Lobato, 1944, p. 473)

No entanto, Lobato avaliou mal o mercado norte-americano. Perto do fim de 1927, recebeu a resposta de William David Ball, editor-chefe da agência literária Palmer, com sede em Hollywood:

> *Unfortunately, however, the central plot is based on a particularly difficult issue to address in this country, because it will certainly result in the bitterest kind of sectarianism and, for this reason, publishers are invariably averse to the idea of presenting it to the reading public [...] not even the fact of being located 300 years in the future would mitigate it in the minds of black readers.*
> *Were you dealing with the invasion of a foreign nation, or foreign race, the reaction would be different, but negroes are American citizens, an integral part of national life, and suggesting their extermination through the wisdom and ability of the*

white race would lead to such a violent division in the minds of readers as would a conflict between two political parties, or two religions, in which one exterminates the other*. (Azevedo et al., p. 220)

Apesar de suas qualidades criativas, o romance foi recusado por pelo menos cinco editoras. Lobato se via como um novo H. G. Wells, mas os temas centrais (a segregação completa entre brancos e negros, a tentativa dos brancos de esterilizarem os negros e a influência da eugenia, sugerindo que os brancos fossem superiores aos negros) eram sensíveis demais para qualquer editora norte-americana se arriscar. "Falhou a Tupy Publishing Co. Acham-no ofensivo à dignidade americana [...] Errei vindo cá tão tarde. Devia ter vindo no tempo em que linchavam os negros" (carta a Rangel de 5 de setembro de 1927, Lobato, 1944, p. 475-7).

No entanto, Lobato não se desesperou. Os originais estavam com o tradutor, Issac Goldberg, e talvez um arranjo pudesse ser feito com uma editora menos conservadora: "e um editor judeu acaba de se interessar", mas exigia mais "matéria de exasperação". Lobato concorda e pretende "enxertar um capítulo no qual conte a guerra donde [sic] resultou a conquista do México pelos Estados Unidos e toda essa infecção *spanish* [sic] da América Latina". O editor judeu pensa que com certeza o livro seria proibido, mas sem dúvida isso seria

---

* Infelizmente, porém, o enredo central é baseado em um assunto particularmente difícil de se abordar neste país, porque ele irá, certamente, resultar no tipo mais amargo de sectarismo, e, por esta razão, os editores são invariavelmente avessos à ideia de apresentá-lo ao público leitor [...] nem mesmo o fato de o ocorrido estar localizado trezentos anos no futuro iria amenizá-lo na cabeça dos leitores negros. Estivesse o senhor lidando com a invasão de uma nação estrangeira, ou raça estrangeira, a reação seria bem diferente; mas os negros são cidadãos americanos, uma parte integrante da vida nacional, e sugerir seu extermínio por meio da sabedoria e da capacidade da raça branca levaria a uma dissensão tão violenta no espírito dos leitores quanto um conflito entre dois partidos políticos, ou duas religiões, em que um exterminaria o outro.

uma vantagem. Com o otimismo de sempre, Lobato achava que isso ajudaria a conseguir a publicação na Inglaterra, e o livro seria importado ilegalmente junto com *whisky* – temos de lembrar que o escritor vivia nos Estados Unidos na época da Lei Seca, em vigor de 1920 a 1933: "Um livro aqui sai na Inglaterra e entra *boothegued* [sic] [*bootlegged*] com o *whisky* e outras implicâncias dos puritanos" (carta a Gastão Cruls de 10 de dezembro de 1927, Lobato, 1972, p. 86-7). E esse lucro de *bootlegging* de *O presidente negro*, a importação ilegal do livro, seria a verba com a qual ele finalmente conseguiria estabelecer a Tupy Publishing Co.

O presidente negro nunca foi publicado nem nos Estados Unidos nem na Inglaterra, mas o foi na França, com tradução de Jean Duriau, de setembro de 1928 a fevereiro de 1929, na *Revue de l'Amérique Latine*, e na Argentina em 1928, pela Editora Claridad, com tradução de Benjamin de Garay, e em italiano em 2008.

Em Nova York, Lobato não se entrosou em nenhum círculo literário norte-americano. Ele era adido comercial, e não cultural, de maneira que contatos literários não eram parte de seu dia a dia. O ferro e depois o petróleo, e não a literatura, eram agora seus interesses centrais. E mal falava inglês, apesar de ter aulas diárias de quatro horas com *miss* Glaynor (Lobato, 1972, p. 107). Admirava tudo que via nos Estados Unidos e pensava em permanecer ali, mas a língua era a grande barreira, que ele não conseguiu superar, para se integrar à sociedade norte-americana. Numa carta de 10 de abril de 1928 a Alarico Silveira, ele demonstra seu isolamento e sua solidão: "Como é triste a solidão mental! Nunca o verifiquei tão claro como agora – por contraste. Isolado da gente pela terrível barreira da língua, e sem espíritos afins na colônia [sic] que é pobre e chinfrim, resolvi, como remédio, atirar-me aos livros" (Lobato, 1972, p. 90-1). E a qualidade de seu inglês escrito pode ser vista numa carta a Gastão Cruls de 10 de dezembro de 1927: "Minha luta está sendo a língua. It is terrible the english [sic], ou melhor, um pobre cérebro como o meu, aquilatado durante quarenta anos dessa infecção linguística que chamamos língua portuguesa" (Lobato, 1972, p. 87). Perto do fim de sua estadia, parece que conseguia alguma fluência. Ele conseguia conversar com os metalúrgicos de Detroit em inglês: "já falo meu inglês, levado da breca, mas suficiente para debater tão altas questões. Aprendi a adivinhar por um terço o que Mr. Smith diz e ele aprendeu a entender 3/4 do meu inglês – veja os milagres da simpatia..." (carta a Alarico, 3 de maio de 1928, em Lobato, 1972, p. 99). Escreveu para Alarico em 8 de agosto de 1929: "Já estou falando inglês, finalmente. Como custa! Quando você esteve aqui, eu andava lá por dentro convencido de que nunca chegaria a manejar decentemente essa língua. Mas ela vai se desenvolvendo em meu cérebro como uma semente na terra. Venci e sinto-me feliz" (Lobato, 1972, p. 121).

Parece que Lobato tinha pouco contato com a literatura norte-americana. Não lia e não frequentava lançamentos ou saraus dos renomados autores norte-americanos dos *Roaring Twenties*. Em suas cartas, menciona ler *The American Language*, de H. L. Mencken (carta a Gastão Cruls em 10 de dezembro de 1927, em Lobato, 1972, p. 87), mas não há menção a lançamentos ou leituras dos livros de Hemingway, Scott Fitzgerald, Theodore Dreiser, Willa Cather, John dos Passos, Thornton Wilder, William Faulkner e Sinclair Lewis, todos ativos e publicando entre 1927 e 1931. E, sempre avesso à poesia, jamais teria contato com os poetas modernistas norte-americanos: T. S. Eliot, Ezra Pound e Gertrude Stein. Parece que ele tampouco tinha familiaridade com *Oil!*, de Upton Sinclair, que tem grandes paralelos com seu próprio interesse na prospecção de petróleo no Brasil. Em *Oil!*, Upton Sinclair detalha o desenvolvimento da indústria de petróleo no sul da Califórnia, tratando de temas como o suborno de funcionários do governo, a guerra de classes e a rivalidade entre vários países sobre a produção de petróleo. Sim, traduziu o livro de

Henry Ford, *Henry Ford, hoje e amanhã* (1926), e escreveu *America* (1931), sobre sua experiência de vida norte-americana, mas esse livro tinha poucas referências à literatura contemporânea dos Estados Unidos. Mr. Slang, o inglês que aparece em *Mr. Slang e o Brasil* (1927), explicando ao autor muitos dos problemas no Brasil, agora vive nos Estados Unidos e explica a Lobato algumas das características desse país: a grande popularidade de cachorros, o aproveitamento de recursos naturais como ferro e petróleo, a ubiquidade do rádio e do cinema, a riqueza das universidades, a independência e a dominação das mulheres, a proliferação dos arranha-céus, o "*racketeering*", a enorme riqueza, a magnificência das bibliotecas – e é de *América* que temos um dos lemas mais conhecidos de Lobato: "Um país se faz com homens e livros" (Lobato, 1950, p. 46), a base do título deste livro, que ele escreve inspirado pela Biblioteca do Congresso. Sempre há o contraste entre a vitalidade, a organização e a riqueza dos Estados Unidos com a modorra, a pobreza e a falta de desenvolvimento do Brasil. Parece que os interesses de Lobato se dirigiam mais à sociedade norte-americana do que à literatura, e somente no Capítulo XVII, sobre a censura em Hollywood, dominada pelos "Women's Clubs", ele comenta sobre a censura da obra de Theodore Dreiser, *An American Tragedy*, e que uma peça como *Strange Interlude*, de Eugene O'Neil [sic], jamais entraria no cinema por causa da moralidade forte (Lobato, 1950, p. 139-40). No Capítulo XXXII, menciona a experiência de *Walden Pond*, de Thoreau, que Mr. Slang (Lobato?) leu (1950, p. 258), e sua necessidade de escapar da correria da sociedade moderna, que, oitenta anos depois, é cada vez mais violenta, mas Lobato não faz nenhum tipo de apreciação literária da obra de Thoreau. Parece que Lobato não lia, não tinha interesse ou tempo para ler, ou não conseguia ler a literatura norte-americana contemporânea.

Seus interesses eram outros. A experiência mais gratificante foi sua visita a Detroit para visitar as fábricas Ford e

General Motors, para ver como os Estados Unidos aproveitavam sua riqueza mineral na produção de automóveis. Escreveu que Detroit "bestificou-me. Aprendemos em uma semana ali, eu e Bulcão, mil vezes mais do que aprendemos em toda a nossa vida" (carta a Alarico, 3 de maio de 1928, em Lobato, 1972, p. 96). E sua vida tomava outro rumo: "Meu plano agora é um só: dar ferro e petróleo ao Brasil" (carta a Rangel de 17 de agosto de 1927, em Lobato, 1944, p. 474-5).

E, na terra da fartura e da riqueza generalizada, Lobato pensou que poderia ganhar sua fortuna: "Vou ganhar tanto dólar nesta terra que até..." (carta a Heitor, 26 de outubro de 1927, em Lobato, 1972, p. 84), mas, apesar de ter casa fornecida pelo governo brasileiro, seu salário, de 700 dólares por mês, não era alto. Reclamava da falta de verba para locomoção (carta a Alarico, 3 de maio de 1928, em Lobato, 1972, p. 100), de ter de sustentar mulher e quatro filhos, de gastar dinheiro no casamento da filha Marta (carta a Heitor, 12 de março de 1929, em Lobato, 1972, p. 115) e da doença de seu filho Edgar, que morreria de tuberculose em 13 de fevereiro de 1943, trazendo contas médicas para pagar. E, para piorar sua situação financeira, Lobato perdeu pesadamente no *crash* da bolsa norte-americana de 1929: "Entrei no Stock Exchange com todos os recursos que pude reunir, certo de fazer fortuna. Errei o bote. Em vez de ganhar, já perdi metade do meu capital e estou ameaçado de perder o resto e ainda devendo alguma coisa" (carta a Teca, 9 de novembro de 1929, em Lobato, 1972, p. 113). De fato, parece que ele investiu e perdeu dinheiro que era da Companhia Editora Nacional e teve de ceder a propriedade de seus livros à editora para pagar sua dívida (Pires Ferreira, 1992, p. 42-3). Assim, Lobato começou a passar muito tempo traduzindo, o que, junto com seus *royalties*, seria sua principal fonte de renda para o resto de sua vida. Numa carta a Godofredo Rangel, gaba-se de ter conseguido completar a tradução de *Robinson Crusoé*, de 183 páginas, em cinco dias, "inclusive um domingo cheio de visitas e partidas de xadrez com o Bemzinho [imigrante alemão com quem costumava jogar xadrez aos domingos]" (Lobato, 1944, p. 49).

Além das traduções e de *Mr. Slang e o Brasil* (1927), em Nova York escreveu *Aventuras do príncipe* (1928), *O Gato Félix* (1928), *A cara de coruja* (1928), *O circo de escavalinho* (1929) e *A pena de papagaio* (1930). As obras infantis que datam dessa época foram publicadas no Brasil e reunidas num único volume, intitulado *Reinações de Narizinho* (1931).

Divisor de águas

Há períodos-chave na vida de todos nós. Podemos dar o exemplo de dois autores famosos. Para Anton Tchekóv, os momentos decisivos de sua vida foram uma viagem em 1887 à Ucrânia, quando viu a beleza da estepe e escreveu a novela homônima. No outono do mesmo ano, recebeu uma comissão para escrever uma peça de teatro; o resultado seria *Ivanov*, escrita em quinze dias, a qual lançou sua carreira como dramaturgo.

O curso da vida de Oscar Wilde foi mudado por sua condenação por sodomia em 25 de maio de 1895. Se tivesse seguido as recomendações de amigos e ido a Paris, não teria sido sentenciado e passado dois anos na cadeia de Reading.

A estadia de quatro anos de Lobato nos Estados Unidos foi o divisor de águas em sua carreira. Foi para Nova York como um dos mais conhecidos escritores brasileiros, embora, pouco antes de seu embarque, Mário de Andrade tivesse escrito o obituário já mencionado. Lá, Lobato não teve contato com autores norte-americanos, não se interessou pelo mundo literário e dedicou sua vida e escritos à luta para convencer o governo brasileiro que deveria investir em desenvolver uma indústria siderúrgica. Além disso, perdeu muito dinheiro no *crash* de 1929 e teve de vender suas ações na Companhia Editora Nacional para Octalles Ferreira. Ao voltar ao Brasil em 1930, Lobato sobreviveu de *royalties* e traduções. Não era mais uma figura central da literatura brasileira, tanto como editor quanto como autor.

Em termos bourdesianos, Lobato perdeu vários tipos de capital: o financeiro, com a falência de Monteiro Lobato & Cia. em 1925 e o *crash* da Bolsa em 1929; o social, ao deixar de ser o dono da mais importante editora do Brasil; e o cultural, por não ser um dos escritores mais reconhecidos e o editor de maior renome do país. Porém, se enxergarmos a tradução como central à cultura e como atividade fundamental no desenvolvimento de uma literatura, podemos pensar em Lobato noutros termos, como figura primordial no desenvolvimento da tradução literária no Brasil, reconfigurando-a e abrindo-a para não depender de importações da França, como veremos nas próximas seções. E Lobato pode ser considerado um inovador ao introduzir uma forma de tradução nas suas adaptações de *Peter Pan* e *Hans Staden*: a tradução infantojuvenil politizada, como veremos nos seguintes capítulos.

"A tradução é a minha pinga"

De volta ao Brasil em 1930, Lobato continuou traduzindo, mas a maior parte de sua energia na vida pública na década de 1930 foi dedicada à prospecção de petróleo e à tentativa de convencer o governo Vargas de que o Brasil deveria aproveitar seus próprios recursos de petróleo e de ferro. O resto de sua fortuna foi-se nessas tentativas, que acabaram com o decreto do Estado Novo no fim de 1938, e Lobato tornou-se completamente dependente das traduções e dos *royalties* de seus livros. E, até 1945, com a *História da civilização*, de Will Durant, a maior parte de sua renda veio das traduções.

Diferentemente de muitos de seus contemporâneos, Lobato nunca procurou a sinecura de um emprego público, que lhe permitiria viver sem preocupações financeiras. De fato, em 1931, quando voltou dos Estados Unidos, Vargas lhe ofereceu posição no governo. E, em 1934, provavelmente com a ideia de que seria muito melhor tê-lo como aliado do que como inimigo, Vargas o convidou a "estudar a hipótese de dirigir os serviços de um 'Ministério' ou de um 'Departamento de Propaganda', a ser criado em seu governo" (Cavalheiro, 1955, p. 484). Em julho de 1940, a oferta foi renovada (Cavalheiro, 1955, p. 468). Lobato recusou todas as três propostas.

No mundo beletrista brasileiro nas décadas de 1920 e 1930, a profissão do tradutor de livros tinha pouco prestígio. Era labuta, quase trabalho braçal, pouco apropriado para o *homme de lettres*. De fato, conforme Edgard Cavalheiro, Lobato foi o primeiro escritor brasileiro a superar esse preconceito:

> Foi Monteiro Lobato, acentua Galeão Coutinho, o primeiro escritor brasileiro que não se sentiu envergonhado de ser homem de negócios, de tratar os interesses materiais cotidianos, esquecer mesmo a sua condição de escritor, rompendo com a tradição que situava o homem de letras entre os candidatos a uma sinecura do Estado. (1955, p. 529)

Cassiano Nunes, em *O sonho brasileiro de Lobato* (1979, p. 10), coloca Lobato como um escritor não "literato", isto é, pensador, avesso à ação, praticante de um gênero pouco conhecido no Brasil, o ensaio, juntando o "homem do pensamento" com o "homem da ação". De fato, Cavalheiro (1955, p. 528) comenta as aventuras comerciais, além de editoras e empresas de prospecção de petróleo de que Lobato participou: uma casa lotérica em São Paulo, um restaurante em Nova York, a aquisição de jazidas minerais no Paraná, a construção de um torrador de café, um estudo para a fabricação de pneumáticos, de câmaras de ar, de banana em pó e o aproveitamento industrial de mel de abelhas.

Sérgio Miceli enfatiza a maneira pela qual o governo de Vargas cooptou muitos intelectuais e escritores, entre eles Mário de Andrade, Alceu Amoroso Lima, Carlos Drummond de Andrade, Abgar Renault, Heitor Villa-Lobos, Emiliano di Cavalcanti, Manuel Bandeira e Cândido Portinari (Miceli, 1979; Schwartsman et al., 1984). Esses artistas tinham acesso a projetos governamentais, às principais editoras particulares, como a José Olympio, "e às principais sinecuras do campo intelectual", com as autoridades públicas convertendo se "na instância suprema de validação e reconhecimento da produção intelectual" (Miceli, 1979, p. 160). De um total de trinta candidatos eleitos à Academia Brasileira de Letras entre 1930 e 1945, setenta por cento pertenciam aos altos escalões da burocracia governamental (Miceli, 1979, p. 160). Lobato havia tentado duas vezes entrar na Academia, em 1921 e 1926, sem sucesso.

A primeira referência de Lobato à tradução se encontra em uma carta a Rangel de 1904: "Ando com ideia de traduzir *O príncipe* de Maquiavel. Nossos tempos são corruptos, sem estilo e sem filosofia. Com o Maquiavel bem difundido, teríamos um tratado de xadrez para uso destes reles amadores" (20 de janeiro de 1904, Lobato, 1944, p. 30; Azevedo et al., 1997, p. 88). Lobato havia começado a traduzir desde seu tempo como promotor público em Areias, de 1905 a 1909, quando, para aliviar a monotonia da vida no interior, ditava suas traduções de artigos da revista norte-americana *The Weekly Times* a sua mulher, Purezinha, e as mandava para o *Estado de S. Paulo*, rendendo-lhe, em dezembro de 1908, 80 mil-réis (Debus, 2004, p. 44, carta a Rangel, 10 de dezembro de 1908; Lobato, 1944, p. 147-8; Azevedo et al., 1997, p. 91). Mas isso foi na época em que Lobato pertencia à oligarquia paulista, com dinheiro suficiente para comprar a *Revista do Brasil*. Após os vários fracassos financeiros, a bancarrota de Monteiro Lobato & Cia. em 1925, o *crash* de Wall Street de 1929 e os investimentos fracassados nas campanhas de ferro e petróleo na década de 1930, Lobato teve de tornar-se tradutor *ganha-pão*.

De fato, parece que Lobato não seguia as convenções do *habitus* bourdieusiano do intelectual brasileiro das décadas de 1920 e 1930, que dependia de emprego público, estadual ou federal, e que, aparentemente, não se preocupava tanto em ser um *cadre* em um sistema ditatorial. Ao mesmo tempo, desprezava o comércio e o trabalho braçal, do qual a tradução fazia parte (Simeoni, 1998). Isso pode ser visto na curta "Introdução" ao ensaio de Lobato, "Traduções": "Foi M. L. quem rompeu com o preconceito de que 'não ficava bem' a um escritor traduzir. Traduzir muito, deu o exemplo – e depois dele os escritores tomaram a si uma tarefa até então confiada a anônimos" (Lobato, 1964, p. 125-30).

Traduziu muito, e orgulhava-se de sua produção. Em junho de 1934, listou as traduções que já havia feito no ano: "Tenho empregado as manhãs a traduzir, e num galope. Imagine só a batelada de janeiro até hoje: Grimm, Anderson, Perrault, *Contos* de Conan Doyle, *O Homem Invisível* de Wells e *Pollyanna moça*, *O livro da selva*. E ainda fiz *Emília no País da Gramática*. Tudo isso sem faltar ao meu trabalho diário na Cia. Petróleos do Brasil" (Lobato, 1944, p. 493). E, em 1940, comentava sobre o grande número de páginas que conseguia traduzir por dia: "A tradução, dizia quando as coisas corriam mal, é a minha pinga. Traduzo como o bêbado bebe: para esquecer, para atordoar. Enquanto traduzo, não penso na sabotagem do petróleo" (Lobato, 1944, p. 498).

E podemos encontrar certo desprezo pela falta de sucesso comercial dos "intelectuais", os modernistas, e o fato de dependerem de sinecuras governamentais. Em uma carta a Jaime Adour de Câmara de 10 de maio de 1946, Lobato menciona "a inveja em consequência da minha vitória comercial nas letras". Depois de gabar-se de sua tiragem de dois milhões de livros, com 66 edições no Brasil e 37 na Argentina, da renda que recebe por meio dos livros vendidos e dos 54 mil cruzeiros de imposto de renda que pagou no ano anterior, diz o seguinte: "Eles são uns gênios, mas não vendem; têm que viver como carrapatos do Estado, presos a empreguinho. O Lobato é uma besta, mas está vendendo bestamente, cada vez mais. Daí o atual 'pau no Lobato'" (Lobato, 1972, p. 227).

Como a cachaça, o trabalho de tradução ajudava a não lembrar dos males da vida. Com seu filho Edgar agonizando em Tremembé, passava os dias, particularmente os domingos, batendo à máquina:

> Domingo último [...] bati um recorde. Não saí de casa e ninguém veio me amolar; resultado: fiz 67 páginas de minha tradução. Parei porque o dedo ficou dormente. Ontem entreguei o livro. Trezentas páginas em cinco dias! Foi o recorde dos recordes. Mas, sozinho como estou, o trabalho não tem remédio senão render! (Cavalheiro 1955, p. 535)

Edgar morreu de tuberculose em 13 de fevereiro de 1943, aos 32 anos, e Guilherme, seu outro filho, morrera em 10 de janeiro de 1939, também de tuberculose, aos 25 anos.

Lobato passou boa parte de 1944 traduzindo, o que lhe ajudava a esquecer o fracasso de suas tentativas de encontrar petróleo e contestava os boatos de que ele, sozinho, não poderia ser responsável pela quantidade tão grande de traduções sob seu nome:

> Foi a tradução que me salvou depois do meu desastre no petróleo. Em vez de recorrer ao suicídio e ao álcool ou a qualquer estupefaciente, recorri ao vício de traduzir, e traduzi tão brutalmente, que me acusaram lá fora de apenas assinar as traduções. Mas era o meio de me salvar. Hoje me sinto perfeitamente curado – e por isso abandono o remédio. (Cavalheiro, 1955, p. 540)

Traduzir também foi útil na prisão, de março a maio de 1941, como forma de escapar de seu confinamento. O autor que mais o ajudou foi Kipling: traduzir "Kipling era a Vida, a Natureza, o Ar Livre, a Fera, a Índia inteira, tudo com maiúscula" (Cavalheiro, 1955, p. 540; carta a Rangel de 6 de junho de 1934, em Lobato, 1944, p. 492-3).

Lobato traduzia muitas vezes com grande pressa: "Na minha mecânica de 100 quilômetros por hora, em oito dias dou conta do volume" (carta a sua sobrinha Gulnara Morais Lobato, em Cavalheiro, 1955, p. 729). "Quando um livro me agrada, traduzo-o rapidamente. Traduzi o livro de Wendel Wilkie [*Um mundo só*] numa semana" (Lobato, 1950a, p. 175; Cavalheiro, 1955, p. 729).

De fato, Edgard Cavalheiro defende a qualidade das traduções de Lobato, forçado por sua carência a dedicar muitas horas de cada dia à tradução para manter sua família: "Mas colocar esse escritor na condição de trabalhador-forçado da tradução, com tarefas diárias pesadíssimas, é matar-lhe, aos poucos, todo o ímpeto criador, é mutilá-lo lenta e inexoravelmente para as obras originais". E a maioria das obras que Lobato traduziu eram "obras secundárias". Embora não se apegasse aos detalhes, suas melhores traduções, como a "Ponte de são Luís Rei", de Thornton Wilder, têm um texto "correntio, fácil, envolvente [...]". Edgard Cavalheiro responde às críticas de que Lobato somente assinava muitas traduções: "Neguem-lhe qualidade, fidelidade ou o que quer que seja. Mas negar-lhe honestidade, ou julgá-lo capaz de apor o nome numa tradução alheia, é injustiça só possível pelo conhecimento superficial do seu caráter" (Cavalheiro, 1955, p. 538).

Tal pressa ocasionou diversos problemas. Edgard Cavalheiro menciona vários erros na tradução de *História da Filosofia*, de Will Durant, apontados por Versiani Velloso, erros que um tradutor mais cuidadoso teria evitado (Cavalheiro, 1955, p. 536).

Em carta a Godofredo Rangel de 17 de setembro de 1941, admite um dos erros que cometeu, quando, em sua própria tradução de *A história da literatura*, traduziu "The Village Blacksmith" por "A aldeia de Blacksmith" (Lobato, 1944, p. 499).

Em sua tese sobre as traduções de Lobato, *Forças motrizes de uma contística pré-modernista: o papel da tradução na obra ficcional de Monteiro Lobato* (2006), Elizamari Rodrigues Becker menciona várias falhas na tradução de Lobato de *The Jungle Book* [*O livro da selva*]. Por exemplo, no seguinte trecho o erro de Lobato é não se dar conta do fato de que as crianças nobres não devem esquecer os que passam fome no mundo.

> [...] *and good luck and strong white teeth go with the noble children, that they may never forget the hungry in this world.*
> E também boa sorte e rijos dentes para esta nobre ninhada, a fim de que jamais padeçam fome no mundo. (Lobato)
> [...] e que seus nobres filhotes tenham também boa sorte e dentes brancos e fortes, e nunca esqueçam que há gente passando fome no mundo (tradução de Karam) (Becker, 2006, p. 129)

Lobato também tomou várias liberdades com o próprio texto, frequentemente se colocando dentro dele. Edgard Cavalheiro cita Paulo Rónai, que comenta que talvez faltasse a Lobato certa humildade indispensável ao ofício do tradutor e a dificuldade que o escritor criativo tem quando vai traduzir obras de segunda categoria (1955, p. 537-8).

Esse fenômeno pode ser visto em *Memórias de um negro* (1940), tradução de Graciliano Ramos de *Up from Slavery* (1901), de Booker Washington, publicada pela Companhia Editora Nacional. No Capítulo 4, quando Booker Washington demonstra uma posição antissindicalista, com comentários como crítica às greves feitas pelos mineiros, Graciliano omite esse trecho. Obviamente, suas convicções de membro do Partido Comunista sobre o valor da greve como arma do trabalhador lhe impediam de manter esse trecho em sua tradução (Washington, 1940).

> *When I reached home I found that the salt-furnaces were not running, and that the coal-mine was not being operated on account of the miners being out on a "strike." This was something which, it seemed, usually occurred whenever the men got two or three months ahead in their savings. During the strike, of course, they spent all that they had saved, and would often return to work in debt at the same wages, or would move to another mine at considerable expense. In either case, my observations convinced me that the miners were worse off at the end of a strike. Before the days of strikes in that section of the country, I knew miners who had considerable money in the bank, but as soon as the professional labour agitators got control, the savings of even the more thrifty ones began disappearing***. (Washington, 1965, p. 65)

Graciliano havia sido preso em 1936 por causa de seu envolvimento político na Intentona Comunista de 1935, porém a acusação formal nunca chegou a ser feita, e ele foi preso sem provas e sem processo. Esse encarceramento resultou em um de seus livros mais conhecidos, *Memórias do cárcere*, mas, conforme o jornalista e crítico Wilson Martins (2017), "o PCB exerceu forte pressão sobre a família de Graciliano Ramos para impedir-lhe a publicação, acabando por aceitá-la à custa de cortes textuais e correções cuja verdadeira extensão jamais saberemos". Assim, parece lógico que, em sua tradução de *Up from Slavery*, tenha também havido censura do PCB ou autocensura da parte de Graciliano.

---

* Quando cheguei em casa, descobri que as fornalhas de sal não estavam em funcionamento e que a mina de carvão não estava sendo operada porque os mineiros estavam em "greve". Isso era algo que, em geral, ocorria sempre que os homens estavam dois ou três meses à frente em suas economias. Durante a greve, é claro, eles gastaram tudo o que tinham economizado e, muitas vezes, voltavam a trabalhar com dívidas com o mesmo salário ou mudavam para outra mina a um custo considerável. Em ambos os casos, minhas observações me convenceram de que os mineiros estavam em situação pior no final de uma greve. Antes dos dias de greve naquela região do país, eu conhecia mineiros que tinham bastante dinheiro no banco, mas, assim que os agitadores profissionais conseguiram controle, as economias, mesmo as dos mais frugais, começaram a desaparecer.

Nesse mesmo capítulo há outras mudanças. Parece que Ramos não aprova a moderação com a qual Washington descreve o Klu Klux Klan: "*bands of men*" (Washington, 1965, p. 70) torna-se "terrível associação" (Washington, 1940, p. 57), e "*the acts of these lawless bands*" (Washington, 1940, p. 65), "Os actos desses bandos de vagabundos" (Washington, 1940, p. 57). De fato, a tradução inteira inclui muitas omissões, e a impressão que temos é que, em vez de prestar atenção cuidadosa a toda a obra de Washington, Graciliano, talvez como Lobato, lia um parágrafo para depois traduzi-lo bastante livremente a seu bel-prazer.

Uma prisão escura

Em "Traduções" (1923), seu único ensaio especificamente sobre o tema, Lobato discorre sobre as vantagens da ligação entre a cultura e a tradução. Essa é a melhor maneira de estender a cultura do brasileiro, que, sem traduções, estaria restrito aos escritores brasileiros e portugueses: "Herculano, Camilo, Castilho e a récua dos freis quinhentistas absolutamente vazios de ideias [...] Eça, Ramalho, Antonio Nobre, Fialho, Machado, Nabuco, Euclides da Cunha, José de Alencar". Isso representaria "uma verdadeira prisão mental" (Lobato, 1964, p. 128). Assim, um povo que não tem traduções e tradutores sofre, tornando-se um "povo fechado, pobre, indigente, visto como só podendo contar com a produção literária local" (Lobato, 1964, p. 128). E esse povo não tem ar, luz ou janelas: "É avidez de ar, luz, de amplidão, de horizontes. Recebe essas obras como outras tantas janelas abertas numa prisão escura" (Lobato, 1964, p. 129-30).

Todavia, o homem que lê mais de uma língua tem muitas vantagens na vida, podendo entrar em contato com os grandes autores de outros países. Assim, o tradutor, apesar de não receber reconhecimento, teria o papel de trazer os grandes autores para esse leitor monolíngue:

> O homem de uma só língua, que entra na biblioteca e pode ler o *Banquete* de Platão, *Os Pensamentos* de Confúcio, os *Anais* de Tácito, a *Viagem Sentimental* de Sterne, o *Fígaro* de Beaumarchais, a *Guerra e Paz* de Tolstói, o *D. Quixote*, o *Coração* de Amicis, o *Fausto* e tanta coisa, admira os autores mas não tem uma palavra para a formiga humílima – o tradutor – graças à qual aquelas obras lhe caíram ao alcance. (Lobato, 1972a, p. 96)

O crescimento material e econômico do Brasil é ligado ao desenvolvimento cultural e espiritual. O Brasil tem de publicar boas traduções de obras clássicas de outras línguas que não sejam o francês, dar credibilidade ao tradutor e melhorar seu *status*. Com imagens semelhantes às dos românticos alemães, Lobato elogiava o tradutor como o grande elo entre culturas: traduzir "é a tarefa mais delicada e difícil que existe" (Lobato, 1964, p. 127); "Os tradutores são os maiores beneméritos que existem, quando bons; e os maiores infames, quando maus. Os bons servem a cultura humana, permitindo que a obra de Kipling a Poe seja conhecida em outros países, acrescentando a riqueza do estrangeiro à riqueza da cultura importada" (Lobato, 1964, p. 128). Lobato dava o exemplo da França, onde a "função do tradutor está equiparada à do escritor", e de Baudelaire e Louis Fabulet, tradutores da obra de Poe e de Kipling, respectivamente (Lobato, 1964, p. 128).

Suas ideias ecoam as de José Ortega y Gasset em seu ensaio "El esplendor y la miseria de la traducción" (1947), mas Ortega enfatizava a importância de ler e traduzir os clássicos gregos em um estilo não domesticador.

Benjamin de Garay desempenhou a função de divulgador da literatura brasileira na América Latina. Num ensaio de 1938, "Eu tomo o sol...", Lobato elogiou Garay:

> A América Latina acaba de receber um alto presente elaborado por uma dessas tenazes abelhas da internacionalização, Benjamin de Garay, com o seu transplante para o castelhano de

Os sertões, de Euclides da Cunha. Graças a Garay, o formidável tríptico brasiliano – a Terra, o Homem e a Luta – tornou-se acessível ao mundo de língua espanhola. [...] E como não concluir que é imensa a paga dum tradutor quando transplanta para a sua língua uma obra assim? (Lobato, 1955a, p. 237-8)

E agora *Os sertões* deveria ser traduzido para inglês, francês, alemão e as línguas eslavas – as línguas importantes. Mas isso dependia da disponibilidade dos tradutores, "duns tantos homens de ilimitada renúncia os tradutores das obras consideradas intraduzíveis". Mas, felizmente, tais tradutores existem, "[...] como ainda há santos nas prisões. Homens que esquecem o mundo, a caça ao dinheiro, o 'negócio' e, sem esperar recompensa nenhuma, nem neste nem no outro mundo, consagram com um pedaço da sua vida, e todos os seus miolos, ao duro trabalho do transplante linguístico de uma obra" (Lobato, 2006a, p. 251-2).

Lobato chamava Garay "[...] esse Dom Quixote da brasilidade para uso externo, foi o primeiro a empreender a gigantesca tarefa e venceu" (Lobato, 2006a, p. 252). E o trabalho do tartáreo é muito maior do que o do autor: "dez vezes maior". Lobato explicava a dificuldade do ofício: "Traduzir é a maior das tragédias mentais, porque é anular-se um homem da maneira mais absoluta, subordinar sua mentalidade à dum estranho, penetrar um homem como um gás penetra poros, compreendê-lo nas mais microscópicas minúcias, decifrá lo no que é indecifrável" (Lobato, 2006a, p. 252). E isso traz pouca recompensa financeira ou fama. O público nunca vai reconhecer o enorme esforço do "[...] mártir que estupidamente se sacrifica para que ele possa ler em língua sua uma obra-prima gestada em idioma estranho" (Lobato, 2006a, p. 252).

A tradução parece ser a melhor forma de diplomacia, ou *soft power*. Em "Amigos do Brasil" (1926), num momento em que a França acabara de bombardear Damasco e esmagar Abd el-Krim, nossa condenação e indignação em relação a esse país diminuem por causa da cultura francesa dos "senhores Perrault, La Fontaine, Hugo, Maupassant, Taine, Anatole e quantos mais nos trouxeram para aqui esta sensação da irmandade do homem" (Lobato, 2006, p. 170). E, referindo-se aos atos de violência da Alemanha na Primeira Grande Guerra, destaca "os preciosos coxins de veludo, amortecedores de choques" (Lobato, 2006, p. 170), o verdadeiro *soft power*, que demonstra haver uma ligação entre todos os povos do mundo, criando "[...] a compreensão e a tolerância. Demonstram, com a exibição de documentos humanos, que somos iguais, todos filhos do mesmo macaco que rachou a cabeça ao cair do pau" (Lobato, 2006, p. 170). Mas o grande público dificilmente se interessava. A *Revue de l'Amerique*, que tem vários estudos sobre o Brasil, sequer se encontra à venda no Rio de Janeiro porque não há procura. Mas há esperanças para o futuro. Trabalhando de noite, na escuridão, é possível "apressar a vinda do dia claro" (p. 171), quando seria possível trabalhar para a difusão literária.

As editoras têm grande responsabilidade, primeiro, de fazer uma tradução cuidadosa, para não estragar "obras-primas da humanidade ao massacre dos infames '*tradittori*'" (Lobato, 1964, p. 129-30). E é necessário estender o leque de obras traduzidas para o leitor brasileiro, que, diferentemente do leitor inglês, espanhol, francês ou alemão, tem acesso a poucos autores importantes. Lobato lista autores ainda não traduzidos para o português no Brasil: "toda a antiguidade greco-romana – Homero, Sófocles, Heródoto, Plutarco, Ésquilo. E não há traduções de Shakespeare, Goethe, Schiller, Molière, Rabelais, Ibsen" (Lobato, 1964, p. 128). Lobato também menciona alguns dos livros que ele viria a traduzir: "*Viagens de Gulliver*, e as *Mil e Uma Noites*, e *Peter Pan*" (Lobato, 1944, p. 447).

Devido à ênfase em traduzir escritores franceses como Escrich, Ponson du Terrail, Alexandre Dumas, e os espanhóis Heitor Malot e Zamancois, as literaturas inglesa, americana, alemã, escandinava e russa ficaram desconhecidas no Brasil.

Lobato propunha que a literatura traduzida saísse da "alcova de Paris" e introduzisse as "Almas novas e almas fortes, violentíssimos, caracteres shakespearianos, kiplinguianos, jacklondrinos, novos, fortes, sadios" (Lobato, 1964, p. 126).

Numa carta a Godofredo Rangel, Lobato forneceu alguns detalhes sobre como se deve escapar desse aprisionamento: primeiro, o estilo tinha de ser modificado, fugindo da "maneira" de Eça de Queiroz, "[...] a mais perigosa de todas, porque é graciosíssima e muito fácil de imitar. Também o tradutor deveria evitar clichês e soluções fáceis como 'Cigarro lânguido' – 'Caneta melancólica' – 'Tinteiro filosófico'" e assimilar as literaturas de língua inglesa e alemã. Lobato era sempre muito crítico à literatura francesa:

> A literatura francesa infeccionou-nos de tal maneira que é um trabalho de Hércules remover as suas sedimentações. É gafeira lamelar. Temos que ir tirando aquilo casca por casca. Da casca haurida em Zola já nos alimpamos; a flaubertina e a goncurciana ainda subsistem em você. Temos depois as casquinhas hauridas aqui – a casca eciana, a fialhana, a euclidiana e até a camiliana. Abusamos de Camilo como certos sifilíticos abusam do mercúrio. O espiroqueta morre, mas ficamos com os dentes estragados. Temos que eliminar todas as cascas e ficarmos em carne viva. Será possível, Rangel? Certas cascas nos ficam como pele e dói o arrancá-las. (Lobato, 1944, p. 294)

Aqui Lobato admitia sua dependência excessiva de Camilo, querendo que o leitor brasileiro se abrisse para o resto do mundo: "Mas não há comparação – Kipling, Jack London, Tolstoi, Chekov [sic] contra os 'Almeidas, Sousas e Silvas'. *Lobo do Mar* de Jack London contra Mulatinha do caroço do Pescoço do senhor Coisada Pereira. Escritores reclamaram para o governo" (Lobato, 1964, p. 127).

O mercado reagiu bem às novas traduções, com o *best-seller* norte-americano *Rosary* [*O rosário*], de Florence Barclay, vendendo cinquenta mil exemplares no Brasil. "Uma editora" – Lobato refere-se à Editora Globo de Porto Alegre – "lançou no mercado 'Wren, Wallace, Burroughs, Stevenson, Kipling, Jack London' e pensa em lançar 'Bernard Shaw e Conrad'" (Lobato, 1964, p. 126).

As coisas estavam mudando, e as editoras começavam a publicar traduções. Estas tiveram bastante sucesso com o público leitor, mas os escritores brasileiros reclamaram da falta de oportunidade de serem publicados. O problema era que o mercado estava saturando com traduções de autores de segunda categoria, e Lobato até pensava que deveria haver maior controle sobre as traduções. O editor nem sempre demonstrava sua devida responsabilidade, permitindo a publicação de muitas traduções de qualidade inferior. A solução seria menos traduções, com melhor qualidade e atrair escritores para também serem tradutores.

O escultor e o escafandrista

Vimos as imagens do sacrifício do tradutor, da penetração que este deveria fazer da obra original "como um gás", e há outras imagens interessantes para a figura do tradutor detalhadas por Lobato. Primeiro, o escafandrista, o mergulhador com tanques de oxigênio, que vai até o fundo da obra para encontrar o barro que moldará como escultura:

> Há muitas maneiras de ler. Talvez a mais profunda seja a de quem verte um livro para outra língua. O tradutor é um escafandrista. Mergulha na obra como num mar; impregna-se dum pensamento concretizado de um certo modo – o estilo do autor – e lentamente o vai moldando no barro de outro idioma, para que a obra não admita fronteiras. Sem esses abnegados trabalhadores, a literatura ficaria adstrita a pátrias, condenada a limites muito mais estreitos do que os permitidos pela sua potencialidade. (Lobato, 1972a, p. 95)

Vanete Santana comenta a imagem do escultor, comparando-a com a do escafandrista: este mergulha para descobrir a "essência" do texto original; aquele o molda com uma nova matéria-prima, mantendo-a viva na nova língua.

Para melhor ilustrar sua concepção sobre o tradutor e enaltecer sua atuação, Lobato usa também a metáfora do escultor. Para ele, o tradutor seria um escultor que molda o pensamento que foi concretizado de um certo modo – o texto de um escultor (escritor) que já moldara ideias, segundo seu estilo, em um determinado idioma – no barro (matéria-prima) de outro idioma. O idioma no qual o texto é traduzido seria, pois, a matéria-prima com a qual se moldam as ideias. O trabalho de escultor, posterior ao do escafandrista, seria o que garantiria sobrevida ao texto: a tradução mantém o texto vivo porque revoga as fronteiras impostas pela diferença entre os idiomas. Porém, quando se trata da posição social do tradutor, ao menos no Brasil, ele passa de escafandrista e escultor a formiga humílima e abelha, nas palavras de Lobato, cujo único pagamento à altura de seu trabalho seria a satisfação pessoal. (Santana, 2007, p. 88)

Ler traduzindo

Lobato dizia que Dona Benta "lia traduzindo", fazendo uma tradução interlingual de um texto estrangeiro, como *Peter Pan*, de J. M. Barrie, ou *As fábulas*, de La Fontaine, ou uma tradução intralingual de textos que apresentavam dificuldades para as crianças e bonecos – por exemplo, *Don Quijote* na sua tradução dos "Viscondes", num português rebuscado –, recontando-os em uma linguagem mais simples, direta e coloquial, sempre utilizando formas coloquiais e dramatizando o texto, contrastando com a linguagem mais empolada do Visconde de Sabugosa (Cavalheiro, 1955, p. 583). Em *Emília no País da Gramática*, a boneca faz uso de coloquialismos e gírias como "burra" e "sua diaba" (Cavalheiro, 1955, p. 583). Em *As reinações de Narizinho*, o próprio Lobato detalha o método de leitura de Dona Benta:

> Leia de sua moda, vovó! – pediu Narizinho. A moda de Dona Benta ler era boa. Lia "diferente" dos livros. Como quase todos os livros para crianças que há no Brasil são muito sem graça, cheios de termos do tempo do onça ou só usados em Portugal, a boa velha lia traduzindo aquele português de defunto em língua de Brasil de hoje. Onde estava, por exemplo, "lume", lia "fogo"; onde estava "lareira", lia "varanda". E sempre que dava um "botou-o" ou "comeu-o", lia "botou ele", "comeu ele" – e ficava o dobro mais interessante. Como naquele dia os personagens eram da Itália, dona Benta começou a arremedar a voz de um italiano galinheiro que às vezes aparecia pelo sítio em procura de frangos; e para o Pinóquio inventou uma vozinha de taquara rachada que era direitinho como boneco devia falar. (Lobato, 1980, p. 133)

Dona Benta é frequentemente chamada de mediadora cultural (Romano, 2016), uma leitora muito experiente que utiliza várias estratégias: "a leitura prévia de alguns textos, a busca por histórias originais e algumas vezes escolhidas pelas próprias crianças, incentivo à participação ativa dos ouvintes, uso de uma linguagem coloquial e, sobretudo, a valorização do livro e do ato de leitura na infância" (Zorzato, 2008, p. 154), ao que acrescentamos excelente conhecimento de línguas estrangeiras e habilidade de rapidamente traduzir e resumir as histórias em uma linguagem acessível.

As recontagens de Dona Benta – *Peter Pan*, *Dom Quixote das crianças*, *Hans Staden* e *As fábulas* –, que serão tratadas individualmente nos próximos capítulos, empregam esse tipo de tradução, frequentemente chamada de "tradução natural", isto é, uma tradução que acontece como parte da vida diária, e em situações corriqueiras, como quando um estudante que sabe uma língua estrangeira traduz e resume para outro estudante um artigo escrito naquela língua. É uma situação encontrada em muitas famílias de imigrantes, que inúmeras vezes dependem do conhecimento nativo da nova língua do membro jovem da família que cresceu no novo país, enquanto seus pais e, em muitos casos, avós teriam um conhecimento mais básico. É também a situação encontrada no mundo jornalístico, em que os articulistas e repórteres frequentemente baseiam seus artigos em artigos lidos em outros jornais e notícias de agências.

Lobato começou a escrever para crianças quando descobriu que a qualidade das traduções da literatura infantil que lia para seus próprios filhos não era adequada a esse público, para o qual o tradutor tem de usar uma linguagem fluente e de fácil leitura. Próximo ao fim de *Dom Quixote das crianças*, Pedrinho pergunta à sua avó, Dona Benta, se ela está recontando a estória inteira ou somente partes; Dona Benta responde que somente pessoas maduras deveriam tentar ler a obra inteira, e somente o que entretém a imaginação das crianças deveria ser incluído em tais versões (Lobato, 1957, p. 152). Numa carta a Godofredo Rangel de 19 de dezembro de 1945, Lobato fala sobre a tarefa que tinha de eliminar a "literatura" de seus livros infantojuvenis, dando o exemplo de *Os doze trabalhos de Hércules* (Lobato, 1959, p. 372).

O tradutor sempre terá de adequar a tradução a seu público. Lobato dava o exemplo do escritor português visconde António Feliciano de Castilho, que adaptou várias das peças de Molière, num estilo fluente para o palco, para o público português, pouco familiar aos hábitos franceses: "Também acho Castilho uma perfeição de homem. Que língua! Que riqueza!" (carta a Rangel de 10 de março de 1916, em Lobato, 1944, p. 302; Castilho Pais, 2013). Também traduziu o *Fausto* de Johann Wolfgang von Goethe, primeira parte, baseado em uma tradução francesa; e, sem conhecer o inglês, algumas obras de William Shakespeare. Sua tradução do *Fausto* foi acerbamente criticada, suscitando uma polêmica violenta, que ficou conhecida como "a questão faustiana" (Martins, 2010). Porém, era o começo da tradução dos viscondes (António Feliciano de Castilho, Visconde de Castilho), continuada, após sua morte, por Francisco Lopes de Azevedo Velho de Fonseca Barbosa Pinheiro Pereira e Sá Coelho (Visconde de Azevedo) de *Don Quijote* (1876/1878) que aborrece Emília em *Dom Quixote das crianças*, forçando Dona Benta a recontar a história em linguagem mais simples (cf. Capítulo 4, p. 149).

A visão lobatiana da tradução "boa" segue o que chamaríamos hoje de uma tradução fluente e domesticadora, com o tradutor livrando a tradução de qualquer elemento que reflita a língua original e qualquer estrutura estrangeira. Não quero acusar Lobato, *à la* Venuti ou *à la* Berman, de ser um tradutor etnocêntrico; de fato, ele sempre se mostrava totalmente aberto, se não à cultura francesa, então às outras culturas estrangeiras, especialmente às anglo-americanas, mas tinha pouca paciência com experimentos formais, e de novo podemos mencionar a briga que Lobato comprou com os artistas modernistas em sua crítica à exposição da artista Anita Malfatti, demonstrando sua dificuldade em enxergar a importância formal de uma obra (Azevedo et al., 1997, p. 169-85; Cavalheiro, 1955, p. 300-4).

De fato, as qualidades de "elegância" que Lobato elogia abaixo são exatamente as que Venuti (1995) critica com tanta ferocidade. Aqui, Lobato critica uma tradução pouco fluente, que mantém elementos da língua inglesa.

> Traduzir não é comer empadinha de camarão. Traduzir é transpor um pensamento expresso na língua do autor por meio dum correlativo expresso na língua do tradutor. E para isso a condição básica é que o tradutor maneje a sua língua com a correção e elegância que a apresentação tipográfica diante do público exige. Mas na amostra da tradução que você me deu "para ver" o que vi foi a língua do Rio Grande em lata,

e de nenhum modo língua portuguesa. As palavras são portuguesas, mas enfileirar palavras portuguesas sem a ordem e a elegância gramatical não produz língua portuguesa – produzirá língua do Rio Grande, e inferior à do Leal Santos, porque não é comestível. (Lobato, 1972, p. 200, carta a Rute, provavelmente de 1943)

E uma imagem usada por Lobato que nos lembra Haroldo de Campos é a do transplante. Em "Traduções" (1964), Lobato comenta: "A tradução tem que ser um transplante". O tradutor precisa conhecer a obra do autor "[...] e reescrevê-la em português como quem esteja recontando uma história" (Lobato, 1964, p. 127).

Infelizmente poucos autores sérios parecem interessados em traduzir: "Tradutor tem de ser escritor decente. Mas os escritores preferem escrever obras a 'transplantar'" (Lobato, 1964, p. 127).

A língua a partir da qual se traduz é também de suma importância. É possível fazer uma tradução ao pé da letra do espanhol ou do francês, línguas muito semelhantes ao português, mas isso não é o caso do inglês, do alemão ou do russo. Uma tradução literal dessas línguas seria "ininteligível e asnática" (Lobato, 1964, p. 127).

"Pobres crianças brasileiras!"

Desde cedo, Lobato pensava em escrever para crianças. Arroyo (2010, p. 287) comenta cartas de 1912 que dão informações sobre o que se desenvolveria no Sítio do Picapau Amarelo. Narra as peraltices de seu filho Edgar, o fato de trazer de Areias uma "excelente preta" chamada Nastácia, e pede para Rangel colecionar as ideias de seu filho Nelos, que dariam "matéria para um livro que nos falta. Um romance infantil! – que campo vasto e nunca tentado! A ideia de Nelo, de matar passarinhos com foguetes de espeto na ponta, é de se requerer patente!" (Lobato, 1944, p. 225).

Em 1915, Lobato demonstrou a Rangel seu interesse pelo tipo popular de Pedro Malazarte, "[...] figura tradicional nos contos populares da Península Ibérica, como exemplo de burlão invencível, astucioso, cínico, inesgotável de expedientes e de enganos, sem escrúpulos e sem remorsos" (Lemos et al., 2001, p. 24), e comenta a possibilidade de fazer "um livro popular no gênero Barão de Münchhausen" (Lobato, 1944, p. 292). Outra ideia, após escutar sua mulher, Purezinha, contar fábulas às crianças, era "vestir à nacional as velhas fábulas de Esopo e La Fontaine, tudo em prosa e mexendo nas moralidades" (Lobato, 1944, p. 326). Nessa carta, Lobato enfatiza a necessidade de usar bichos brasileiros "em vez de exóticos". As fábulas de La Fontaine disponíveis são "pequenas moitas de amora do mato – espinhentas e impenetráveis" (Lobato, 1944, p. 326), e não sobra nada para as crianças brasileiras lerem. Para Arroyo (2010, p. 292), "Lobato caminhava conscientemente para a realização de uma literatura infantil verdadeira", sendo o resultado a publicação de *Narizinho arrebitado* em 1921*. Porém, a maior parte dos livros para crianças disponíveis no Brasil eram escritos para crianças portuguesas, num português que era frequentemente de difícil compreensão:

> E eram mal impressos, com ilustrações piores do que o nariz do ilustrador. Também eu, quando criança, detestava tais livros "miríficos", que quer dizer "maravilhosos, admiráveis". E como não entendia patavina do que estava escrito neles, divertia-me "lendo" as figuras. Pobres crianças daquele tempo. Nada tinham para ler. E para as crianças um livro é todo o mundo. (Rizzini, 1945, p. 147, em Arroyo, 2010, p. 285).

---

* *As fábulas* e *As histórias de Tia Nastácia* serão analisadas no Capítulo 5.

Arroyo detalha a predominância de livros infantojuvenis portugueses:

> Até certo ponto, para nós ela representava um contrassenso, uma vez que as diferenciações entre o idioma falado nas duas pátrias eram já notáveis na época e de tal forma que, por vezes, frases inteiras ficavam indecifráveis para as nossas crianças. (Edmundo, 1938, p. 734, em Arroyo, 2010, p. 287)

De fato, havia muito pouca literatura infantojuvenil disponível escrita por brasileiros, quase não existindo no sistema literário brasileiro. Antes de Lobato, havia livros dirigidos às crianças de Figueiredo Pimentel, como *Contos da Carochinha* (1894) e *Álbum das crianças* (1897), histórias tradicionais brasileiras e adaptações de contos europeus e, "[...] de grande utilidade para as escolas, porque, ao mesmo tempo que deleita as crianças, interessando-as com a narração de contos morais muito bem traçados, lhes desperta os sentimentos do Bem, da Religião e da Caridade, principais elementos da educação da infância" (*Diário de Notícias*, em Martins, 2014); de Olavo Bilac, havia *Contos pátrios* (1904), *Teatro infantil* (1905) e a *Pátria brasileira* (1910), os quais contavam com a colaboração de Coelho Neto, com forte sentimento nacional (Ribeiro; Martins, 2002, p. 57); de Conde de Afonso Celso, *Por que me ufano de meu país* (1904); e de Júlia Lopes de Almeida, *Histórias de nossa terra* (1907). Em 1919, apareceu *Saudade*, de Thales de Andrade, idealizando a vida rural do Brasil. Além disso, *O tico-tico*, a primeira revista brasileira a trazer publicações de histórias em quadrinhos, foi lançada em 1905. "[M]as toda esta produção pré-lobatiana, quer pelo predomínio do tom didático e moralizante, quer por constituir mera tradução e cópia de modelos europeus, não chega a configurar uma literatura infantil nacional" (Lajolo, 1983, p. 46). Em outra carta a Goffredo Telles, de 17 de junho de 1921, Lobato propôs que seu amigo adaptasse clássicos infantojuvenis como *Gulliver's Travels* e *Robinson Crusoé*, eliminando o estilo pesado das traduções organizadas por Jansen Müller, da Editora Laemmert, e justificava as mudanças que fizera à adaptação de Rangel de *A tempestade* de Shakespeare, dizendo que "Teu estilo estava muito 'gente grande'" (Koshiyama, 2006, p. 96; Lobato, 1944, p. 448) e "Vai traduzindo os outros contos shakespeareanos, em linguagem bem simples, sempre na ordem direta e com toda a liberdade. Não te amarres ao original na matéria de forma – só em matéria de fundo" (carta de 1º de junho de 1921, em Lobato, 1944, p. 418-9). Em *Dom Quixote das crianças*, argumenta que o escritor de livros infantis deve usar um estilo "clara de ovo, bem transparentinho, que não dê trabalho para ser entendido" (Debus, 2004, p. 40; Lobato, 1957, p. 17).

Em 8 de março de 1925, Lobato mencionava a Rangel sua ideia de refazer as traduções de Quixote, Gulliver e Robinson numa linguagem "mais correntia e mais em língua da terra que as edições do Garnier e dos portugueses" (Lobato, 1944, p. 454), o que ele acabou fazendo, para a série *Literatura Infantil*, junto com Andersen, Grimm, Perrault e outros, e para a coleção *Biblioteca Pedagógica Brasileira e História do mundo para as crianças* da Companhia Editora Nacional (1933), que incluía temáticas escolares, como Português, Matemática, Geografia, Física, Astronomia, Ciências Naturais, entre outros assuntos, e seus livros paradidáticos: *História do mundo para crianças* (1933), *Aritmética de Emília* (1935), *Emília no País da Gramática* (1934) e *Geografia de Dona Benta* (1935) (Alcanfor, s.d.).

Marisa Lajolo enfatiza a maneira com que, no *Sítio do Picapau Amarelo*, Lobato traz o Brasil arcaico para a modernidade, incluindo o descobrimento de petróleo no sítio, o uso do telefone e a viagem à Lua; ao mesmo tempo, "o sítio acolhe antropofagicamente personagens das tradições mais diversas, como heróis gregos, o Pequeno Polegar, Popeye e D. Quixote" (Lajolo, 2000, p. 62). Personagens históricas, das lendas gregas e de Hollywood são trazidas ao Brasil, contracenando "[...] num cenário de jabuticabeiras, pintos sura e ex-escravos pitando cachimbo tanto personagens fundadores da literatura ocidental como Cinderela, Branca de Neve e Chapeuzinho Vermelho, como personagens da literatura infantil estrangeira contemporânea sua, como Alice e Peter Pan" (Lajolo, 2000, p. 62), representando uma "[...] indisfarçável ruptura com a tradição alambicada e europeizante de boa parte da literatura brasileira do fim do século XIX, prolongada nas primeiras décadas do século XX" (Lajolo, 2000, p. 67). Seus livros infantis constituem uma série, e Lajolo indica que isso é um elemento importante para conquistar e manter a fidelidade do público (Lajolo, 2000 p. 63). As histórias infantis passam-se em um ambiente fora do ambiente tradicional da escola ou família, e, de fato, o sítio é descrito como uma universidade (Lobato, 1968, p. 17). Lajolo também aponta a importância de Lobato quebrar com a tradição da linguagem da literatura brasileira anterior, demonstrando um gosto pela oralidade.

A língua brasilina

Assim, a linguagem utilizada e recomendada por Lobato era mais coloquial do que a que escritores, infantojuvenis ou não, costumavam empregar na época. Lobato utilizou um registro que se afastava do português de Portugal e, numa carta de 11 de janeiro de 1925, recomenda que Rangel deveria "abrasileirar a linguagem" (Koshiyama, 2006, p. 95; Lobato, 1944, p. 453) e que os escritores brasileiros deveriam adotar o "português bárbaro" ("Visão geral da literatura brasileira" [1921], em Lobato, 1969b, p. 7; também em Koshiyama, 2006, p. 82).

Em *Emília no País da Gramática*, o bairro de Brasilina já se afastou da cidade de Portugália, onde as palavras "se misturaram com as palavras indígenas" para formar o novo grande bairro (Lobato, 1974b, p. 20). Em "O dicionário brasileiro"

(Lobato, 2008, p. 113-7), Lobato lamentava a falta de um dicionário brasileiro. De maneira semelhante a como o português saiu do latim, o português do Brasil saiu do português de Portugal, e "hoje, após 400 anos de vida, a diferenciação está caracterizada de modo tão acentuado que um camponês de Minho não compreende nem é compreendido por um jeca de São Paulo ou um gaúcho do Sul" (Lobato, 2008, p. 113). Enfatiza o uso do pronome pessoal "ele" como complemento direto, que foi usado em Portugal antes do descobrimento do Brasil, como nos cancioneiros, na *Demanda do Santo Graal* e no *Amadis*. E Fernão Lopes, um dos grandes pais da língua lusa, usava "viu ela" e "nomeamos ele" em muitas ocasiões. Essa forma é generalizada na linguagem falada, mas não na escrita, e Lobato previu um tempo em que um futuro orador como Rui Barbosa diria: "O Brasil, senhores, amei ele o mais que pude, servi ele o que me deram as forças etc.", e o futuro Bilac escreveria "Ontem divisei ela/ na janela…" (Lobato, 2008, p. 114). A falta de um dicionário de "brasileiro", o qual teria de eliminar "todas as palavras portuguesas desusadas no Brasil, já arcaísmos, já lusitanismo de moderna criação popular, absolutamente inúteis para as nossas necessidades expressivas" (Lobato, 2008, p. 116), mostra a absoluta dependência de Portugal. Lobato dava como exemplos o passarinho "chupim", comum no Brasil, que não pode ser encontrado do dicionário de Figueiredo, mas no qual se pode achar um pássaro africano como o "caloqueio". E também citava "desarvorado – que fugiu desordenadamente" (Lobato, 2008, p. 117).

Em alguns casos, quando trabalhava como revisor na Editora Companhia Nacional, Lobato preferia refazer as traduções apresentadas a corrigir aquelas excessivamente fiéis ao original, como no caso de *Por quem os sinos dobram*, de Hemingway, *Kim*, de Kipling, e *A sabedoria e o destino*, de Maeterlinck (Cavalheiro, 1955, p. 539). "A primeira tradução do *Kim* lançada pela Editora era uma neblina. A gente lia e entendia vagamente" (Lobato, 1944, p. 498).

Podemos ligar sua intenção de escrever para crianças num português simples e claro, que não afastasse os leitores, com seu uso de regionalismos e seu desejo de afastar o português do Brasil do português de Portugal, além de fundar uma língua brasileira, que seria chamada de brasilina: "Contrário à língua de 'dona Manoela', ou seja, a castiça, Brasilina seria a língua natural" (Landers, 1982, p. 139). Essas ideias ficam claras em seu ensaio "Visão geral da literatura brasileira" (1921). Existem duas línguas no Brasil. A primeira é a velha língua dominante da academia, usada por importantes escritores como Olavo Bilac, Coelho Neto e Rui Barbosa; a segunda é a da nova literatura, pela qual o público mais se interessa. É uma língua de grande vitalidade, que está se expandindo e penetrando. É o "'português bárbaro', que é o idioma do povo brasileiro". O fenômeno das duas línguas brasileiras é semelhante ao que aconteceu com o latim na Ibéria, com o português de Portugal, que se afastou do latim, e agora está acontecendo no Brasil, "com o brasileiro nascente" afastando-se do português de Portugal (Lobato, 1969b, p. 7).

Em *Viagem ao Céu*, o Burro Falante, uma imagem muito óbvia, expressa-se num português "perfeito": "Nunca houve burro mais bem educado nem mais respeitador da gramática. Falava como se escreve, com a maior perfeição, sem um errinho. E falava num português fora de moda, com expressões que ninguém usa mais, como aquele 'Bofé!'" (Lobato, 1977a, p. 79).

Aqui encontramos um paralelo entre Lobato e o linguista brasileiro Marcos Bagno, que luta pela oficialização de uma nova língua, o português brasileiro. "É preciso dizer, com todas as palavras, em alto e bom som: o português brasileiro é uma língua e o português europeu é outra. Muito aparentadas, muito familiares, mas diferentes" (*Jornal Opção*), e, citando o professor Ivo Castro, da Faculdade de Letras da Universidade de Lisboa:

> [...] a separação estrutural entre a língua de Portugal e a do Brasil é um fenômeno lento e de águas profundas, que é fácil

e, a muitos, desejável não observar, assenta-se no convencimento de que a fratura do sistema linguístico existe, mas não é aparente a todos os observadores nem é agradável a todos os saudosistas. (*Jornal Opção*, 2015)

Vasda Landers analisa vários dos ensaios de Lobato, escritos na década de 1920, em que defendia suas ideias:

> Monteiro Lobato entraria nessa tradição regionalista de não só aceitar a fala natural, oral e despretensiosa do homem do campo como também fazer pleno uso dela [...] o dialeto escondido do campo era o portador, o responsável pelas principais mutações da língua nacional. É a partir disso que Monteiro Lobato vai construir seu mundo linguístico, baseado sempre no purismo da oralidade [...] (Landers, 1982, p. 68)

Para Landers (1982, p. 83), a língua caipira deveria conduzir a "[...] uma língua nacional que traduziria os sentimentos e os anseios da terra".

As análises das traduções de Lobato demonstram que ele lança mão de uma tradução livre. Uma comparação entre as traduções dos contos dos irmãos Grimm de Lobato e de Tatiana Belinky, Maria Augusta H. W. Ribeiro e Augustinho Aparecido Martins mostra que Lobato "[...] preocupa-se em exercitar a imaginação infantil e, com isso, provoca na criança a habilidade de interpretar o texto, estabelecendo associação entre as ideias. Lobato não se preocupa em manter a estrutura do texto base, e sim em criar um movimento de interação do texto com o leitor" (Ribeiro; Martins, 2002, p. 59). Abrasileira o texto, desconstruindo "[...] a figura típica da rainha para construir uma figura meio abrasileirada, não de rainha, mas sim de dona-de-casa", e troca o pouco conhecido "arcabuz" por punhal (Ribeiro; Martins, 2002, p. 60).

Mas até que ponto a linguagem de Lobato é realmente coloquial? No artigo "Lobato infiel: a recepção de *As aventuras de Huckleberry Finn* por alunos de Literaturas de Língua

Inglesa", Vera Helena Gomes Wielewicki, Adriana Paula dos Santos Silva e Lilian Cristina Marins comentam os resultados de um estudo feito com estudantes de graduação em Letras no curso de Literatura em Língua Inglesa que leram a tradução de Lobato de *Huckleberry Finn* (Wielewicki et al., 2008). Criticaram o uso que Lobato fez de um português padrão para traduzir a linguagem de baixo padrão de Huck e Jim, o escravo fugitivo. O Estudante A1 nota "a perda de qualidade que a tradução teve ao se prender ao gramatical, ignorando as peculiaridades presentes no original" (Wielewicki et al., p. 209). Para o Estudante A2, Lobato ignora as "contrações, erros de ortografia e concordância" da linguagem de Jim, impossibilitando o leitor de se aproximar ao contexto social da personagem. Por exemplo, Lobato eleva o uso de "*ole*" (*old*), "*gwyne*" (*going*) e "*dat's*" (*that's*) (Wielewicki et al., p. 209).

Desse modo, Lobato não usa um português de baixo padrão e mantém-se dentro dos padrões da língua portuguesa brasileira normativa. Em *O Clube do Livro e a tradução*, mostro que, entre 1942 e 1989, uma norma forte, fundamental, foi a recusa de usar esse tipo de linguagem em traduções de literatura de obras "clássicas", dando como exemplos as traduções dos romances de Dickens, Stevenson, Emily Brontë, Zola e Faulkner, que sempre corrigiram a linguagem de baixo padrão dos originais – o *cockney* de Dickens, o escocês de Stevenson, o dialeto de Yorkshire de Emily Brontë, a linguagem chula do norte da França de Zola e o inglês dos Estados Unidos de Faulkner. Sugeri que entre as várias razões havia um certo tipo de esnobismo por parte das editoras, um afinco às *belles lettres*, uma enorme distância entre a linguagem coloquial e a literária no Brasil, e, apesar do uso de uma gama de variações linguísticas por parte de escritores como Guimarães Rosa, uma grande tentativa de evitar o uso de língua de baixo padrão em obras literárias (Milton, 2002, p. 52-62).

Peregrino Júnior elogia o padrão de linguagem de Lobato, que

[...] está adotando, nas nossas letras, a verdadeira língua nacional sem travos rançosos do classicismo lusitânio, mas também sem claudicâncias esdrúxulas da sintaxe sertaneja [...] está construindo o momento admirável de uma nova língua literária, original, formosa, pitoresca, que melhor traduz e mais diretamente a alma brasileira, nas suas tradições, nos seus hábitos, nas emoções, nas vibrantes alegrias e íntimas tristezas, no contraste eterno de sua vida. (Peregrino Júnior, "A língua nacional", *Revista do Brasil*, setembro/dezembro de 1921, p. 171, em Landers, 1982, p. 74)

As pérolas de Agripino

Além de seus próprios erros, como vimos anteriormente, Lobato menciona as pérolas de Agripino, os erros crassos de maus tradutores. Em carta a Rangel, Lobato menciona as traduções de alguns dos seus contos em Buenos Aires e a de *The Vicar of Wakefield*, "[...] que é uma obra-prima da literatura inglesa; pois o raio do labrego transformou-o em 'bota' (447)", mas os exemplos que dá são da tradução de *For Whom the Bell Tolls* e de *Kim*, este uma "vítima indefesa de um péssimo tradutor" (Cavalheiro, 1955, p. 498).

Na tradução da obra de Hemingway, Lobato menciona o seguinte erro: "*wormwood*", "losna", ingrediente de absinto, é traduzido por "bicha de pau podre", e acrescentou: "No verdadeiro absinto há verme de pau, cupim [...]".

Na primeira tradução de *Kim*, "ghats" em "*We who go down to the burning ghats clutch at the hands of those coming up from the River of Life*" [Nós que descemos aos *ghats** em chamas agarram as mãos daqueles que vêm do Rio da Vida] é traduzido como "campo de carniceiro". Lobato comenta que, enquanto estava na cadeia, sacou o acontecido:

---

* Escadas ao lado dos rios na Índia, onde são feitas cremações.

Pus os olhos nas grades e fiquei a matutar naquele quebra-cabeças. De que modo fogueira de cremar defunto pôde virar "campo de carniceiro". Por fim descobri. Na tradução francesa do *Kim* deve estar *bucher*, fogueira, palavra que muito se aproxima de *boucher*, carniceiro. O tradutor, que evidentemente traduzia do francês e não do inglês, confundiu as duas palavras e pôs "carniceiro" em vez de "fogueira". Mas achando esquisito aquela "procissão rumo ao carniceiro", inventou o "campo" e botou o "campo de carniceiro" [...] (Lobato, 1944, p. 498-9)

"Ser núcleo de cometa, não cauda"

Na carta a Godofredo Rangel de 15 de novembro de 1904, Lobato introduz a imagem da barca de Gleyre, do pintor francês Charles Gleyre, *Ilusões perdidas*: Num cais melancólico barcos saem; e um barco chega, trazendo à proa um velho com o braço pendido largamente sobre uma lira", e Lobato, agora com 22 anos, se pergunta como ele, Rangel, e o outro amigo, Edgard, voltarão "desta nossa aventura de arte pelos mares da vida em fora? Como o velho de Gleyre? Cansados, amargos, desarvorados, rotos?". Suas ambições seriam realizadas? O que aconteceria com suas ilusões? Conseguiriam caçar "a borboleta de asas de fogo"? "Estamos moços de dentro da barca. Vamos partir". Têm de afinar "a lira eolia do senso estético", e cada um vai seguir seu próprio caminho, mas têm de ser líderes, e não seguidores: "Ser núcleo de cometa, não cauda. Puxar fila, não seguir" (Lobato, 1944, p. 47-8).

Qualquer um que analise a vida de Lobato hoje certamente concordaria que ele foi "núcleo de cometa, não cauda". Enio Passiani enfatiza seu papel na constituição do campo literário brasileiro no começo de sua autonomia e o envolvimento do leitor em seu projeto literário no Brasil, no final da década de 1910 e no começo da década de 1920; depois, a queda de Lobato do centro do sistema literário, com a bancarrota de Monteiro Lobato & Cia., e o fracasso de *O presidente negro*, tanto em termos críticos quanto em termos comerciais (2003, p. 215).

> [...] a ação de Lobato é parte fundamental do processo de constituição de um campo literário no Brasil. Sua intensa e infatigável batalha para a formação do público-leitor, decorrente de sua atividade literária e editorial, possibilitou o princípio de autonomia para o campo. Seu projeto literário foi responsável pela criação de um novo *habitus* literário, que tomava o leitor como potencialidade, como parte integrante da produção cultural. O público – a partir de Lobato –, com toda sua heterogeneidade e pluralidade, passou a constituir o alvo de escritores e editores. (Passiani, 2003, p. 215-6)

O amigo de Lobato, Nelson Palma Travassos, descreve a relevância de Lobato em termos mais diretos: "Monteiro Lobato inundou o país de livros. Transformando-se em editor e editando em elegantes livrinhos todos os 'novos' que depois formaram geração, habituou o brasileiro a ler" (Travassos, 1964, p. 18). E "[...] a história da indústria do livro no Brasil pode ser dividida em dois períodos: antes de Monteiro Lobato e depois de Monteiro Lobato" (Travassos, em Debus, 2004, p. 45).

Embora as obras de Lobato, tanto seus livros de contos, como *Urupês*, quanto seus livros infantis e seus tratados a favor da indústria brasileira de petróleo e ferro, continuassem a vender bem, como vimos no começo deste capítulo, Enio Passiani o vê relegado do cânone literário brasileiro. Porém, podemos enxergar Lobato como o originador do campo de literatura infantil no Brasil, o que, antes de *Narizinho Arrebitado*, quase não existia. Na contracapa da segunda edição de *Peter Pan* (1935), há uma lista da Literatura Infantil Série 1 da Biblioteca Pedagógica Brasileira, dominada pelas obras de Lobato:

Volumes publicados (cartonados)

i- Reinações de Narizinho, Monteiro Lobato, 6$
ii- Alice no País das Maravilhas, tr. Monteiro Lobato, 2ª ed 5$
iii- Viagem ao Céu, Monteiro Lobato, 2ª ed. 6$
iv- O sací, Monteiro Lobato, 5ª ed. 6$
v- Aventuras de Hans Staden, Monteiro Lobato, 3ª ed 6$
vi- Contos de Andersen, Monteiro Lobato, 3ª ed 5$
vii- Contos de Grimm, tr. Monteiro Lobato, 2ª ed. 5$
viii- Alice no País do Espelho por Lewis Carroll, tr. Monteiro Lobato 5$
ix- As Caçadas de Pedrinho, Monteiro Lobato 6$
x- A História do Mundo para as Crianças, Monteiro Lobato, 2ª ed. 10$
xi- Novas reinações de Narizinho, Monteiro Lobato, 2ª ed. 6$
xii- Aventuras do Barão de Munchhausen por G. A. Burger 5$
xiii- Pinocchio por C. Collodo, tr. revista por Monteiro Lobato 7$
xiv- Emília no País da Gramática, Monteiro Lobato, 2ª ed. 7$
xv- Novos Contos de Andersen, tr. Monteiro Lobato 5$
xvi- Novos Contos de Grimm, tr. de Monteiro Lobato 5$
xvii- Contos de Fadas de Perrault, tr. de Monteiro Lobato 5$
xviii- História do Brasil para as Crianças, Viriato Corrêa 4ª ed 10$
xix- Robinson Crusoé, adaptação de Monteiro Lobato, 2ª ed 6$
xx- Peter Pan, Monteiro Lobato 7$
xxi- Aritmética de Emília, Monteiro Lobato 8$
xxii- Geografia de Dona Benta, Monteiro Lobato 10$
xxiii- História das Invenções, Monteiro Lobato 8$
xxiv Meu Torrão, Viriato Corrêa 6$

Foi com certa presciência que, em 1943, Lobato escreveu: "Estou condenado [...] a ser o Andersen desta terra, e talvez da América Latina" (Cavalheiro, 1955, p. 527). Os comentários vistos anteriormente demonstram a consciência de Lobato de que ele estava entrando num campo vazio, que tinha de ser preenchido por livros infantojuvenis mais brasileiros, usando uma linguagem brasileira. A consciência de seu papel como o centro do campo da literatura infantojuvenil no Brasil e, talvez, na América Latina pode ser vista na sua última carta a Rangel, de março de 1943. Arroyo comenta que "traz um tom profético, que não exclui certa melancolia. Melancolia, talvez, por não ter compreendido sua verdadeira missão de 1921, quando do aparecimento do seu primeiro livro infantil, ou melhor ainda, de ter perdido tempo em escrever para adultos" (2010, p. 298). Acabava de saber de Octalles Ferreira que as tiragens de seus livros passavam de um milhão: "Esse número demonstra que o meu caminho é esse – e é o caminho da salvação. Estou condenado a ser o Andersen desta terra – talvez da América Latina, pois contratei 26 livros com um editor de Buenos Aires". E, na mesma carta: "Estou nesse setor já há vinte anos e o intenso grau de minha reeditabilidade mostra que meu verdadeiro setor é esse. A readaptabilidade dos meus livros para adultos é muito menor. Não posso dar a receita. Entram em cena imponderáveis inapreensíveis" (carta a Rangel de 28 de março de 1943, em Lobato, 1944, p. 502-4).

Esse campo é alimentado pelas traduções e adaptações de obras de fora do Brasil, Dona Benta lendo e recontando *Peter Pan*, *Dom Quixote*, *Fábulas*, *Hans Staden* aos picapauzinhos. O *Sítio do picapau amarelo* é assim estimulado pelas obras estrangeiras; e, em *Memórias de Emília* (1936) e *O picapau amarelo* (1939), as personagens do sítio interagem com as personagens da ficção infantojuvenil internacional. Em *Memórias de Emília*, mil crianças inglesas, junto com Peter Pan, Capitão Gancho, Alice e Popeye, visitam o sítio. E, em *O picapau amarelo*, o sítio é visitado por um grande número das figuras da literatura infantojuvenil, incluindo a Menina da Capinha Vermelha, a Gata Borralheira, Peter Pan e os meninos perdidos, Capitão Gancho com o crocodilo e os piratas e Alice do País das Maravilhas.

Lobato teve um papel de suma importância no campo da tradução, em que foi outro "núcleo de cometa", sendo responsável pela edição de muitas traduções, especialmente do inglês, na Companhia Editora Nacional, e como tradutor de 56 obras estrangeiras para o português, dezoito das quais eram dirigidas ao público infantojuvenil (Bottmann, 2011). E a Companhia Editora Nacional, junto com a Editora José Olympio e a Editora Globo de Porto Alegre, eram os carros-chefe entre as editoras que publicaram traduções na "idade de ouro" (Wyler, 2003, p. 25) da tradução literária brasileira. Por exemplo, a Editora Globo, na Coleção Nobel, introduziu ao público brasileiro autores como Virginia Woolf, Aldous Huxley, Somerset Maugham, Thomas Mann, Sinclair Lewis, Joseph Conrad, John Steinbeck, Graham Greene, André Gide, Pirandello, Katherine Mansfield, William Faulkner, entre outros (Amorim, 2000, p. 90-1). Em termos numéricos, estatísticas divulgadas pela Inspetoria Regional de São Paulo em 1946 mostram que, de um total de 1.654.859 livros impressos no Brasil, 885.627 eram traduções, cinquenta por cento do total. E as tiragens eram maiores, pois havia 106 traduções de um total de 335 obras (Koshiyama, 2006, p. 178). Assim, não resta dúvida de que Lobato foi um dos principais atores no campo da tradução pelo fato de conseguir colocá-la no centro do sistema literário brasileiro. Podemos também dizer que suas adaptações, que serão analisadas a seguir, inovaram na maneira como conseguiram incluir temas políticos e críticas ao governo de Getúlio Vargas.

Koshiyama também enfatiza o papel de Lobato no mundo editorial brasileiro, trazendo as "regras de ação capitalista" para uma indústria pré-capitalista e amadora no Brasil no começo do século XX, reconfigurando-a enquanto indústria moderna capitalista. Desenvolveu produtos mais atraentes para o leitor, aumentou o número de pontos de venda e, consequentemente, de leitores, e iniciou o mercado brasileiro de livros infantis (Koshiyama, 2006, p. 196). Infelizmente, ele mesmo não se beneficiou financeiramente, e terminou a vida, se não num estado de penúria, numa posição muito mais pobre do que a do começo da década de 1920.

Paulo Rónai resume esse papel pioneiro de Lobato: "As diretrizes que traçou, os caminhos que abriu estão-se revelando mais importantes do que seus livros" ("Um escritor encontra seu biógrafo", *Diário de Notícias*, 6 nov. 1955, em Landers, 1982, p. 35). E, para Ênio Silveira, "Lobato revolucionou o livro brasileiro. Até ele, os livros brasileiros eram impressos em Portugal ou em Paris [...] Lobato começou com o livro no Brasil [...] criou uma indústria do livro brasileiro. Ele é o pai da indústria do livro brasileiro (em Pires Ferreira, 1992, p. 43).

Gostaria de terminar este capítulo com outra imagem potente da qual Lobato lança mão no ensaio de 1938 "Eu tomo o sol..." (Lobato, 1955a, p. 237-45), já mencionado, quando elogia as traduções de Benjamin de Garay de obras brasileiras na Argentina. Fala do gênio, mencionando Machado e Euclides, e depois Marie Curie. Esta, num certo momento, em seus estudos na Sorbonne, ficou muito impressionada pelas palavras de seu professor, Paul Appell: *"Je prends le soleil et je le lance! [...]"* [Apanho o sol e o lanço!]. Com sua descoberta do rádio, apesar de suas condições adversas de ser mulher e de pertencer a uma família polonesa pobre, Lobato considera que *"Elle a pris le soleil et elle l'a lancé! [...]"* [Ela apanhou o sol e o lançou!]. E, no decorrer deste livro, espero demonstrar que Lobato também *"a pris le soleil et l'a lancé!"* [apanhou o sol e o lançou!].

Resumo

i) Lobato teve várias carreiras. Inicialmente fazendeiro, juiz, depois autor e editor. Nos Estados Unidos, foi diplomata. Na volta ao Brasil, foi lobista pelas causas do ferro e petróleo, e, para ganhar dinheiro, escritor de obras infantojuvenis, tradutor e adaptador.

ii) Como tradutor, teve papel muito importante também na edição de obras inéditas, especialmente de língua inglesa.

iii) Sua editora, Monteiro Lobato & Cia., teve papel central na popularização do livro no Brasil.

iv) Após a falência de Monteiro Lobato & Cia., em 1925, a Companhia Editora Nacional, editora que Lobato montou com Octalles Marcondes Ferreira, também teve enorme importância no mercado editorial brasileiro.

v) Empobrecido pela falência de Monteiro Lobato & Cia., pelo dinheiro perdido no *crash* de Nova York em outubro de 1929 e por seus investimentos na campanha de encontrar petróleo no Brasil, Lobato tornou-se financeiramente dependente de suas traduções e *royalties* no começo da década de 1930 até sua morte, em 1948. Mas não se envergonhava de ser um tradutor "ganha pão".

vi) Sempre favorecia uma tradução fluente e não se importava em omitir palavras e trechos do original.

vii) Sua pressa, conhecimento limitado de inglês e falta de cuidado ao traduzir resultaram em vários erros em suas traduções, embora estas tenham sido elogiadas por sua fluência.

viii) Insistia nas grandes diferenças entre o português de Portugal e o do Brasil, chamando este de brasilina, um parente do português de Portugal, mas uma língua diferente.

ix) Nunca se interessou em qualquer aproximação com as artes modernistas. Rejeitou e foi rejeitado pelo movimento modernista brasileiro, e, em sua estadia nos Estados Unidos (1927-1931), não participou dos movimentos vanguardistas.

x) Tornou-se o maior escritor de livros infantojuvenis do Brasil e traduziu e adaptou muitos livros estrangeiros para o português, especialmente os de língua inglesa.

xi) Durante mais de vinte anos, Monteiro Lobato & Cia. e a Companhia Editora Nacional dominaram o mercado editorial brasileiro, e Lobato pode ser visto como o grande inovador da indústria editorial brasileira.

Capítulo II
Hans Staden, crítica à colonização

Meu captiveiro entre os selvagens do Brasil

Hans Staden, originalmente publicado como *Meu captiveiro entre os selvagens do Brasil, de Hans Staden, texto ordenado literariamente por Monteiro Lobato*, foi o primeiro livro publicado pela Companhia Editora Nacional – a editora montada por Lobato e Octalles Marcondes Ferreira no Rio de Janeiro após a bancarrota de Monteiro Lobato & Cia., em outubro de 1925 – com a tiragem de três mil exemplares. Com a boa recepção do livro, uma segunda edição veio em março de 1926, e uma terceira, em junho de 1927, com um total de oito mil exemplares.

Vanete Dutra Santana, em sua tese de doutorado, *Lobato e os carrascos civilizados: construção de brasilidade via reescritura de "Warhaftige Historia", de Hans Staden*, apresentada em 2007, na Unicamp, detalha mais a genealogia da versão de Lobato:

> Assim, o livro de Staden só se tornaria conhecido no Brasil a partir da tradução de Alberto Löfgren, intitulada *Hans Staden. Suas viagens e cativeiro entre os selvagens do Brasil*, publicada em São Paulo, em 1900, pelo Instituto Histórico e Geográfico de São Paulo e baseada na segunda edição em alemão, também editada por Kolbe no mesmo ano da edição

princeps. Segundo Ziebell, esta tradução se centraria mais na figura de Staden e em suas aventuras do que no caráter etnocêntrico de sua obra, sendo, por isso mesmo, mais voltada para o grande público (cf. Ziebell, 2002, p. 246), justificando-se a crítica positiva de Franco, que elogia o uso de fonte confiável e a reprodução das ilustrações: "A tradução foi feita diretamente de um exemplar da segunda edição de Marburgo [...]. Reproduziu todas as xilogravuras dessa edição, que eram as mesmas da primeira, exceção duma vinheta. O dr. Teodoro Sampaio, que anotou a versão, permanece até hoje [1941] como único intérprete dos termos e frases tupis, escritas por Hans Staden". (p. 105)

Na primeira edição de *Meu cativeiro*, Lobato omitiu as catorze páginas de paratextos no começo do livro: quatro páginas da "Introdução" (Staden, 1900, p. iv-viii), descrevendo as várias edições anteriores de Alberto Löfgren; a "Dedicatória ao patrono de Hans, o príncipe Philipsen, Landtgraf von Essen", de nove páginas (Staden, 1900, p. 1-9); e o "Conteúdo do livro" (Staden, 1900, p. 11). E corta inteiramente a segunda parte do livro, "Verdadeira e curta narração do comércio e costumes dos tupinambás" (Staden, 1900, p. 120-66), e as "Notas de Theodoro Sampaio" (Staden, 1900, p. i-xxxv).

Meu captiveiro entre os selvagens do Brasil foi o primeiro livro da coleção "Brasil Antigo", uma série de livros sobre as grandes figuras históricas brasileiras, mas parece que ela não continuou, e, na quarta edição, em 1945, que fazia parte da Biblioteca do Espírito Moderno, o título mudou para *Hans Staden: suas viagens e cativeiro entre os índios do Brasil*, assim trocando o termo negativo "selvagens".

No "Prefácio", Lobato destaca a importância do livro como documento "[...] precioso relativo à terra brasílica logo após ao descobrimento, e aos usos e costumes dos indígenas" (Lobato, 1925, p. 3). Conhecemos a visão de Lobato em relação à religião quando diz que Hans conseguiu livrar-se "conseguindo implantar no ânimo supersticioso dos índios a crença de que seu Deus o protegia visivelmente" (Lobato, 1925, p. 3).

No parágrafo seguinte, Lobato defende a publicação de seu livro. Antes da publicação de Lobato, a história de Staden foi restrita "[...] aos estudiosos por falta de uma coisa só: ordem literária. Sem este tempero, por mais interessante que seja, não consegue uma obra vulgarizar-se" (Lobato, 1925, p. 3). E Lobato "ordena" a edição com o maior respeito ao original: "Ordenamo-la literariamente, com o mais absoluto respeito ao original, de modo que venha a lucrar em clareza sem prejuízo do carácter documental" (Lobato, 1925, p. 34).

A seguir, a intenção de Lobato de conseguir um bom lucro com uma ampla distribuição fica clara: "É obra que devia entrar nas escolas, pois nenhuma dará melhor aos meninos a sensação da terra que foi o Brasil em seus primórdios" (Lobato, 1925, p. 34). Lobato termina dizendo que usa os nomes próprios de Hans Staden com as correções de Theodoro Sampaio e que reproduz as gravuras da edição original de Staden (Lobato, 1925, p. 34).

A segunda edição é de 1926 e mantém o mesmo formato de 16 cm × 12 cm, não mudando nada além do tipo para os títulos dos capítulos.

A quarta edição, de 1945, usa formato maior, de 22 cm × 15 cm. O "Prefácio" muda, e agora o livro também inclui o prefácio de Löfgren. O título muda para *Hans Staden: suas viagens e cativeiro entre os índios do Brasil, texto ordenado por Monteiro Lobato*.

No novo "Prefácio", Lobato critica a tradução literal de Löfgren, dizendo que esta é aceitável no mundo acadêmico, mas não para um público mais geral, e que precisa de mais clareza e ordem. Admite ter remodelado o livro de Staden para o benefício do grande público, também modificando a ortografia:

> Como o Dr. Alberto Löfgren declara, cingiu-se ele na tradução ao "estilo simples e narrativo, com todas as suas imper-

feições" do autor – e para o fazer deu uma tradução literal. Ora, as traduções literais podem ser muito interessantes para os estudiosos de uma obra, não para o público, visto como a falta de qualidades modernas de clareza e ordem literária dificultam a leitura para a grande maioria de leitores, composta de curiosos apenas interessados na história e não no estilo bárbaro em que foi escrita. Daí a nossa ideia de remodelar a tradução no sentido de maior clareza, sem prejudicar a narrativa em coisa nenhuma. Tudo quanto Hans Staden contou em seu livro, está no texto da presente edição, apenas com mais ordem e clareza, insistimos. Era o meio de reviver o interessantíssimo livro de Hans Staden – e o fizemos para benefício do grande público.

A primeira edição feita com este critério foi dada pela Companhia Editora Nacional em 1925. Na presente apenas modificamos a ortografia e acrescentamos o prefácio de Dr. Dryander e as notas de Staden sobre os costumes dos tupinambás.

Ao pé das páginas damos a grafia que Staden usa para os nomes próprios ou de coisas indígenas. (Lobato, 1945, p. 8-9)

Lobato faz também algumas mudanças mais profundas no texto de Löfgren. Vanete Dutra Santana enfatiza a falta de religiosidade do texto de Lobato:

> Uma marca indelével das mãos de Lobato sobre o texto de Staden é a supressão da referência a Deus, logo no início do primeiro capítulo do livro. Enquanto na edição *princeps* temos "Ich, Hans Staden aus Homberg in Hessen, nahm mir vor, wenn es Gott gefiele, Indien kennen zu lernen...", na ordenação de Lobato não há qualquer referência a Deus: "Eu, Hans Staden, natural de Homberg, pequena cidade do Estado de Hessen, na Alemanha, em certo momento da minha vida deliberei conhecer as Índias tão famosas."
>
> Escrito e publicado no contexto da Reforma, o livro de Staden aparece, em certa medida, como uma obra de exaltação ao Deus ocidental cultuado pelos luteranos. É a este Deus,

inclusive, que ele credita sua sobrevivência ao cativeiro e libertação, apresentando-as como milagres divinos.
[...] Lobato estabelece contraponto entre o Deus europeu e os Deuses dos tupinambás, chegando a ridicularizar Staden ao retratá-lo como fanático, um cristão fundamentalista. Em sua ordenação literária, porém, ele simplesmente suprime a expressão "se Deus quiser", silenciando, assim, o caráter religioso de Staden, o que o desvincula de seu contexto histórico. (2007, p. 109)

Além disso, Lobato muda a ênfase da responsabilidade pela salvação de Hans: "Staden foi poupado, portanto, não graças à sua coragem e à intervenção direta do Deus dos luteranos, mas, antes, graças à sua capacidade de mentir e à sua covardia" (Santana, 2007, p. 124).

Outro elemento que Lobato altera é certo antissemitismo de Hans, omitindo "infames" do seguinte trecho em sua tradução: "[...] eu não sabia o que queriam fazer de mim e me lembrava do soffrimento do nosso redemptor Jesus Christo, quando era maltratado pelos infames judeus" (Löfgren, p. 52), que Lobato ordena da seguinte forma: "Não sabendo o que queriam fazer de mim, consolei-me recordando os sofrimentos de Jesus, tão maltratado pelos judeus" (Staden, 1926, p. 69, em Ferreira de Lima, 2014, p. 52).

Além disso, a visão que Lobato tem da colonização europeia da América Latina é altamente crítica aos colonizadores: "Neste caso, o termo Wilden (selvagens, bravos, ferozes), utilizado por Staden, é carregado de conotações negativas, enquanto índios, o termo escolhido por Lobato, é mais neutro" (Santana, 2007, p. 122).

Santana também menciona a omissão do fato de que boa parte dos portugueses colonizadores era criminosa e degredada:

> Neste caso, segundo a versão de Staden, o capitão seria incumbido pelo próprio Rei de Portugal de transportar para a

colônia *Gefangene* (presos), que serviriam para povoá-la. Lobato, porém, não faz qualquer referência a isso, silenciando, apagando da história a informação de que a América Portuguesa teria sido povoada por criminosos degredados de Portugal. (Santana, 2007, p. 122)

Lobato diz apenas que os marinheiros eram "tripulantes portugueses", reforçando assim o argumento da crueldade dos colonizadores portugueses. Não podemos dizer, no texto de Lobato, que sua crueldade era resultado de pertencerem às camadas criminosas da sociedade portuguesa: eram tripulantes sem quaisquer conotações de serem degredados (Santana, 2007, p. 123).

A popularidade de *Meu captiveiro* foi grande, e, em 7 de maio de 1926, Lobato escreveu a Rangel sobre o sucesso do livro, com oito mil exemplares entrando nas escolas (Lobato, 1944, p. 466). E esse sucesso o levou a fazer uma versão dirigida ao público infantojuvenil.

O *Hans Staden* de Dona Benta

As aventuras de Hans Staden foi inicialmente publicado na Biblioteca Pedagógica Brasileira, Série 1, Literatura infantil, v. 5, em 10 de julho de 1927, com tiragem de seis mil exemplares e ilustrações originais, e depois reeditado regularmente, alcançando em 1994 a 32ª edição. Nas edições de *Obras Completas*, 2ª série, em 1947, foi publicado junto com *Caçadas de Pedrinho*, compondo o terceiro volume da coleção lançada pela Editora Brasiliense (Zorzato, 2008, p. 164). Em 1941, foi reeditado em edição de luxo com o texto antigo e adaptação do prefácio e das notas da edição original.

Embora Lobato já tivesse publicado vários volumes de suas histórias infantojuvenis, *Fábulas de Narizinho* (1921), *A menina do narizinho arrebitado* (1921), *O Marquês de Rabicó*

(1922), *A caçada da onça* (1922), *Jeca Tatuzinho* (1924) e *O noivado de Narizinho* (1924), este foi seu primeiro livro paradidático dirigido às crianças. Numa carta a Rangel, de 1921, escreve sobre sua intenção de lançar uma série de livros infantojuvenis, área em que havia pouquíssima produção brasileira. E, para preencher o repertório brasileiro nesse campo (Even-Zohar, 1990), a solução era publicar traduções. Porém, tinham de vestir uma roupagem brasileira. As velhas edições seriam aproveitadas, mas somente como base.

> Pretendemos lançar uma série de livros para crianças [...] e vamos nos guiar por umas edições do velho Laemmert, organizadas por Jansen Müller. Quero a mesma coisa, porém com mais leveza e graça de língua. Creio até que se pode agarrar o Jansen como "burro" e reescrever aquilo em linguagem desliteraturizada. (Lobato, 1944, p. 419; Lajolo, 1983, p. 4)

O tradutor tem de tomar cuidado em termos da linguagem, que tem de ser leve, graciosa, sem características pomposas "literárias", o que pode ser visto no "Prefácio" a *Hans Staden*:

> Dona Benta não poderia deixar de contar a história de Hans Staden aos seus queridos netos – como não poderão as outras avós e mães deixar de repeti-la aos seus netos e filhos. Para facilitar-lhes a tarefa damos a público este apanhado, em linguagem bem simples, no qual seguimos fielmente a obra original. (Lobato, 1976, p. 7)

Lobato enfatiza a importância da contagem de histórias no âmbito familiar, tema central em sua escrita infantojuvenil, a simplicidade da linguagem necessária a esse público e a aparente fidelidade do texto. No "Prefácio" à segunda edição (5ª ed. 1944), Lobato inclui o "Prefácio" original, mas acrescenta outros elementos, comparando *Hans Staden* a *Robinson Crusoé*, enfatizando suas semelhanças e tentando fazer uma ligação a essa personagem mais conhecida do público brasileiro. Diz que as versões de *Robinson Crusoé* ficaram conhecidas no mundo inteiro porque houve muitas adaptações para públicos de todas as idades, mas a mesma coisa não aconteceu com as traduções de *Hans Staden*. Novamente, Lobato insiste que a versão original é lida apenas por eruditos; e, para conseguir um público, tem de ser traduzida em linguagem contemporânea, o que aconteceu com *Robinson Crusoé*. Porém, o sucesso da primeira edição de suas *Aventuras de Hans Staden* resultou na segunda edição:

> Se as de Robinson tiveram a divulgação conhecida, proveio de passarem às mãos das crianças, em adaptações conforme a idade, e sempre remoçadas no estilo, de acôrdo com os tempos. Com as de Staden não sucedeu – e em consequência foram esquecidas.
> Quem lê hoje, ou pode ler, o livro de Defoe na forma primitiva que apareceu? Os eruditos. Também só os eruditos arrostam hoje a leitura do original das aventuras de Staden.
> Traduzidas ambas, porém, em harmonia moderna, toante com o gosto do momento, emparelham-se em pitoresco, interesse humano e lição moral. Equivalem-se.
> Anos atrás tivemos a ideia de extrair do quasi incompreensivel e indigesto original de Hans Staden esta versão para as crianças – e a acolhida que teve a primeira edição, bastante larga, leva-nos a dar a segunda. Trazia estas palavras à guisa de prefácio que ainda não são descabidas. (Lobato, 1944a, p. 9)

Outro elemento acrescido é o antropológico: o livro de Hans Staden representa "[...] o melhor documento daquela época quanto aos costumes e mentalidade dos índios" (1944a, p. 9).

Em outra carta a Rangel, desta vez de 1925, Lobato fala de sua intenção de publicar traduções de *Tales from Shakespeare*, dos irmãos Charles e Mary Lamb, do *Quixote*, dos contos de Grimm, e da má qualidade das traduções brasileiras para crianças:

Já mandei os originais do Michelet. Os contos extraídos das peças de Shakespeare vão para que escolhas alguns dos mais interessantes e que os traduzas em linguagem bem singela; pretendo fazer de cada conto um livrinho para meninos. Traduzirás uns três, à escolha, e os mandarás com o original; quero aproveitar as gravuras. Estilo água do pote, heim? E ficas com liberdade de melhorar o original onde entenderes. O *D. Quixote* é para ver se vale a pena traduzir. Aprovado que seja, esse resumo italiano, mãos à obra. E também farás para a coleção infantil coisa tua, original. Lembra-te que os leitores vão ser todos os Nelos [referência ao filho] deste país e escreve como se estivesse escrevendo para o teu. Estou a examinar os contos de Grimm dados pelo Garnier. Pobres crianças brasileiras! Que traduções galegas! Temos de refazer tudo isso – abrasileirar a linguagem. (Carta a Rangel, 11 de janeiro de 1925, em Koshiyama, 2006, p. 95; Lobato, 1944, p. 453)

Mais uma vez, podemos ver Lobato como uma espécie de "salvador da pátria", pelo menos para as crianças brasileiras, que, finalmente, teriam a possibilidade de ler obras infantojuvenis escritas numa linguagem acessível, em um português "abrasileirado". Novamente, a intenção de Lobato é clara: suas traduções e as que organiza preencheriam uma lacuna no sistema literário brasileiro. Mas nunca falava de suas intenções de colocar nas traduções suas próprias ideias sobre a educação, a política e a história do Brasil, o que agora veremos em sua versão de *Hans Staden*.

Como nos casos de *Peter Pan*, *Dom Quixote das crianças* e *As fábulas*, Lobato utiliza a técnica de recontagem: Dona Benta narra a história de Hans Staden para Narizinho e Pedrinho, e, no começo e no fim de cada capítulo, há um diálogo entre a avó e as crianças, técnica que possibilita a inserção das próprias ideias de Lobato por meio de seus porta-vozes. Enquanto no original temos somente a voz de Hans Staden, e, em *Meu captiveiro entre os selvagens do Brasil*, a voz de Staden filtrada por Lobato, na versão infantojuvenil temos o uso de várias vozes: de Hans, de Dona Benta, do próprio Lobato e dos picapauzinhos; e, em vez de a história ser narrada em primeira pessoa, Dona Benta a reconta para Narizinho, Pedrinho e Emília em 22 capítulos curtos, e cada título resume o conteúdo do capítulo: "Quem era Hans Staden", "A revolta dos Índios", "A volta para Lisboa" etc.

As soluções da Dona Benta para os problemas do mundo

As intervenções de Dona Benta eram o que mais claramente demonstrava as opiniões de Lobato. O mundo é sempre dominado pelos mais fortes: "[...] a história da humanidade é uma pirataria que não tem fim. O mais forte, sempre que pode, depreda o mais fraco. Só quando a Justiça for uma realidade, em vez de ser um ideal, é que as coisas mudarão de rumo" (Lobato, 1976, p. 12-3). Pedrinho liga isso à fábula do lobo forte e lobo fraco (Lobato, 1976, p. 44), introduzindo outro intertexto com as adaptações de *Fábulas* de La Fontaine de Lobato. Narizinho também lembra *Fábulas* quando os dois grupos de índios estão disputando o corpo de Hans: "Tal qual na fábula do burrinho e dos ladrões – lembrou a menina. – Quando dois brigam, lucra um terceiro" (Lobato, 1976, p. 37).

Esse tema percorre os escritos de Lobato. O homem não mudou muito desde que morava nas cavernas:

> Atacar, roubar, matar o mais fraco, bem como fugir do mais forte, constitui a regra da vida que vem da primeira lei da natureza – cada qual por si. Ou mata ou é matado; ou rouba ou é roubado. Nós somos descendentes dessas bárbaras criaturas e por isso temos no sangue muito de sua selvageria. Apesar da educação que o progresso geral trouxe, inúmeros homens hoje ainda agem como os da Idade de Pedra. Por isso

é que existem tantas cadeias e forcas e cadeiras elétricas. (Lobato, 1974, p. 14)

Em *O Saci*, é o próprio saci quem vira o porta-voz de Lobato, ecoando sentimentos semelhantes: o saci é parte da natureza e consegue "ler" a mata, e "[...] parece que não há animal mais estúpido e lerdo para aprender de que o homem" (Lobato, 1957b, p. 50). E quando o saci escuta Dona Benta lendo os relatórios da Primeira Grande Guerra no jornal, acha que deveriam ser "[...] classificados como as criaturas mais estúpidas que existem. Para que guerra?" (Lobato, 1957b, p. 54).

Parece que a única solução seria um tipo de Estados Unidos do Mundo, semelhante à república Pan-Americana proposta por Simón Bolívar:

> As desgraças do mundo, meu filho, vêm de a terra estar dividida em quase uma centena de países autônomos, cada qual hostil ao seu vizinho. No dia em que o mundo se transformar nos Estados Unidos do Mundo, nesse dia acabar-se-ão as guerras e a humanidade dará começo a sua Idade de Ouro. Todos os homens, que trabalham para a unificação do mundo, estão trabalhando para a Felicidade Humana – e nesse sentido nenhum fez mais do que Simón Bolivar. Sua glória há de crescer cada vez mais, com o crescimento das nações por ele criadas. E no dia em que chegarmos à total unificação do mundo, nenhum nome brilhará mais que o seu. Em vez de ser apenas o maior cidadão da América Latina, será também o primeiro cidadão do mundo – porque enquanto todos os estadistas só pensavam em suas respectivas pátrias, ele pensava numa imensa pátria comum a todos os homens (Lobato, 1974, p. 191)

A reforma da natureza foi escrito em 1941, em plena Segunda Guerra, quando os Estados Unidos ainda não haviam entrado no conflito e o resultado da guerra estava em dúvida. Dona Benta, Tia Nastácia e o Visconde de Sabugosa são convidados pelos chefes de Estado da Europa para participar da

Conferência da Paz de 1945 como representantes da Humanidade e do Bom Senso. Dessa forma, a pequena "República do Sítio do Picapau Amarelo", com seus valores de liberdade e felicidade, poderia ensinar à humanidade o segredo de bem governar os povos. Na volta, Dona Benta é deixada no sítio por um automóvel da Comissão e manda "Mil recomendações ao Rei Carol [da Romênia] e ao Duque e à Duquesa de Windsor – gostei muito dela. E digam ao Mussolini e ao Hitler que apareçam quando puderem, para um passeio em Quindim" (Lobato, 1977, p. 36). Porém, Lobato nunca chegou a publicar o livro sobre a visita de Hitler e Mussolini ao Sítio do Picapau Amarelo!

A chave do tamanho foi escrito no ano seguinte, 1942, quando o resultado da guerra ainda não estava certo, mas o Japão e os Estados Unidos já haviam entrado no conflito. Na Casa de Chaves, Emília puxa a chave errada: em vez de desligar a chave "guerra", aperta aquela que vai diminuir o tamanho de todos os seres humanos. Apesar das mortes que causa, da dificuldade de se proteger contra o frio, o vento e os animais como gatos e pássaros, Emília, Pedrinho e Narizinho conseguem se adaptar à nova situação, e a sociedade que começa parece mais atraente do que a antiga. Não há guerra, não há fogo – a grande causa dos conflitos –, e, em Pail City, a comunidade do professor norte-americano Dr. Barnes, as pessoas vivem em harmonia.

O choque foi violento, mas, conforme Emília, foi necessário:

– *Homo sapiens* duma figa! Morrem muitos, bem sei. Morrem milhões, mas basta que fique um casal de Adão e Eva para que tudo recomece. O mundo já andava muito cheio de gente. A verdadeira causa das guerras estava nisso – gente demais, como Dona Benta vivia dizendo. O que eu fiz foi uma limpeza. Aliviei o mundo. A vida agora vai começar de novo – e muito mais interessante. Acabaram-se os canhões, e tanques, e pólvora, e bombas incendiárias. Vamos ter coisas muito su-

periores – besouros para voar, tropas de formiga para o transporte de cargas, o problema da alimentação resolvido, porque com uma isca de qualquer coisa um estômago se enche.
– Mas...
O Visconde, como bom sábio que era, engasgou e começou a achar razãozinha nas ideias da Emília.
– Pense bem, Visconde. A tal "civilização clássica" estava chegando ao fim. Os homens não viam outra solução além da guerra – isto é, matar, matar, matar, destruir todas as coisas criadas pela própria civilização – as cidades, as fábricas, os navios, tudo. Pense bem, Visconde. Essa tal civilização havia falhado. Havia enveredado por um beco sem saída – e a saída que achava qual era? Suicidar-se a tiros de canhão. Ora bolas! Eu até me admiro de ver um sábio com um cartolão desse tamanho defender um mundo de ditadores, cada qual pior que o outro. (Lobato, 1967, p. 93)

Após a destruição da guerra, seria melhor começar de novo, com a "Ordem Nova da Humanidade Sem Tamanho" (Lobato, 1967, p. 125). Emília visita os ditadores Hitler, Stalin, o Imperador do Japão e ameaça:

Se o Tamanho voltar e tudo ficar como estava, quero vida nova, sem guerras, sem ódios, sem matanças, sem armas, está entendendo? E se por acaso algum dos futuros poderosos romper o trato, o castigo será terrível. Sabe qual será o castigo? O tal "alguém" desce a chave duma vez, e o Tamanho fica reduzido a zero, Em vez de 4 centímetros, como Vossa Excelência tem hoje, passará a ter 4 milímetros ou menos e será devorado até pelas moscas e pulgas. (Lobato, 1967, p. 148)

Esse novo mundo seria uma comunidade sem propriedade privada, mas até a organizadora da nova sociedade, Emília, é atraída pelos valores do Velho Mundo: quando o menino Juquinha tenta tomar a jangada de Emília feita de fósforos, Visconde comenta: "Lá vai a propriedade se formando [...] Emília já está cheia de *minhas* e *meus*, minha nau, meu queijo, meu sítio..." (Lobato, 1967, p. 148).

Porém, na votação ao final do livro, há uma maioria para voltar à situação de antes. Visconde, agora na posição de gigante – sendo sabugo, e não humano, não diminuiu de tamanho –, teria de seguir com uma vida de mais responsabilidade, sendo comandado por Emília e sujeito a ser emprestado a governos diversos para resolver problemas. Portanto, ele decide pela vida cômoda, votando com os "conservadores" – Dona Benta, Tia Nastácia e Coronel Teodorico – para voltar à situação de antes, contra os apoiadores da Nova Ordem, as crianças Pedrinho, Narizinho e Juquinha.

Os doze trabalhos de Hércules foi publicado três anos depois, em 1944, e escutamos a mesma voz de Lobato, talvez mais cansada pela destruição da guerra do que em 1941. Emília compara a atualidade de 1944 com a Arcádia que é a Grécia antiga:

> Aqui a luta é só contra os monstros ou outros guerreiros. Lá a fúria das balas não distingue: pega o que encontra. O grande brinquedo dos nossos tempos modernos consiste em destruir, destruir, destruir. Cidades inteiras desaparecem em horas. Populações inteiras são estraçalhadas. Por isso é que nós gostamos da Grécia, tão bonita, cheio de heróis que só atacam monstros, cheio de deuses amáveis, de pastores e pastorinhas, de ninfas nos bosques, de náiades nas águas, de faunos e sátiros nos campos. (Lobato, 1956, p. 274)

As críticas de Dona Benta à colonização

Um dos projetos não realizados de Lobato no final de sua vida foi "[...] escrever a história da América contada pelo vulcão andino Aconcágua aos picapauzinhos, imune, portanto, ao filtro do colonizador branco" (Lajolo, 2000, p. 64). A visão de Dona Benta da colonização das Américas é totalmente negativa: "[...] se não fosse a ganância dos brancos, quer portugueses, quer espanhóis, ganância que os levou a insistir na escravização dos índios, não teria havido nas Américas os horrores que houve" (Lobato, 1976, p. 15).

> Mas os conquistadores do Novo Mundo, tanto portugueses como espanhóis, eram mais ferozes que os próprios selvagens. Um sentimento só os guiava: a cobiça, a ganância, a sede de enriquecer, e para o conseguirem não vacilaram em destruir nações inteiras, como os astecas do México e os incas do Peru, povos cuja civilização já era bem adiantada. (Lobato, 1976, p. 46)

Quando Pedrinho indaga Dona Benta por que esses conquistadores são sempre considerados grandes homens, Dona Benta responde que: "[...] a história é escrita por eles. Um pirata quando escreve a sua vida está claro que se embeleza de maneira a dar a impressão de que é um magnânimo herói". E ironiza: "À entrada de uma certa cidade erguia-se um grupo de mármore, que representava um homem vencendo na luta ao leão. Passa um leão, contempla aquilo e diz: Muito diferente seria essa estátua se os leões fossem escultores!" (Lobato, 1976, p. 46).

Embora não possamos dizer que Lobato estivesse defendendo a antropofagia das tribos brasileiras, Dona Benta oferece uma visão bastante favorável do tratamento que os indígenas brasileiros davam aos prisioneiros europeus:

> Não há termo de comparação entre o modo pelo qual os índios tratavam os prisioneiros e o que era de uso na Europa. Lá a "civilização" recorria a todos os suplícios, inventava as mais horrendas torturas. Assavam os pés da vítima, arrancavam-lhe as unhas, esmagavam-lhe os ossos, davam-lhe a beber chumbo derretido, queimavam-na viva em fogueira. Não há monstruosidade que em nome da lei de Deus os carrascos civilizados, em nome e por ordem dos papas e reis, não tenham praticado. Mesmo aqui na América o que sobretudo os

espanhóis fizeram é de arrepiar as carnes. Os índios não. Brincavam com as vítimas, apenas. Assim é que depois de tal dança de pernas amarradas eles rodearam Hans para escolher pedaços. A perna é minha, dizia um; o braço é meu, dizia outro; eu quero este pé, exclamava terceiro.

Em seguida obrigaram-no a cantar. Hans obedeceu e entoou versos religiosos em latim. A curiosidade dos índios quis logo saber o que significavam.

– São versos cantados em honra do meu Deus – explicou Hans.

– Teu Deus é *tipoti* (excremento) – exclamaram diversos.

Hans, que era muito piedoso, magoou-se com aquilo e murmurou, olhando para o céu: "Como podes Tu, Deus poderoso, sofrer com paciência estes insultos?". (Lobato, 1976, p. 53-4)

E, de fato, Dona Benta relativiza o fato que comemos carne de porco e de boi da mesma maneira que as tribos indígenas comem carne humana (Lobato, 1976, p. 72). Porém, perto do fim do livro, vemos duas ocasiões em que Lobato aparenta ter uma opinião menos favorável sobre os indígenas brasileiros. Quando Pedrinho pergunta por que os índios não entendiam português, Dona Benta responde que, sempre que os índios capturavam alguém, o comiam, quando teria sido mais interessante aproveitar alguns dos portugueses para ensinar-lhes a língua do inimigo (Lobato, 1976, p. 67). Um certo desprezo pela inteligência dos nativos fica claro na página seguinte, quando Dona Benta diz que "[...] possuíam um grau de inteligência muito inferior ao dos brancos" (Lobato, 1976, p. 68), resultando na facilidade que os portugueses e espanhóis tinham para vencê-los. O próprio Hans seria um bom exemplo: "[...] assistimos à luta da inteligência contra a bruteza. A inteligência, com manhas e artimanhas, acabou vencendo a força bronca do número" (Lobato, 1976, p. 68).

A semelhança entre Dona Benta e uma professora universitária aposentada me foi uma vez citada, como foi mencionada no Prefácio (cf. p. 9). Em *Hans Staden*, ela dá informações sobre a cidade de Hesse (Lobato, 1976, p. 9-10); explica o significado de "zarpar", "milha" e "milha náutica" (p. 13) e de "fosforescência" (p. 14); dá uma aula sobre cosmografia (p. 14) e outra sobre colorantes naturais (p. 19); explica o que é uma "epopeia" (p. 23); dá informações sobre canhões (p. 26) e sobre a diferença entre "imerge" e "emerge" (p. 30); define "mameluco" (p. 33); explica a fabricação de cauim, a cerveja de milho dos índios (p. 35); dá uma aula de tupi, especificamente sobre palavras formadas com "pira" (peixe) e "cuí" (farinha) (p. 36); e encoraja as crianças a ler *Viagem ao redor do mundo* de Darwin (p. 19).

As reações das duas crianças à visão bastante favorável à antropofagia de Dona Benta são diferentes. Pedrinho aplaude a coragem com que os guerreiros enfrentam o fato de serem mortos e devorados: "Bravo! – exclamou Pedrinho. – Assim é que um homem deve morrer" (Lobato, 1976, p. 77). E admira o canibal Cunhambebe como líder latino-americano, e o fato de ser canibal é um pormenor: "Gosto de um tipo assim! Ele estava no seu papel. Estava defendendo a sua terra, invadida por estrangeiros. Tinha o direito de comer quantos peros quisesse..." (Lobato, 1976, p. 52). Mas a reação de Narizinho é mais negativa. Ao descrever a cena de canibalismo quando os tupinambás comem o prisioneiro carijó, Narizinho não se sente bem: "Pare que estou sentindo uma bola no estômago...", e até Pedrinho pensa em se tornar vegetariano, deixando de comer carne de boi, mas não de galinha (Lobato, 1976, p. 71).

Lobato e a Igreja Católica

Vimos como a forte religiosidade de Hans é cortada por Lobato, vista até mesmo como um truque pelo qual Hans consegue enganar os índios. Durante a vida inteira, Lobato teve um relacionamento difícil com a Igreja Católica. Apesar de ter crescido em uma família católica, esta nunca conseguiu persuadi-lo a fazer a primeira comunhão, e, aos dez anos, abandonou um colégio católico em Taubaté porque não queria confessar-se e se sujeitar às cerimônias religiosas (Cavalheiro, 1955, p. 492). Em *Mundo da Lua*, escreve: "A cega obediência a Deus, ao Papa, ao Padre, ao Catecismo, a dogmas e regras, destrói a liberdade moral – essa conquista suprema para os homens superiores, mas perigoso embaraço para o rebanho humano" (em Cavalheiro, 1955, p. 493). Em várias ocasiões ele volta a esse ponto, como em *Viagem ao céu*:

– Os sábios, menina, são os puxa-filas da humanidade. A humanidade é um rebanho imenso de carneiros tangidos pelos pastores, os quais metem a chibata nos que não andam como eles, pastores, querem e tosam-lhes a lã e tiram-lhes o leite, e os vão tocando para onde convém a eles, pastores. E isso é assim por causa da extrema ignorância ou estupidez dos carneiros. Mas entre os carneiros às vezes aparecem alguns de mais inteligência, os quais *aprendem* mil coisas, *adivinham* outras, e depois *ensinam* à carneirada o que aprenderam – e desse modo vão botando um pouco de luz dentro da escuridão daquelas cabeças. São os sábios.
– E os pastores deixam, vovó, que esses sábios descarneirem a carneirada estúpida? – perguntou Pedrinho.
– Antigamente os pastores tudo faziam para manter a carneirada na doce paz da ignorância, e para isso perseguiam os sábios, matavam-nos, queimavam-nos em fogueiras – um horror, meu filho! Um dos maiores sábios do mundo foi Galileu, o inventor da luneta astronômica, graças à qual afirmou que a Terra girava em redor do Sol. Pois os pastores da época obrigaram esse carneiro sábio a engolir a sua ciência.
Por que, vovó?
– Porque a eles, pastores, convinha que a Terra fosse fixa e centro do universo, com tudo girando em redor dela. (Lobato, 1977a, p. 16-7)

Em *História do mundo para crianças*, ao falar do rompimento de Henrique VIII com a Igreja Católica, Lobato usa o mesmo termo que em *Viagem ao céu*, ao reforçar que os pastores insistiam que a terra estava no centro do mundo, contrariando os achados científicos de Galileu (Lobato, 1974, p. 103). No trecho comentado anteriormente, quando Pedrinho diz que ele encarnou Roldão, e Dona Benta discorda, dizendo que ele encarna Dom Quixote, Sales Brasil o acusa de espiritismo, semelhante ao de Alan Kardec (Lobato, 1974, p. 69). Depois acrescenta que Sócrates foi forçado a beber veneno pelos pastores da época, e Giordano Bruno "foi queimado vivo numa fogueira, no ano 1600 – sabem por quê? Porque era um verdadeiro sábio e estava iluminando demais a escuridão dos carneiros" (Lobato, 1981, p. 18).

Em *A literatura infantil de Monteiro Lobato ou comunismo para crianças*, Padre Sales Brasil critica Lobato por usar seus livros para avançar um programa comunista. No decorrer do livro ele exemplifica a maneira pela qual Lobato insere os seguintes pontos:

i) negação de uma causa superior à matéria, que, a esta, lhe tivesse dado origem. Portanto:
ii) negação da divindade de Cristo e da existência de Deus;
iii) negação da superioridade do cristianismo; ou melhor, afirmação explícita da superioridade do paganismo em face da religião cristã; e mais ainda, explicitação [...] da inferioridade da religião católica, relevante aos ramos que trazem menos seiva de cristianismo etc.;
iv) negação da espiritualidade da alma e da existência de outros espíritos;
v) negação da verdade lógica, ontológica e da certeza absoluta; negação da imoralidade da mentira e da força do direito;
vi) negação do vínculo matrimonial indissolúvel;
vii) negação da moralidade do pudor e negação do impudor das obscenidades.
viii) negação da hierarquia social;
ix) negação da independência da pátria;

x) negação do direito à propriedade particular;
xi) negação da cultura clássica, ou inspirada no cristianismo; negação da civilização cristã;
xii) negação do respeito devido aos pais, superiores e pessoas idosas; negação da polidez e boas maneiras.

E, no decorrer do livro, Padre Sales Brasil detalha essas "negações". Ele "pinta os pastores da Igreja 'com caras de grandes burros'" (Brasil, 1957, p. 68), e, a seguir, a semelhança entre os pastores e carneiros de uma fazenda e os da Igreja é clara.

Talvez o livro que demonstre mais claramente para o padre o comunismo óbvio de Lobato é *A chave do tamanho*, no qual a chave que regula todas as coisas do mundo e o tamanho de todas as criaturas é vista como uma metáfora para o sistema soviético, com sua redução de todas as pessoas e seu "nivelamento de todas as classes sociais!" (Brasil, 1957, p. 157).

Há vários outros episódios que Padre Sales Brasil critica como blasfemos. Em *História do mundo*, Lobato ridiculariza os milagres, que pertencem a uma época ultrapassada, e eles foram suplantados pelas invenções modernas; "A idade dos milagres é esta. De momento a momento novas maravilhas saem dos laboratórios científicos" (Lobato, 1974, p. 304, em Brasil, 1957, p. 96). Em *Memórias de Emília*, a boneca traz um anjinho com uma asa quebrada para cuidar no sítio (Lobato, 1978, p. 80).

Dona Benta ironiza o fato de que Tia Nastácia sabe o Credo de Niceia: "Até a Tia Nastácia, que é uma pobre negra analfabeta, sabe de cor o Credo de Niceia, isto é o resumo da religião cristã feito pelo concílio lá reunido no ano 325, ou seja, 1622 anos deste ano de 1947 em que estamos hoje..." (Lobato, 1974, p. 100). No mesmo livro, Narizinho também usa de ironia quando Dona Benta conta a história de Joanna d'Arc: "Assam uma criatura e depois a fazem santa..." (Lobato, 1974, p. 152).

Em *Viagem ao céu*, há uma sátira aos protestantes quando Visconde reencarna como Dr. Livingstone, e, ao pronunciar

"Credo!", Tia Nastácia "[...] deu um tapa na boca porque achava inconveniente pronunciar essa palavra perto dum protestante!" (Lobato, 1977a, p. 14).

A moral de várias das *Fábulas* é que, para se sair bem na vida, deve-se desenvolver a esperteza, demonstrando que Lobato ignora a importância do desenvolvimento de qualidades espirituais.

Padre Sales Brasil também acusa Lobato de gozar da instituição sagrada do casamento quando Emília casa-se com o porco, o Marquês de Rabicó, em *As reinações de Narizinho*. Conforme Narizinho: "Emília é uma emproada, príncipe, que não dá confiança ao marido. Casou-se só por casar, pelo título, e se encontrar por aqui algum duque, é bem capaz de divorciar-se do Marquês. A menos que não queira casar-se com o Visconde" (Lobato, 1980, p. 76). Ela explica: "Emília não se casou por amor, como nós. Só por interesse, por causa do título. Emília não é mulher para Rabicó. Merece muito mais. Merece um senhor sacudido e valente como o gato Félix..." (Lobato, 1980, p. 89).

Logo depois divorciam-se, e, em *Emília no País da Gramática*, a boneca brinca sobre o casamento:

> "Já me casei e me arrependi bastante. Felizmente, não tive filhos – e como não pretendo casar-me de novo, não deixarei descendência neste mundo..."
> "E se aparecer um grande pirata, como aquele capitão Gancho da história de Peter Pan?", cochichou Narizinho no ouvido dela.
> "Isso é outro caso...", respondeu Emília, cujo sonho sempre fora ser esposa dum grande pirata – para "mandar num navio". (Lobato, 1974b, p. 112, em Brasil, 1957, p. 145)

Sales Brasil também dá exemplos da falta de educação de Emília para com Tia Nastácia. Em *Aritmética de Emília*: "Pois eu sou asneirenta, porque aquela burra da Tia Nastácia me fez assim. Ela foi a minha natureza. Natureza preta como carvão, e beiçuda" (Lobato, 1935a, p. 79, em Brasil, 1957, p. 213).

A civilização ocidental tem suas raízes na civilização da Grécia antiga, e Lobato ignora a importância do cristianismo na história ocidental. Sales Brasil cita Edgard Cavalheiro: "[...] tomado pelo horror pelo espírito medieval e cristão [Lobato] passa a suspirar [...] pelo sadio paganismo da velha Grécia" (Cavalheiro, 1955, p. 493, em Brasil, 1957, p. 263).

O seguinte trecho demonstra uma admiração por Jesus Cristo, mas a mensagem do cristianismo, além do Islã, foi deturpada durante a história:

> Tais gloriosos conquistadores não passavam de insignes piratas de audácia igual à daqueles normandos que invadiram a França e a Inglaterra. O pretexto era a necessidade de introduzir no Novo Mundo a religião de Cristo – do meigo e infinitamente bom Jesus. Foram infames até nisso, de esconderem a insaciável cobiça sob o homem tão sublimemente bom que até virou deus. O sarraceno pregava o Corão com a espada em punho. O cristão pregava a Bíblia com o arcabuz engatilhado. O diabo decida entre ambos... e os tenha a todos no maior dos seus caldeirões. (Lobato, 1974, p. 166)

Também em *História das invenções* encontramos a admiração de Lobato por Jesus Cristo. De novo fala de todos os horrores cometidos pelos seres humanos:

> A grande arte que ainda hoje os homens cultivam com maior carinho é a arte de matar cientificamente. Se vocês compararem o que os povos modernos gastam no aperfeiçoamento da arte de matar com o que gastam com a educação do povo e outras coisas de benefício geral, hão de horrorizar-se. Os homens não fizeram progresso nenhum em matéria de bondade e compreensão. Chegaram ao ponto de crucificar Jesus só porque Jesus queria implantar na Terra o reino da bondade. (Lobato, 1974a, p. 35)

São sempre as instituições religiosas que Lobato critica. Galileu, ao dizer que a Terra não era o centro do universo, "[...] teve de comparecer perante os tribunais religiosos, que o obrigaram a desdizer-se" (1974a, p. 90).

A obra de Lobato chegou a ser proibida em várias escolas e colégios católicos. Edgard Cavalheiro comenta que várias gazetas católicas publicaram o seguinte aviso no jornal semanal da Freguesia de S. José, em Belo Horizonte, *O Sino de São José*, em 4 de fevereiro de 1934: "CUIDADO! Tornamos a avisar a todos que o livro *História do Mundo para Crianças* é péssimo e não pode ser lido por ninguém [...]" (Cavalheiro, 1955, p. 593). E, no Externato do Colégio Sacré Coeur de Jesus no Rio de Janeiro, pediu-se aos alunos que trouxessem quaisquer livros de Lobato à escola. "'Reunidos os livros, depõe Raul de Lima, a Revma. Irmã e educadora fez uma fogueira, com alguns paus de bambu, e queimou-os todos.' Um autêntico auto de fé. Em pleno ano de 1942!" (Cavalheiro, 1955, p. 593-4). Cavalheiro também descreve o boletim da Liga Universitária Católica Feminina, que analisa a obra de Lobato e chega a conclusões semelhantes às de Padre Sales (Cavalheiro, 1955, p. 594). Entre os livros que não deviam ser lidos se encontrava *Hans Staden*, com suas cenas de antropofagia, "[...] descritas tão ao vivo que podem impressionar crianças muito pequenas ou muito sensíveis" (Cavalheiro, 1955, p. 595; Zorzato, 2008, p. 166).

O próprio Lobato ironiza essa situação em carta a Vicente Guimarães:

> Dois meses atrás todos os meus livros foram retirados das bibliotecas escolares do Distrito Federal e queimados nas fornalhas da Caixa de Amortização. Imagine que desastre: O Quindin [sic] torrado, o Rabicó assado, a Emília, a Nastácia, dona Benta reduzidas a cinza. Gente cruel, não? (Lobato, s.d.)

O programa de televisão *Globo Repórter, 100 Anos de Monteiro Lobato*, em 1982, entrevistou pessoas que, na infância, se lembravam de uma mensagem da sede do bispado de Taubaté, a cidade natal de Lobato, para que as crianças nos colégios católicos, em troca de boas notas, entregassem seus livros de Lobato para então serem queimados.

Cotejo da tradução de Löfgren, *Meu captiveiro entre os selvagens* e *As aventuras de Hans Staden*

Assim, podemos examinar em detalhe um capítulo das três versões. Começamos com o Capítulo XXXIX, "Como elles tinham um prisioneiro que sempre me calumniava e que teria gostado de que elles me tivessem morto e como o mesmo foi morto e devorado na minha presença" (Staden, 1900, p. 79-82); Capítulo XXXIX, "De como um outro prisioneiro sempre me calumniava e do que lhe succedeu", de *Meu captiveiro* (Lobato, 1925, p. 112-6); e Capítulo XVII, "O carijó doente" (Lobato, 1976, p. 70-1), de *Aventuras de Hans Staden*.

O *Hans Staden* de Löfgren:

> Havia entre elles um prisioneiro da raça que se chama Cariós e que são inimigos dos selvagens, que são amigos dos portuguezes, de que tinha fugido. Aos que vêm, assim a elles, elles não matam sinão quando comettem algum crime especial, conservam-n-os como sua propriedade e os obrigam a servir-lhes.
>
> Este cariós esteve tres annos entre estes Tuppin Inba e contou que me tinha visto entre os portuguezes e que eu tinha atirado por vezes sobre os Tuppin Inba, quando vinham em guerra.
>
> Havia alguns annos que os portuguezes tinham morto a tiro um dos reis; este rei, disse o Carió, tinha eu atirado. E os instigava sempre, para que me matassem, porque eu era o inimigo verdadeiro; elle o tinha visto. Mas elle mentia em tudo isso porque já tinha estado tres annos entre elles e havia só

um anno que eu tinha chegado a S. Vicente, de onde elle tinha fugido, e orei a Deus para que me guardasse contra estas mentiras. Aconteceu então, no anno 1554 mais ou menos, no sexto mez depois que estava prisioneiro, que o Cariós ficasse doente e o senhor delle me pediu que eu o auxiliase para que ficasse bom e pudesse caçar para termos o que comer, porque eu bem sabia que quando elle trouxesse alguma cousa tambem dava para mim. Mas como me parecia que elle não podia mais sarar, queria elle (o senhor) dal-o a um amigo para que o matasse e ganhasse mais um nome.

Assim estava elle doente, já havia uns nove ou dez dias. Elles tem uns dentes que são de um animal que chamam *Backe* (pacca), amollam estes dentes, e onde o sangue estanca, alli cortam elle com o dente sobre a pelle, o sangue corre e este é tanto como quando aqui se corta a cabeça de alguem.

Tomei então um destes dentes e queria abrir-lhe uma veia mediana. Mas não podia cortar com elle porque o dente estava muito cego. Estavam todos em roda de mim. Como eu me retirei por ver que nada valia, perguntaram-me si elle ficava bom outra vez? Eu lhes disse que nada tinha conseguido e que o sangue não corria, como podiam ter visto. "Sim, replicaram; elle quer morrer, vamos matal-o, antes que elle morra." Eu disse: "não, não o façam; talvez possa sarar ainda." Mas não valeu de nada; levaran-n-o para frente da cabana do rei Vratinga e dous o seguraram porque elle estava tão doente que não percebia o que fazer com elle. Chegou então aquelle a quem tinha sido dado para matal-o e lhe deu um golpe tão grande sobre a cabeça que os miollos saltaram. Deixaram-n-o assim deante da cabana e iam comel-o. Eu disse então que não fizessem isso, porque elle era um homem doente e que elles podiam tambem ficar doentes. Ficaram sem saber o que fazer. Sahiu então um delles da cabana onde eu morava, chamou as mulheres para que fizessem um fogo ao pé do morto e lhe cortou a cabeça, porque tinha um só olho e parecia tão feio da doença que teve, que elle deitou fora a cabeça e esfollou o corpo sobre o fogo. Depois o esquartejou e dividiu com os outros, como é de seu costume e o devoraram, excepto a cabeça e os intestinos, que lhes repugnavam, porque elle tinha estado doente.

Fui de uma para outra cabana. Em uma assaram os pés, em outra, as mãos; e na terceira, pedaços do corpo. Disse-lhes então como os Cariós que elles estavam assando e queriam devorar me tinha sempre calumniado e dito que eu tinha morto alguns de seus amigos, quando estive entre os portuguezes. Isso era mentira, porque elle nunca me tinha visto. Sabeia que elle esteve entre vós alguns annos e nunca esteve doente; agora, porém, quando elle mentiu a meu respeito, meu Deus ficou zangado, o fez ficar doente e metteu na vossa cabeça que o matasseis e o devorasseis. Assim meu Deus fará com todos os maus que me têm feito mal, ou fazem. Ficaram com medo destas palavras e isso agradeço a Deus todo poderoso, que em tudo se mostrou tão forte e misericordioso para comigo.

Peço, por isso, ao leitor que preste attenção ao meu escripto, não que tome este trabalho mesmo por ter vontade de escrever novidades; mas unicamente para mostrar o benefício de Deus.

Approximou-se o tempo da guerra que durante 3 mezes elles tinham preparado. Esperava sempre que, quando sahissem, elles me deixasem em casa com as mulheres, porque queria ver si emquanto ausentes podia fugir.

Meu captiveiro, de Lobato:

Havia na taba um outro prisioneiro de raça Carijó, que fôra escravisado pelos portuguezes e conseguira fugir. Aos que os tupinembás [sic] assim tomavam não matavam, a não ser em virtude de algum crime especial; mas os conservavam como escravos de trabalho.

Este carijó contou que estivera tres annos com os portuguezes e lá me conhecera atirando contra os tupinambás por ocasião das guerras. E como annos antes os portuguezes haviam morto a um morubichaba com um tiro, dizia o carijó que o tiro fôra meu, e, pois, deviam matar-me.

Esse escravo mentia em tudo, porque estava entre os tupinambás havia tres annos e eu só tinha um anno de Brasil.

Succedeu, porém, no sexto mez do meu captiveiro, que o carijó enfermou; o meu dono, Ipiru-guaçu, que era também o senhor desse escravo, pediu-me que o curasse, pois lhe fazia falta no serviço. Fui de parecer que o doente não se curaria, e Ipirú-guaçu resolveu dal-o a um amigo, para que o matasse e ganhasse mais um nome.

Os indios costumam sangrar os doentes nas veias, com um dente de paca afiadissimo. Deram-me um destes dentes e eu procurei sangrar o carijó; mas o instrumento estava cégo e nada consegui. Os indios, que me rodeavam, indagaram o que eu achava do doente, e ao dizer-lhes que não poderia sarar replicaram:

– Sim, elle quer morrer e nós vamos matal-o antes disso.
– Não! Não o façam, que elle pode levantar-se ainda, acudi eu.

De nada valeram estas palavras; levaram-no para de fronte da cabana de Guaratinga-açú, a braços, porque o doente não dava accordo de si.

O indio, a quem Ipirú-guaçu havia presenteado com esse escravo, approximou-se de tacape em punho e deu-lhe tamanho golpe na cabeça que os miolos saltaram.

Deixaram-no alli e começaram a preparar-se para comel-o.

Intervim dizendo que não o fizessem, pois era um homem doente e sua carne podia lhes fazer mal. Tinha um só olho o carijó e estava tão feia a sua cabeça, por effeito da doença, que mettia horror.

Os indios ficaram vacillantes, sem saber o que fazer, até que sahiu um da sua cabana, mandou que as mulheres acendessem fogo ao pé do morto e lhe decepou a cabeça, lançando-a fora.

Em seguida chammuscou o cadaver e o esfolou. Depois o esquartejou e dividiu a carne pelos circumstantes, com excepção dos intestinos e da cabeça que já não estava no pescoço.

Percorri as várias cabanas. Numa assavam os pés; noutra, as mãos; noutra as pernas.

Aproveitei-me do ensejo para tirar partido do incidente, e lembrei-lhes que o carijó vivera tres annos de perfeita saude naquella taba, mas como me calumniara a mim, affirmando que eu havia morto alguns tupinambás, meu Deus se zangara e o fizera adoecer e acabar matado e devorado.

– E assim procederá o meu Deus para com todos os que me fizeram mal, conclui eu, alimentando dessa forma o medo que já o meu Deus inspirava aos selvagens.

Enquanto se davam estes factos ia-se approximando a epoca da expedição contra a Bertioga. Eu esperava que quando sahissem para essa incursão me deixassem na taba com as mulheres, o que me poderia proporcionar uma opportunidade para a fuga.

Mudanças entre os dois textos:

i) Lobato clarifica e moderniza, embora seu texto ainda nos pareça muito arcaico, com formas como "annos", "portuguezes" e "matal-o".
ii) Lobato acrescenta nomes próprios, como o do seu dono e o dono do índio, "Ipirú-guaçu", e o novo dono do índio, "Guaratinga-açú", e acrescenta "morubichaba", quando o original usa "reis". E no fim acrescenta o nome dos Bertioga, contra quem vão lutar.
iii) Lobato acrescenta uma explicação: "Os índios costumam sangrar os doentes nas veias, com um dente de paca afiadíssimo", para esclarecer o que está acontecendo quando Hans recebe um dente de paca. No mesmo parágrafo, Lobato omite "o sangue corre e este é tanto como quando aqui se corta a cabeça de alguém".
iv) Na parte final, Lobato omite certas referências a Deus. Inicialmente mantém a ideia de que Deus esteja castigando o índio por ter mentido sobre Hans, mas Lobato omite o elogio de Hans a Deus: "Ficaram com medo destas palavras e isso agradeço a Deus todo poderoso, que em tudo se mostrou tão forte e misericordioso para comigo".

E agora vamos cotejar esses textos com o Capítulo XVII de *As aventuras de Hans Staden*, "O carijó doente".

– Havia na taba um prisioneiro carijó que houvera sido escravo dos portugueses e fora apanhado pelos tupinambás numa das expedições contra São Vicente. Esse carijó detestava Hans Staden e vivia dizendo que fora ele quem matara o pai de Nhaepepô com um tiro.

Era falso. O carijó estava ali na taba já de três anos e Hans só tinha um ano de estada no Brasil: não podia o índio, portanto, tê-lo conhecido na Bertioga, como afirmava.

Um dia, em que esse escravo caiu muito doente, Ipiru-guaçu, seu dono, chamou Hans para curá-lo.

Hans examinou-o, e disse:

– "Está doente e vai morrer porque me quis fazer mal. Não tem cura."

Em vista disso Ipiru resolveu dar o carijó ao seu amigo Abaté [homem notável, chefe] para que o matasse e ganhasse um nome.

Vários índios que se achavam à volta do doente foram da mesma opinião.

– "Sim, ele 'quer' morrer; é melhor matá-lo já."

Hans horrorizou-se com a ideia e disse:

– "Não! Não o matem, que ele ainda poderia sarar."

De nada valeram as suas palavras; os índios levaram-no dali a braços, porque o doente não dava mais acordo de si.

Abaté recebeu o presente, agradeceu-o e foi para dentro buscar a iverapema. Trouxe-a, ergueu-a no ar e desferiu tamanho golpe no crânio do carijó que os miolos espirraram longe.

Iam comê-lo. Hans interveio para aconselhar que não o fizessem; o carijó estava doente e sua carne poderia envenená-los.

Os índios vacilaram um instante. Estava tão feia a cara do carijó, além do mais cego de um olho, que se sentiram repugnados.

Nisto surge de uma das cabanas um índio mais desabusado, manda que as mulheres façam fogo ao pé do cadáver e decepa-lhe a cabeça, arrojando para longe.

Suprimida a parte do corpo que horrorizava pelo aspecto, desapareceu a repugnância dos índios, os quais tomavam o cadáver, chamuscaram-no no fogo, esfolaram-no, dividiram-no em postas e distribuíram-nas entre os circunstantes.

Logo depois em cada cabana começou a chiar ao espeto um naco de carijó...
— Pare, vovó! — exclamou Narizinho. — Pare que estou sentindo uma bola no estômago...
— De fato, minha filha, o quadro é horroroso. No entanto fazemos nós hoje coisa muito parecida com os cadáveres dos bois e dos porcos... Afastado o aspecto moral, não vejo diferença entre o cadáver de um carijó e o cadáver de um boi.
— Basta, vovó! — disse Pedrinho. — De hoje em diante não comerei mais carne.
— Nem de galinha? — interpelou Dona Benta.
Pedrinho, que gostava muito de frango assado, vacilou.
— De galinha não digo; mas de boi ou de porco, nunca mais!...

Podemos cotejar essa versão com as anteriores:

i) A linguagem em geral é muito mais atualizada e contemporânea. A edição utilizada é a de 1976.
ii) Lobato faz várias mudanças nos nomes próprios. O dono do índio, "Guaratinga-açú" em *Meu captiveiro*, torna-se Abaté, explicado como "homem notável, chefe" em nota de rodapé, e tais notas não são usadas nas outras duas versões. E aqui o índio que Hans supostamente matou, "morubichaba" em *Meu captiveiro*, torna-se "pai de Nhaepepô". O "tacape", o instrumento com o qual o índio é morto, aqui torna-se "iverapema".
iii) Esta versão faz várias omissões a elementos dos textos anteriores: os detalhes da tentativa de sangramento com dente de paca; o fato de Hans ter dito que esse índio ficou doente porque ele mentira sobre Hans, dizendo que havia matado alguns de seus amigos quando de fato nunca havia visto Hans; e, no final do capítulo, não é mencionada a possibilidade de fuga de Hans.
iv) *Hans Staden* corta todas as referências a Deus: tanto o fato de que Deus tinha ficado zangado e assim foi res-

ponsável pela doença do índio, dando a impressão do poder do Deus cristão, quanto o agradecimento de Hans ao "Deus todo poderoso, que em tudo se mostrou tão forte e misericordioso para comigo".

v) Porém, não omite nenhum detalhe do golpe que o dono do índio cativo desfere para matá-lo, o que se esperaria de uma obra dirigida ao público infantojuvenil.

vi) Os detalhes desse assassinato introduzem os comentários de Dona Benta e o diálogo entre Narizinho, Pedrinho e a vovó, que sentem nojo pelo que ouviram. Porém, Dona Benta lembra seus netos que tratamos e matamos porcos e bois de uma maneira semelhante.

Resumo

Finalmente podemos resumir as seguintes diferenças gerais entre o *Hans Staden* de Löfgren, *Meu captiveiro* e *As aventuras de Hans Staden*:

i) Em termos da forma matricial, há várias diferenças: Lobato junta vários capítulos em *Aventuras de Hans Staden*; a obra é reduzida a 22 capítulos. Seus títulos, muito mais curtos do que os da tradução de Löfgren e *Meu captiveiro*, resumem os acontecimentos de cada um: Capítulo II, "Descripção de minha primeira viagem de Lissboena para fora de Portugal", e Capítulo III, "Como os selvagens do logar Prannenbucke estavam revoltados e queriam destruir a colônia dos portugueses" (Löfgren); Capítulo II, "Da minha primeira viagem de Lisboa para fora de Portugal", e Capítulo III, "De como os selvagens de Pernambuco estavam revoltados e queriam destruir a colonia dos portugueses" (*Meu captiveiro*); e Capítulo II, "A revolta dos índios", e Capítulo III, "A volta para Lisboa" (*As aventuras de Hans Staden*).

ii) *As Aventuras de Hans Staden* omite as ilustrações da versão original de Staden, que aparecem na tradução de

Löfgren e *Meu captiveiro*, e são substituídas por ilustrações mais contemporâneas.

iii) Em *As aventuras de Hans Staden*, Lobato inclui um novo elemento no texto: o pai de Staden, que não consta em Löfgren ou em *Meu captiveiro*. No primeiro capítulo, Dona Benta descreve Hans despedindo-se do pai em Homberg: "Adeus, meu pai! Não nasci para árvore. Quero voar, conhecer o mundo. Adeus! [...] Pois vai, meu filho. Todos nós temos um destino na vida; se teu destino é viajar, que se cumpra" (Lobato, 1976, p. 9). Conforme Lucila Zorzato, isso pode ser uma estratégia de *marketing*, para aproximar *Hans Staden* a *Robinson Crusoé*, publicado no Brasil em 1885, com tradução de Carlos Jansen e retraduzido por Lobato para o público infantojuvenil em 1931 (Zorzato, 2008, p. 158). Se a tradução de Löfgren é literal, modernizada e flexibilizada em *Meu captiveiro*, *Aventuras de Hans Staden* é uma adaptação na qual Lobato insere suas ideias pessoais sobre os índios brasileiros, a antropofagia e a história da colonização da América Latina.

iv) Lobato moderniza a forma escrita, especialmente dos nomes indígenas: Caríos > Carijós; Tuppin Inba > Tupinambá; Marckaya > Maracajá; kawi > caium; Tickquarippe > Ticoaripe. Nas primeiras edições de *Meu captiveiro*, Lobato manteve as formas originais de Löfgren, atualizando-as somente na 4ª edição de 1945.

v) Em *Hans Staden*, Lobato usa expressões modernas e gírias como: "Valha-me Deus", "Nossa!", "derrota" (Zorzato, 2008, p. 160).

vi) Lobato omite muitos detalhes da versão de Löfgren na primeira edição de *Meu captiveiro*. Por exemplo, as catorze páginas de paratextos no começo do livro: quatro páginas da "Introdução" (Staden, 1900, p. iv-viii) descrevendo as várias edições anteriores de Alberto Löfgren (substituídas por um "Prefácio" de duas páginas em *Meu captiveiro* e menos de uma página na versão infantil); a "Dedicatória ao patrono de Hans, o príncipe Philipsen, Landtgraf von Essen", de nove páginas (Staden, 1900, p. 1-9); e o "Conteúdo do Livro" (Staden, 1900, p. 11). Porém esse material é restaurado na quarta edição.

Outros elementos são omitidos: o trecho quando o índio maracajá compara as cordas, as muçuranas, "assim como quem vai a uma feira" (Staden, 1900, p. 73), ocultado por Lobato, que também corta o tupi de Löfgren: "Apomeirin geuppawy wittu wasu Immou", "O maldito, o santo agora fez vir o vento porque olhou hoje no couro do vento (que era o livro que eu tinha)" (Staden, 1900, p. 74). Também omite toda a segunda parte do livro, "Verdadeira e curta narração do comércio e costumes dos Tupin ambas" (Staden, 1900, p. 120-66), e as "Notas de Theodoro Sampaio" (Staden, 1900, p. i-xxxv). Lobato muda a ordem de certos eventos; por exemplo, no seu Capítulo XV (Lobato, 1976, p. 62), os índios de Ubatuba são convidados para comer o prisioneiro maracajá antes de Hans conhecer Cunhambebe, enquanto na tradução de Löfgren essa festa (Staden, 1900, p. 73) acontece depois do encontro com Cunhambebe (Staden, 1900, p. 59).

vii) Lobato corta quase todas as orações e referências a Deus. Por exemplo, "Mas Deus é um salvador nas necessidades" (Staden, 1900, p. 29); "Esperavamos todos perecer aquella noite, mas Deus fez com que o tempo mudasse e melhorasse" (Staden, 1900, p. 29); "Vêde, como Deus socorre aquelle que no perigo o implore com sinceridade" (Staden, 1900, p. 32); "Assim Deus nos ajudou a chegar vivos a terra" (Staden, 1900, p. 36); o salmo que Hans canta, "Roguem ao espírito santo/ Que nos dê a verdadeira fé,/ Que nos guarde até o fim,/ Quando sahirmos desta triste vida" (Staden, 1900, p. 57-8); "Si tu me preservaste até agora, continua porque estão zangados comigo" (Staden, 1900, p. 74); e quando Hans se dá conta da possibilidade de escapar no navio francês, o "Estava salvo!", de Lobato (1976, p. 83), traduz "Assim me livrou o todopoderoso senhor, o Deus de Abrão, Issac e Jacob, do poder dos tiranos. A Elle sejam dados louvor, honra e glória, por intermedio de Jesus Christo, seu amado filho, nosso salvador. Amen" (Staden, 1900, p. 111). Também omite "Minha Oração a Deus enquanto Estava no poder dos Selvagens, para Ser Devorado" (Staden, 1900, p. 116-7).

viii) *As aventuras de Hans Staden* também omite muitos detalhes sobre a viagem de volta, e, do Capítulo XXXVII de Löfgren, a segunda parte do Capítulo XVI, detalhes sobre Alkindar, que quer matá-lo, mas é impedido por seu irmão, que tem medo do que poderia acontecer.

Capítulo III
A tradução política de *Peter Pan*

Capítulo 1

Quem já leu as *Reinações de Narizinho* deve estar lembrado daquela noite de circo, no Pica-pau Amarelo, em que o palhaço havia desaparecido misteriosamente. Com certeza fora raptado. Mas raptado por quem? Todos ficaram na dúvida, sem saber o que pensar do estranho acontecimento. Todos, menos o gato Félix. Esse figurão afirmava que o autor do rapto só poderia ter sido uma criatura – Peter Pan.
   – Foi ele! – dizia o gato Félix. – Juro como foi Peter Pan.
   Mas quem era Peter Pan? Ninguém sabia, nem a própria Dona Benta, a velha mais sabida de quantas há. Quando Emília a ouviu declarar que não sabia, botou as mãos na cinturinha e:
   – Pois se não sabe trate de saber. Não podemos ficar assim na ignorância. Onde já se viu uma velha de óculos de ouro ignorar o que um gato sabe?
   Dona Benta calou-se, achando que era mesmo uma vergonha que o gato Félix soubesse quem era Peter Pan e ela não – e escreveu a uma livraria de S. Paulo pedindo que lhe mandasse a história do tal Peter Pan. Dias depois recebeu um lindo livro em inglês, cheio de gravuras coloridas, do grande escritor inglês J. M. Barrie. O título dessa obra era *Peter Pan and Wendy*.
   Dona Benta leu o livro inteirinho e depois disse:
   – Pronto! Já sei quem é o Senhor Peter Pan, e sei melhor do que o gato Félix, pois duvido que ele haja lido este livro.

– Está claro que não leu – observou Emília. – Ele só lê ratos – com os dentes...

– Se leu, conte, vovó! – gritou Narizinho. – Andamos ansiosos por ouvir a história desse famoso menino.

– Muito bem – disse Dona Benta. – Como hoje já é muito tarde, começarei a história amanhã às sete horas. Fiquem todos avisados.

No dia seguinte, de tardinha, a curiosidade dos meninos começou a crescer. Às seis e meia já estavam todos na sala, em redor da mesa, à espera da contadeira.

Emília olhava para o relógio pensativamente. Quem entrasse em sua cabeça havia de encontrar lá esta asneirinha: "Que pena os relógios não andarem de galope, como os cavalos! Nada me enjoa tanto como esta maçada de esperar que chegue a hora das coisas – a hora de brincar, a hora de dormir, a hora de ouvir histórias..."

Pedrinho matava o tempo arrepiando xises no veludo de uma velha almofada – com o dedo. E Narizinho, no seu vestido novo de rosinhas cor-de-rosa, fazia exercício de "parar de pensar" – uma coisa que parece fácil mas não é. A gente, por mais que faça, pensa sem querer.

Faltava o Visconde. O velho sábio, depois que se meteu a estudar matemática, fazia tudo com "precisão matemática", que é como se diz das pessoas que não fazem as coisas mais ou menos, e sim certinho. Quando bateu sete horas ele entrou, em sete passadas, cada uma correspondendo a uma pancada do relógio. Logo depois surgiu Dona Benta.

– Viva vovó! – gritaram os meninos.

– Viva a história que ela vai contar! – berrou Emília.

Dona Benta sentou-se na sua cadeira de pernas serradas, subiu para a testa os óculos de aro de ouro e começou:

Era uma vez uma família inglesa...

– Espere, Sinhá! Não comece ainda – gritou lá da copa tia Nastácia. – Eu também faço questão de conhecer a história desse pestinha. Estou acabando de lavar as panelas e já vou.

Dona Benta esperou que a negra chegasse, apesar do protesto da Emília, que disse: – "Bo-ba-gem! Para que uma cozinheira precisa saber a história de Peter Pan?"

Tia Nastácia veio e escarrapachou-se no assoalho, entre o Visconde e a menina. Só então Dona Benta começou de verdade.

– Havia na Inglaterra uma família inglesa composta de pai, mãe e três filhos – uma menina de nome Wendy (pronuncia-se Uêndi), que era a mais velha; um menino de nome João Napoleão, que era o do meio; e outro de nome Miguel, que era o caçulinha. Os três tinham o sobrenome de Darling, porque o pai se chamava não sei quê Darling. Esses meninos ocupavam a mesma nursery numa linda casa de Londres.

– Nursery? – repetiu Pedrinho. – Que vem a ser isso?

– Nursery (pronuncia-se nârseri) quer dizer, em inglês, quarto de crianças. Aqui no Brasil, quarto de criança é um quarto como outro qualquer e por isso não tem o nome especial. Mas na Inglaterra é diferente. São uma beleza os quartos das crianças lá, com pinturas engraçadas rodeando as paredes, todos cheios de móveis especiais, e de quanto brinquedo existe.

– Boi de chuchu, tem? – indagou Emília.

– Talvez não tenha, porque boi de chuchu é brinquedo de meninos da roça, e Londres é uma grande cidade, a maior do mundo. As crianças inglesas são muito mimadas e têm os brinquedos que querem. Os brinquedos ingleses são dos melhores.

– E os brinquedos alemães, vovó? Ouvi dizer que há na Alemanha uma cidade que é o centro da fabricação de brinquedos.

– E é verdade, meu filho. Nuremberg: eis o nome da capital dos brinquedos. Fabricam-nos lá de todos os feitios e de todos os preços, e exportam-nos para todos os países do mundo.

E aqui, vovó?

– Aqui essa indústria está começando: Já temos algumas fábricas de bonecas e outras de carrinhos, cavalinhos de pau, trenzinhos de folha, patinhos de celuloide, gaitas de assoprar, etc. etc.

Pedrinho declarou que quando crescesse ia montar uma grande fábrica de brinquedos da maior variedade possível, e que lançaria no mercado bonecos representando o Visconde de Sabugosa, a Emília, o Rabicó etc. Todos gostaram muito da ideia e Dona Benta voltou ao assunto.

— Pois é isso. Aquela nursery era um encanto. Imaginem que quem tomava conta das crianças era a Nana.

— Alguma criada?

— Não. Uma cachorra muito inteligente. Era Nana quem dava banho nas crianças, quem as vestia para dormir e tudo mais — e muito direitinho.

Na noite em que a nossa história começa, Nana estava cochilando perto da lareira, com a cabeça entre as patas, enquanto no cômodo pegado o Senhor e a Senhora Darling se preparavam para uma visita a uns parentes. Quando o casal saía de noite quem ficava tomando conta dos meninos era sempre a cachorra. Nisto o relógio bateu oito horas — bem, bem, bem, bem, bem, bem...

— A senhora errou, Dona Benta! — berrou logo Emília, que não deixava escapar coisa nenhuma. — A senhora só bateu seis bens.

Dona Benta riu-se.

— Não faz mal — disse ela. Os dois que faltam ficam subentendidos. Mas o relógio bateu oito horas e Nana ergueu-se e espreguiçou-se, porque a ordem da Senhora Darling era fazer a criançada ir para a cama a essa hora justa. Depois Nana acendeu a luz elétrica.

— Como?

— Ela sabia agarrar com a boca a chave da luz e torcer. Estava acostumada a fazer isso. Acendeu a luz e foi ver os pijamas de cada um. E foi ao banheiro abrir a torneira de água quente e fria, experimentando a água com a pata para ver se estava no ponto.

— Que danada! Por que a senhora não nos arranja uma cachorra assim, vovó?

— Porque vocês só querem saber de onças e rinocerontes e bichos esquisitos. Mas deixem estar que ainda ponho um cachorrinho aqui em casa.

— E há de chamar-se Japi! — gritou Emília, que sempre fora a botadeira de nomes. — Mas continue, Dona Benta. A Nana encheu a banheira e que mais?

— Preparou a água do banho e foi buscar o Miguel, que era o menorzinho, e Miguel veio montado nela, dando esporadas. Nana fê-lo apear-se e entrar Narizinho'água, e foi fechar a porta para que não houvesse corrente de ar. Depois de acabado o banho, deu o pijaminha para Miguel vestir e levou-o para a cama.

Nesse momento a mãe dos meninos entrou no quarto para ver se estava tudo em ordem. Animou a todos, um por um, prometeu um passeio ao jardim zoológico, para que vissem a enorme goela vermelha do hipopótamo e o pescoço que não acaba mais da girafa. Depois contou uma história linda.

– Que história ela contava? – quis saber Emília.

– Quantas existem. As mesmas que já contei a vocês e muitas outras. Depois distribuiu beijos, dizendo: – "Agora tratem de dormir." Acendeu uma lamparina de luz muito fraca, apagou a luz elétrica e ia saindo na ponta dos pés, quando notou uma sombra esquisita na parede – uma sombra que vinha da rua. Voltou-se de repente e viu do lado de fora o vulto dum menino.

Assustou-se, está claro, porque as boas mães se assustam por qualquer coisinha e correu a fechar a vidraça.

Fez isso tão depressa que a sombra não teve tempo de retirar-se e foi guilhotinada. Por essa e outras é que as tais vidraças de subir e descer, como as nossas aqui do sítio, são chamadas "vidraças de guilhotina".

– E que é guilhotina? – perguntou Emília, que pela primeira vez ouvia essa palavra.

Dona Benta explicou que era uma certa máquina de cortar cabeça de gente, inventada por um médico francês de nome Guillotin. Isso durante o terrível período da Revolução Francesa, um tempo em que cortar cabeça de gente se tornou a preocupação mais séria do governo. E Pedrinho, já lido na História do Mundo, lembrou que o próprio Doutor Guillotin teve a sua cabeça cortada por essa máquina.

– Bem feito! – exclamou Emília. – Quem manda...

– Bom, chega de guilhotina – gritou Narizinho. – Continue, vovó. A Senhora Darling guilhotinou a cabeça da sombra e que fez depois?

– Ao ver cair no chão a cabeça da sombra, como se fosse um pedaço de gaze negra, ela murmurou: – "Que fato estranho!" – Depois abaixou-se, pegou a cabeça da sombra e examinou-a à luz da lamparina, com cara de quem diz: – "Nunca ouvi contar dum fato semelhante! São dessas coisas que até parecem invenção." Em seguida dobrou a sombra, bem dobradinha, guardou-a na gaveta de Wendy e retirou-se do quarto, pensativa. (Lobato, 1971, p. 9-16)

Introdução

Peter Pan foi originalmente lançado como *Peter Pan, história do menino que não queria crescer, contada por Dona Benta*, em 1930, pela Companhia Editora Nacional, com quatro edições: a primeira, de cinco mil exemplares; a segunda, de dez mil, em 1935; a terceira, de 7.082, em 1938; e a quarta, de dez mil, em 1944. A partir de 1946, *Peter Pan* dividiu, com *Memórias de Emília*, o volume 5 da série *Literatura Infantil das Obras Completas* de Monteiro Lobato, lançada pela Editora Brasiliense e ilustrada por André Le Blanc (Vieira, 2008, p. 172). Como em *Fábulas*, *Hans Staden* e *Dom Quixote das crianças*, Lobato lança mão da técnica de Dona Benta recontar a história de Peter Pan para as crianças e bonecos. No começo do livro, Lobato volta às *Reinações de Narizinho*, em que o palhaço desapareceu misteriosamente, provavelmente raptado. O Gato Félix tinha certeza de que o autor do rapto havia sido Peter Pan, e ele aparece invisível na sessão "Pena de papagaio", reconhecível somente porque a pena de papagaio da coleção de Emília estava amarrada a sua testa. Mas ninguém sabia exatamente quem era Peter Pan. Assim, Dona Benta escreve para uma livraria de São Paulo encomendando o livro de Barrie, e, dias depois, recebe *Peter Pan e Wendy* (Lobato, 1971, p. 9). Desse modo, Lobato insere propaganda para seu livro anterior, *Reinações de Narizinho*, e divulga a possibilidade de encomendar livros por correio.

Omissões

Em sua adaptação de *Peter Pan*, Lobato corta boa parte da trama de Barrie, tirando elementos que poderiam ser vistos como "esquisitos" e transformando *Peter Pan* um livro linear, concentrando-se na narrativa. Omite a desfuncionalidade da família Darling, como o ciúme de Mr. Darling da cachorra Nana, e a brincadeira de mau gosto que ele faz, deixando Nana tomar seu remédio (Barrie, 1995, p. 20), e Lobato só inclui o fato de que ele acaba dormindo na casa da cachorra no fim do livro. De fato, o papel de Nana, representando um tipo de normalidade em comparação à família Darling, é diminuído. No começo do Capítulo 2, o trecho em que Nana pula e apaga a sombra de Peter Pan (Barrie, 1995, p. 12) é substituído pela aventura de cortar a sombra da Tia Nastácia.

Faltam a biografia de Gancho e detalhes de sua rivalidade com Peter Pan, a possibilidade de uma certa atração que Gancho sente pelo menino, especialmente quando este está dormindo com Wendy. No Capítulo 8, Lobato omite o jogo de palavras entre Peter Pan e Gancho. E, no Capítulo 12, omite-se a lista dos mortos na batalha entre Peter Pan e seus seguidores contra Gancho e os piratas:

> It is no part of ours to describe what was a massacre rather than a fight. Thus perished many of the flower of the Piccaninny tribe. Not all unavenged did they die, for with Lean Wolf fell Alf Mason, to disturb the Spanish Main no more, and among others who bit the dust were Geo. Scourie, Chas. Turley, and the Alsatian Foggerty. Turley fell to the tomahawk of the terrible Panther, who ultimately cut a way through the pirates with Tiger Lily and a small remnant of the tribe*. (Barrie, 1995, p. 126)

---

* Não é nosso papel descrever o que foi mais um massacre que uma batalha. E assim pereceu boa parte da flor da tribo dos índios. Nem todos morreram sem a devida contrapartida, pois junto com Lobo Magro tombou Alf Mason,

Lobato também corta todos os pensamentos interiores de Gancho, como no seguinte exemplo, que demonstra sua rivalidade com Peter Pan, seu ciúme do menino e até uma atração homoerótica:

> What were his own feelings about himself at that triumphant moment? Fain would his dogs have known, as breathing heavily and wiping their cutlasses, they gathered at a discreet distance from his hook, and squinted through their ferret eyes at this extraordinary man. Elation must have been in his heart, but his face did not reflect it: ever a dark and solitary enigma, he stood aloof from his followers in spirit as in substance.
> The night's work was not yet over, for it was not the redskins he had come out to destroy; they were but the bees to be smoked, so that he should get at the honey. It was Pan he wanted, Pan and Wendy and their band, but chiefly Pan.
> Peter was such a small boy that one tends to wonder at the man's hatred of him. True he had flung Hook's arm to the crocodile, but even this and the increased insecurity of life to which it led, owing to the crocodile's pertinacity, hardly account for a vindictiveness so relentless and malignant. The truth is that there was a something about Peter which goaded the pirate captain to frenzy. It was not his courage, it was not his engaging appearance, it was not –. There is no beating about the bush, for we know quite well what it was, and have got to tell. It was Peter's cockiness*. (Barrie, 1995, p. 126-7)

---

que nunca mais voltaria a assolar os domínios espanhóis; e entre outras baixas dos piratas estavam o temido Ratazana, Jimmy Enxofre e o Alsaciano. Jimmy Enxofre foi colhido pela machadinha do terrível Pantera, que num arranco final abriu caminho em meio aos piratas, seguido por Lírio Selvagem e alguns remanescentes da tribo. (Barrie, 2012, p. 171)

* E quais eram os sentimentos do pirata por si mesmo, naquele momento triunfal? Seus comandados mal sabiam, pois enquanto recuperavam o fôlego e limpavam seus sabres mantinham-se a uma distância segura do temido Gancho, contemplando com seus olhos implacáveis aquele homem fora do comum. Devia estar exaltado, mas não era o que o seu rosto mostrava; sempre enigmático, solitário e sombrio, ele mantinha-se distante de seus comandados, tanto em espírito como fisicamente.

No texto de Barrie, conhecemos um pouco da biografia de Gancho. Estudou no prestigioso Eton College, uma *public school*, um internato famoso onde estudam os filhos das classes altas, incluindo vários membros da Família Real. Parecia um *gentleman* inglês ou até um aristocrata que seguiu o caminho errado, ignorando o conceito de *fair play*, e que seu mau comportamento já começou no Eton College:

> *What sort of form was Hook himself showing? Misguided man though he was, we may be glad, without sympathizing with him, that in the end he was true to the traditions of his race. The other boys were flying around him now, flouting, scornful; and he staggered about the deck striking up at them impotently, his mind was no longer with them; it was slouching in the playing fields of long ago, or being sent up [to the headmaster] for good, or watching the wall-game from a famous wall. And his shoes were right, and his waistcoat was right, and his tie was right, and his socks were right**. (Barrie, 1995, p. 159)

E a tarefa daquela noite ainda não estava encerrada, porque não eram os peles-vermelhas que eles tinham vindo destruir. Os índios eram apenas as abelhas que precisavam afastar com fumaça, para poderem chegar ao mel. Quem ele queria era Pan – Peter, Wendy e todo o bando, mas especialmente Pan.

Peter era um menino pequeno, e nos perguntamos por que esse homem lhe tinha tanto ódio. É bem verdade que ele tinha jogado uma parte do braço de Gancho para o crocodilo; mas nem isso, ou a insegurança cada vez maior que a perseguição do crocodilo produzia na vida do pirata, explica uma sede de vingança tão implacável e maligna. A verdade é que Peter tinha alguma coisa que levava o comandante dos piratas à loucura. Não era a sua coragem, não era a sua bela aparência, e nem era...

E não há o que ficar procurando, porque sabemos perfeitamente o que era, e temos de contar aqui. Era a petulância de Peter, aquele seu jeito convencido. (Barrie, 2012, p. 171-2)

* E Gancho, estava sendo adequado? Por mais que fosse um homem fora de rumo, podemos afirmar com alegria, mesmo sem simpatizar com ele, que no final das contas honrou as tradições de sua estirpe. Os outros meninos voavam à sua volta, zombando e rindo dele; e enquanto avançava trôpego pelo convés, golpeando para todo lado sem acertar ninguém, seu espírito nem estava mais lá. Tinha voltado para os campos de jogo de um passado distante, ganhando

Também falta certa atração que Wendy tem por Gancho quando é capturada pelos piratas, talvez um tipo de síndrome de Estocolmo.

> *A different treatment was accorded to Wendy, who came last. With ironical politeness Hook raised his hat to her, and, offering her his arm, escorted her to the spot where the others were being gagged. He did it with such an air, he was so frightfully distingué, that she was too fascinated to cry out. She was only a little girl.*
>
> *Perhaps it is tell-tale to divulge that for a moment Hook entranced her**. (Barrie, 1995, p. 129)

Outra faceta de Wendy que Lobato corta são as tarefas "tipicamente femininas" que ela faz, cuidando das roupas das crianças perdidas e cozinhando para elas, e a ênfase que Barrie dá à necessidade de ter uma mãe para as crianças perdidas. Omite os trechos em que Michael começa a acreditar que Wendy é realmente sua mãe, e quando ele pergunta como eram seus pais para ela, nas aulas que dá às crianças (Barrie, 1995, p. 80). No Capítulo 3, as crianças insistem em ser *"tucked in at night"*, [ajeitadas nas cobertas], e o papel da mãe Wendy será de *"darn our clothes, and make pockets for us"* [cerzir as nossas roupas, e costurar bolsos para nós] (Barrie, 1995, p. 34; Barrie, 2012, p. 47-8). Ela até seria mãe substituta para o pirata Smee, que nunca teve ideia do que é uma mãe (Bar-

---

algum prêmio por seu esforço ou assistindo a uma partida do alto do muro de honra da escola. Usava os sapatos certos, usava o colete certo, a gravata certa e as meias certas. (Barrie, 2012, p. 219)

* Um tratamento diferente foi dado a Wendy, a última a sair. Com uma cortesia irônica, o Capitão Gancho tirou o chapéu numa reverência e, oferecendo-lhe seu braço, acompanhou a menina até o lugar onde os outros já estavam sendo amarrados e amordaçados. E fez um ar tão educado, tão terrivelmente polido, que Wendy ficou fascinada demais para gritar. Afinal, ela era só uma garota.

Talvez vá estragar toda a continuação dizer que, por um momento, o Capitão Gancho deixou Wendy encantada. (Barrie, 2012, p. 176) rie, 1995, p. 91) e quer capturá-la para fazer com que ela seja a mãe dos piratas (Barrie, 1995, p. 92). Todos esses trechos são cortados. Lobato também omite que, quando Wendy vê que o navio está muito sujo e desarrumado, ela o arruma e limpa, e, no final do livro, no Capítulo 17, quando Barrie relata que Mrs. Darling deixa Wendy visitar Peter Pan todos os anos para fazer sua *"spring cleaning"*, faxina de primavera. Escrevendo *Peter Pan* logo após seus quatro anos nos Estados Unidos, de 1926 a 1930, quando ficou muito impressionado com a liberdade das mulheres norte-americanas, Lobato omite essas referências de Wendy seguindo os rituais da dona de casa.

O Capítulo 10 mostra o relacionamento ambíguo entre Wendy e Peter Pan, com Peter às vezes parecendo um tipo de marido de Wendy. Lobato omite o seguinte trecho:

> Secretly Wendy sympathized with them a little, but she was far too loyal a housewife to listen to any complaints against father. "Father knows best," she always said, whatever her private opinion must be. Her private opinion was that the redskins should not call her a squaw*.

E Peter Pan retorna à casa subterrânea trazendo comida, fazendo o papel de um tipo de patriarca da família que ele constitui com Wendy e os meninos perdidos: *there's nothing more pleasant of an evening for you and me when the day's toil is over than to rest by the fire with the little ones nearby*** (Barrie, 1995, p. 106, 110).

Mas, em outro trecho omitido por Lobato, Wendy parece a mãe de Peter:

---

* Por dentro, Wendy concordava um pouco com eles, mas era uma dona de casa leal, e não ia admitir queixas contra o pai de todos.
– Seu pai é quem sabe – ela respondia sempre, independentemente do que pensava. Em sua opinião, aliás, ela não devia ser tratada pelos peles-vermelhas como uma índia da tribo. (Barrie, 2012, p. 143)
** Nada é melhor do que passar a noite só com você, depois da trabalheira do dia, descansando junto do fogo com os pequenos por perto. (Barrie, 2012, p. 147)

> Sometimes, though not often, he had dreams, and they were more painful than the dreams of other boys. For hours he could not be separated from these dreams, though he wailed piteously in them. They had to do, I think, with the riddle of his existence. At such times it had been Wendy's custom to take him out of bed and sit with him on her lap, soothing him in dear ways of her own invention, and when he grew calmer to put him back to bed before he quite woke up, so that he should not know of the indignity to which she had subjected him*. (Barrie, 1995, p. 133)

Também temos menos informações sobre o ciúme que Sininho sente de Wendy; Lobato omitiu: "*She did not yet know that Tink hated her with the fierce hatred of a very woman*" (Barrie, 1995, p. 50) [Ainda não sabia que Sininho a detestava com o ódio feroz das mulheres enciumadas] (Barrie, 2012, p. 68).

Basicamente, na versão de Lobato perde-se a complexidade psicológica do original de Barrie. Destaca-se o medo que Peter tem de crescer e entrar na fase de sexualidade, de que maneira isso pode ser uma reflexão da personalidade de Barrie, e o modo como Peter e os Meninos Perdidos refletem a amizade que Barrie tinha com os irmãos Llewelyn Davies, que também pode ser visto nos contos "The Little White Bird", "Sentimental Tommy" e "Tommy and Grizel" (Frazier, 2014, p. 11-9).

Em muitos casos, Lobato diminui o elemento inglês. Omite o esnobismo pequeno-burguês de Mrs. Darling, que não pode deixar a sombra de Peter Pan pendurada na janela porque "*it looked so like the washing and lowered the whole tone of the house*" (Barrie, 1995, p. 13) [ia parecer desleixo com a roupa la-

---

* Às vezes, mas não muitas, ele tinha sonhos mais incômodos que os dos outros meninos. Precisava de horas para se livrar desses pesadelos, mesmo chorando de fazer dó. E eram sonhos, acho eu, que tinham a ver com o mistério de sua existência. Nessas ocasiões, Wendy sempre tirava Peter da cama e sentava o menino em seu colo, consolando-o com palavras inventadas na hora. Depois que Peter se acalmava, tornava a pô-lo na cama antes que ele acordasse de todo, para evitar que soubesse da situação de fraqueza por que tinha passado. (Barrie, 2012, p. 179-80).

vada, tirando toda a elegância da fachada da casa (Barrie, 2012, p. 21)]. As crianças de Barrie têm de estar na cama até sete horas, muito cedo para as crianças brasileiras. Dona Benta sempre conta as histórias até as nove da noite, o horário que Lobato usa em seu *Peter Pan*, omitindo a preocupação materna (inglesa) de Wendy no seguinte trecho:

> [...] *but perhaps the biggest adventure of all was that they were several hours late for bed. This so inflated them that they did various dodgy things to get staying up still longer, such as demanding bandages; but Wendy, though glorying in having them all home again safe and sound, was scandalised by the lateness of the hour, and cried, "To bed, to bed," in a voice that had to be obeyed**. (Barrie, 1995, p. 103-4)

Porém, Lobato mantém a recusa das crianças inglesas de insultar o rei.

> *Through Hook's teeth came the answer: "You would have to swear, 'Down with the King.'"*
> *Perhaps John had not behaved very well so far, but he shone out now.*
> *"Then I refuse," he cried, banging the barrel in front of Hook.*
> *"And I refuse," cried Michael.*
> *"Rule Britannia!" squeaked Curly.*
> *The infuriated pirates buffeted them in the mouth; and Hook roared out, "That seals your doom. Bring up their mother. Get the plank ready**."* (Barrie, 1995, p. 145-6)

---

* [...] mas talvez a maior de todas fosse terem passado muito da hora de dormir. E com isso ficaram tão animados que fizeram coisas extraordinárias para permanecer acordados por ainda mais tempo, como até pedir curativos. Mas Wendy, apesar de muito feliz por ver todos são e salvos de volta em casa, ficou escandalizada quando viu como era tarde e gritou, num tom que só podia ser obedecido:
– Todo mundo para a cama! (Barrie, 2012, p. 138-40)
** E o Capitão Gancho rosnou a resposta entre os dentes cerrados:
– Vocês precisariam fazer um juramento: "Abaixo o rei!".

Mas quando Miguel e João Napoleão souberam que para ser pirata a primeira coisa que tinham a fazer seria jurar o ódio ao rei, gritando: "Abaixo o rei de Inglaterra!", ambos desistiram de tudo. Como bons ingleses conservavam-se leais ao seu soberano. (Barrie, 1995, p. 77)

Porém, Lobato omite o comentário final de Wendy: "*At this moment Wendy was grand. 'These are my last words, dear boys,' she said firmly. 'I feel that I have a message to you from your real mothers, and it is this: We hope our sons will die like English gentlemen'*" (Barrie, 1995, p. 146) [– Eis aqui as minhas últimas palavras, queridos meninos – disse ela com firmeza. – Sinto que tenho uma mensagem para vocês das suas mães de verdade, e ela é a seguinte: "esperamos que os nossos filhos saibam morrer como cavalheiros ingleses". (Barrie, 2012, p. 199)].

Lobato também omite várias das referências ao "*fair play*", o conceito de jogar honestamente: quando Peter Pan diz "*You don't think I would kill him while he was sleeping! I would wake him first, and then kill him*" (Barrie, 1995, p. 45) [Você não achou que eu iria matar o pirata dormindo! Antes eu acordo o homem, e depois o mato. (Barrie, 2012, p. 62)]; quando Gancho está lutando numa rocha que está abaixo de Peter Pan, e este dá sua mão a Gancho para subir, só para ser mordido por Gancho (Barrie, 1995, p. 96).

Adriana Vieira (2008, p. 176-8) afirma que Lobato exclui o fato de a família Darling, apesar de ter uma casa grande com *nursery*, não ser tão abastada e não ter dinheiro para contra-

---

Talvez até aqui John não tenha se comportado muito mal, mas agora ele resolveu brilhar.
– Então eu me recuso! – exclamou ele, dando um soco no barril à frente do Capitão Gancho.
– Eu também me recuso! – disse Michael.
– Viva o rei! – guinchou Crespo.
Os piratas enfurecidos taparam a boca dos meninos, e Gancho berrou:
– Agora o seu fim está selado! Tragam a mãe deles. Podem preparar a prancha! (Barrie, 2012, p. 198)

tar uma babá, dando, assim, essa responsabilidade para a cachorra Nana (Barrie, 1995, p. 4-5). Incluir esse fato destoaria da impressão que Lobato queria dar de riqueza e fartura da vida inglesa, em contraste à brasileira.

Alguns elementos que reiteram certa violência e sadismo são também omitidos: os peles-vermelhas *"[...] carry tomahawks and knives, and their naked bodies gleam with paint and oil. Strung around them are scalps, of boys as well as pirates, for these are the Piccaninny tribe [...]"* (Barrie, 1995, p. 56) [Trazem facas e machadinhas, seus corpos nus brilham com as cores das tintas e dos óleos. Amarrados em torno da cintura estão os escalpos, tanto de pirata quanto de meninos, porque são de uma tribo de grande ferocidade... (Barrie, 2012, p. 75)]; e *"Smee had pleasant names for everything, and his cutlass was Johnny Corkscrew, because he wiggled it in the wound"* (Barrie, 1995, p. 59) [Smee, que tinha apelidos para tudo, e o do seu sabre era saca-rolhas, porque o gosto dele era torcer a lâmina na ferida. (Barrie, 2012, p. 78).]

Outros elementos que Lobato omite são a história de capitães malvados deixando os marinheiros em Marooners' Rock, onde Smee e Starkey vão deixar Tiger Lily, no Capítulo 8; Peter imitando Gancho, também no Capítulo 8; no Capítulo 9, o contato (conversa) entre o pássaro (*kite*) e o fato de o Never Bird dar seu ninho para Peter; e o inglês errado de Tiger Lily no Capítulo 10: *"'Me Tiger Lily,' that lovely creature would reply. 'Peter Pan save me, me his velly nice friend. Me no let pirates hurt him'"* (Barrie, 1995, p. 106) [– Mim Lírio Selvagem – respondia a linda criatura. – Peter Pan salva Lírio, Lírio amiga dele até fim da vida. Mim não deixa pirata atacar. (Barrie, 2012, p. 142)].

Barrie vs. Lobato

Em *A literatura infantil na escola*, Regina Zilberman descreve as várias diferenças entre o Peter Pan de Barrie e o de Lobato (Zilberman, 2003, p. 92 passim): em Barrie, Peter Pan oscila entre ser o chefe da família e o filho de Wendy, enquanto em Lobato ele é pai consciente e responsável, como um aventureiro irrequieto que não se submete ao poder de Capitão Gancho.

O *Peter Pan* de Barrie contrapõe dois campos: a civilização e a natureza. No final do livro, as personagens voltam à vida cotidiana, e começa a aceitação do mundo adulto, encarando a realidade. Porém, Monteiro Lobato leva o leitor de um mundo edênico a outro, para o Sítio do Picapau Amarelo, outra fantasia, mas brasileira, e, também, oposta à civilização. E isso é reforçado pela autoridade da voz de Dona Benta, que os guia de volta para o sítio.

> – Significa – disse Dona Benta – que Peter Pan é eterno, mas só existe num momento da vida de cada criatura.
> – Em que momento?
> – No momento em que batemos palmas quando alguém nos pergunta se existem fadas.
> – E que momento é esse?
> – É o momento em que somos do tamanho dele. Mas depois a idade vem e nos faz crescer... e Peter Pan, então, nunca mais nos procura... (Lobato, 1971, p. 92)

A felicidade do edênico Sítio do Picapau Amarelo, talvez uma metáfora para o que o Brasil poderia vir a ser (Lajolo, 2000, p. 62), é descrita com mais detalhes em *O poço do Visconde*, quando Dona Benta se recusa a construir um palácio com toda a riqueza do petróleo que descobriram no sítio:

> [...] nossa vida aqui tem sido tão feliz que meu medo é que esta riqueza nos traga desgraça. Um palácio? Mas julgam vocês que num palácio possamos viver mais felizes do que nesta casinha gostosa? Ah, vocês não calculam como os milionários e reis se aborrecem em seus palácios de ouro, no meio da criadagem solene, perfilada como soldados de casaca [...] Se somos felizes, que mais queremos? (Lobato, 1976a, p. 144)

E, na grande festa para comemorar o descobrimento de petróleo, o rinoceronte Quindim descreve sua felicidade. Depois de uma vida de "desassossego" em Uganda, sempre fugindo dos caçadores, viveu uma vida de escravidão no circo. Agora todos do sítio "[...] se tornaram meus amigos, e minha vida sossegou. Vivo numa perfeita beatitude. Se me perguntarem onde é o céu, responderei: aqui" (1979b, p. 160).

O engenheiro e o geólogo norte-americanos Mr. Kalamazoo e Mr. Champignon admitem que foram pagos pelos trustes para sabotar o sítio, mas não tiveram coragem para seguir nesse caminho quando viram as boas qualidades de todos por lá. Champignon até faz uma referência shakespeareana para enfatizar a felicidade do sítio: "Até o pérfido Iago, se por cá aparecesse, não teria coragem de permanecer mau. A bondade humana tem isso consigo: seduz, arrasta, converte, catequiza" (Lobato, 1979b, p. 162).

Acréscimos

Em termos de acréscimos, Lobato acrescenta informação sobre sereias no Capítulo 3, quando Dona Benta diz que seu canto "[...] deixa os marinheiros embriagados e eles erram todas as manobras do navio, puxando esta corda em vez daquela, botam garrafas de vinho no anzol em vez de iscas; atrapalham tudo, tudo" (Lobato, 1971, p. 49).

Lobato altera o fato de que as crianças teriam de "*walk the plank*" [andar na prancha] no Capítulo 14; segundo ele, teriam de ser lançadas no mar com uma pedra ao pescoço (Lobato, 1971, p. 75). Os nomes das crianças perdidas de Barrie são: Tootles, Nibs, Curly, Slightly e os Twins; em Lobato, são Levemente Estragado, Bicudo, Cachimbo, Assobio e os gêmeos. Os piratas de Barrie são Cecco, Bill Jukes, Flint, Cookson, Gentleman Starkey, Skylights (Morgan's Skylights), o irlandês Sem, Noodler, Robt. Mullins, Alf Mason e Ed Teynte "*the quarter-master*" [quartel-mestre]. Lobato menciona somente Capacete.

Lobato também muda a razão pela qual os meninos perdidos vão para a Terra do Nunca. Em Barrie, vão lá "para reduzir gastos" à cidade (Barrie, 1995, p. 30), enquanto em Lobato eles vão lá se as famílias não conseguem encontrá-los em quinze dias (Lobato, 1971, p. 23; Vieira, 2008, p. 178). Vieira também enfatiza o uso de gírias contemporâneas como "gabolice", "prosa" e "mangar" por Lobato, dando um tom de coloquialidade (Vieira, 2008, p. 176).

Os filhos de Wendy também mudam. Em Barrie, a filha desta é Jane, e a filha de Jane é Margaret, enquanto em Lobato Wendy tem uma filha chamada Lillian, que tem uma filha chamada Jane (Lobato, 1971, p. 91).

Lobato acrescenta a subtrama de Emília cortar a sombra de Tia Nastácia e a dificuldade de encontrá-la. Aqui entendemos as razões pelas quais Lobato recebia tantas críticas por suas caracterizações de Emília e Tia Nastácia. Muitas vezes, Emília é grosseira, rude e arrogante. E alguns dos comentários de Emília são mal-educados e às vezes racistas: "Para que uma cozinheira precisa saber a história de Peter Pan?" (Lobato, 1971, p. 11); "Cale a boca! – berrou Emília. – Você só entende de cebolas e alhos e toucinho" (Lobato, 1971, p. 22); e há várias referências às características físicas de Nastácia. Quando Emília tenta fazer um gancho como o do Capitão Gancho, é para "assustar tia Nastácia. Quero ganchar aquele beição dela..." (Lobato, 1971, p. 45). E quando encontra uma parte de sua sombra, Lobato comenta que ela fala "com o beiço pendurado" (Lobato, 1971, p. 58); e até temos um comentário bastante racista de Dona Benta, quando elogia Tia Nastácia, dizendo que "Todos aqui sabem que é preta só por fora" (Lobato, 1971, p. 91). Esse suposto racismo será desenvolvido mais adiante.

Porém, Tia Nastácia representa a sagacidade do povo; é totalmente prática e, apesar de não ter imaginação para se interessar por elementos sobrenaturais como fadas, entende tudo sobre cozinha. Quando sabemos que Peter Pan usa o ninho do Never Bird como barco junto com os ovos, Emília diz que ele deve ter levado os ovos para casa; Tia Nastácia aproveita de sua experiência de cozinheira e diz que os ovos "ficaram uma pasta" (Lobato, 1971, p. 57). No entanto, demonstra sua ignorância e é ridicularizada quando, por exemplo, Pedrinho diz: "Sabe, tia Nastácia, que amanhã vou fazer uma excursão cinegética" (Lobato, 1971, p. 61-2), e Tia Nastácia pensa que é alguma coisa ruim, quando ele, na verdade, vai somente caçar: "Não deixe ele ir, Sinhá. Não sei o que isso é, mas coisa boa não há de ser. Não deixe, Sinhá. Todos riram-se da pobre preta" (Lobato, 1971, p. 62).

Lobato usa suas recontagens para introduzir vocabulário e conhecimento geral. Explica a origem da guilhotina (Lobato, 1971, p. 14); o que é um "lobo-do-mar" e um bilhão (Lobato, 1971, p. 38); a diferença entre estalactites e estalagmites (Lobato, 1971, p. 59); "cinegética" (Lobato, 1971, p. 60). Dona Benta explica que temos de saber a linguagem mais pedante, porque "Neste mundo, Pedrinho, precisamos conhecer a linguagem das gentes simples e também a linguagem dos pedantes, senão os pedantes nos embrulham" (Lobato, 1971, p. 61); e o nome do navio "Hiena dos Mares" (Lobato, 1971, p. 75), no original, "Jolly Roger".

Dona Benta descreve que Wendy "Estava linda no seu vestido cor de outono, com um galhinho de amora do mato nos cabelos" (Lobato, 1971, p. 62), e explica a diferença entre as estações do ano em países frios e no Brasil (Lobato, 1971, p. 62-4), onde há somente duas estações, e depois Pedrinho pensa em cultivar a amora-da-mata (Lobato, 1971, p. 60).

As crianças e Emília fazem um certo número de metacomentários. Tia Nastácia pergunta por que Mrs. Darling deixou a janela aberta, e Emília responde: "Se ela não deixasse a janela aberta, não podia haver essa história" (Lobato, 1971, p. 28). Narizinho cumprimenta Peter Pan, levantando a possibilidade de um certo ciúme de Pedrinho: "'Gosto de um menino assim [...] Não tem medo de coisa nenhuma.' Pedrinho olhou-a com o rabo dos olhos, como se tais palavras fossem alguma indireta para ele. Mas não eram" (Lobato, 1971, p. 53-4).

Os picapauzinhos também fazem crítica literária; as crianças apreciam a história de Peter Pan, e Narizinho é uma perceptiva crítica: "Estou notando isso, vovó – disse ela. Nas histórias antigas, de Grimm, Andersen, Perrault e outros, a coisa é sempre a mesma – um rei, uma rainha, um filho de rei, uma princesa, um urso vira príncipe, uma fada. As histórias modernas variam mais. Esta promete ser boa" (Lobato, 1971, p. 28). E Emília comenta a expressão que Dona Benta usa: "Que expressão bonita! – exclamou Emília. – *Desapareceu no horizonte!...* Acho uma beleza em tudo quando desaparece no horizonte" (Lobato, 1971, p. 40).

Domesticação

Lobato domestica *Peter Pan* de várias maneiras, trazendo a personagem para o leitor brasileiro: Pedrinho, quando sabe do pó mágico de Peter Pan, pensa em suas semelhanças com o pó de pirlimpimpim (Lobato, 1971, p. 29); Lobato compara os índios peles-vermelhas com os índios brasileiros, "sempre de cócoras, como os nossos caboclos de mato" (Lobato, 1971, p. 32); e Gancho senta-se "num enorme chapéu-de-sapo" (Lobato, 1971, p. 36), que, no original de Barrie, é um "*large mushroom*" (Lobato, 1971, p. 61).

A discussão sobre sereias demonstra as características das várias personagens. Emília sugere que se deve fazer uma história diferente sobre sereias e que elas, em vez de sempre escaparem de quem tentar pegá-las, deveriam ser trazidas para a cidade dentro de um caminhão (Lobato, 1971, p. 50). Para Dona Benta, isso destruiria a beleza e mistério das sereias, e Tia Nastácia diz que "Os homens são tão malvados que até eram capazes de picar as coitadas em pedaços para vender nos açougues lombo de sereia, entrecosto de sereia, rabo de sereia, miolo de sereia..." (Lobato, 1971, p. 51).

A controvérsia da Tia Nastácia

Anteriormente, vimos os insultos de Emília a Tia Nastácia. De fato, muitos são os insultos de Emília aos negros em geral e à Tia Nastácia, que Lobato apresenta pela primeira vez em *As reinações de Narizinho* (Lobato, 1980, p. 9) como "[...] a negra de estimação que carregou Lúcia em pequena". Cinderela não toma café para não ficar morena, e Emília faz a brincadeira de mau gosto: "Faz muito bem [...] Foi de tanto tomar café que a Tia Nastácia ficou preta assim" (Lobato, 1980, p. 127). No circo, Pedrinho comenta que não sabe se Tia Nastácia vai: "está com vergonha, coitada, por ser preta" (Lobato, 1980, p. 161). Mas ela vai, e Narizinho faz sua apresentação, dizendo que, por azar, um dia ficou preta, mas, se tiver sorte, ficará branca de novo: "Também apresento a princesa Anastácia. Não reparem ser preta. É preta só por fora, e não de nascença. Foi uma fada que um dia a pretejou, condenando-a a ficar assim até que encontre um certo anel na barriga de um certo peixe. Então, o encanto se quebrará e ela virará uma linda princesa loura" (Lobato, 1980, p. 161).

Como vimos anteriormente, em *Peter Pan*, Emília manda Tia Nastácia calar a boca e enfatiza a inferioridade e a feiura da raça negra: "Você só entende de cebolas e alhos e vinagre e toucinho", e acrescenta que "Está claro que não poderia nunca ter visto fada porque elas não aparecem para gente preta. Eu, se fosse Peter Pan, enganava Wendy dizendo que uma fada morre sempre que vê uma negra beiçuda...". E a resposta de Dona Benta é, de modo não característico, também racista: "Mais respeito com os velhos, Emília!", advertiu Dona Benta. "Não quero que trate Tia Nastácia desse modo. Todos aqui sabem que ela é preta só por fora" (Lobato, 1971, p. 22).

As características físicas da Tia Nastácia são sempre enfatizadas. Quando Emília coloca um gancho na mão fingindo ser Capitão Gancho, ela diz que é porque "Quero ganchar aquele beição dela" (Lobato, 1971, p. 45). Em *O Saci*, Tia Nastácia é descrita "com toda a gengiva vermelha de fora" (Lobato, 1957b, p. 18).

Mais recentemente, em 2010, houve certa controvérsia na mídia sobre racismo na obra de Lobato. Em *Caçadas de Pedrinho*, publicado em 1933, Tia Nastácia é chamada de "macaca de carvão" e referida como pessoa que tem "carne preta". A obra, cuja leitura é obrigatória nas escolas públicas no Brasil, foi alvo de mandado de segurança pelo Iara (Instituto de Advocacia Racial) perante o Supremo Tribunal Federal, demandando que a questão fosse decidida pela Presidência da República, exigindo a retirada do livro da lista de leitura obrigatória, para que as crianças brasileiras não ficassem expostas a seu alegado conteúdo racista. Tal pedido já havia sido feito e negado pela Câmara de Educação Básica, pelo Plenário do Conselho Nacional de Educação e pelo ministro da Educação. Também requeria que o MEC (Ministério da Educação) incluísse "notas explicativas" nos livros fornecidos às bibliotecas e que a leitura do livro fosse permitida apenas a "professores preparados a explicar as nuances do racismo do Brasil da República Velha". O Iara também criticou o racismo no conto "A Negrinha", que demonstrava os excessivos castigos físicos ministrados aos negros (*O Globo*, 2012; *Porciúncula*, 2014).

Porém, em 2014, Luiz Fux, ministro do Supremo Tribunal Federal, após análise tão somente do pedido de liminar, sem adentrar o mérito, concordou com o parecer da Procuradoria-Geral da República de que o presidente não age de maneira omissa se decide não advogar um tema para si. Nessa época, os meios de comunicação brasileiros posicionaram-se contrariamente ao parecer desfavorável à obra de Lobato, frequentemente alegando que se tratava de uma tentativa de "censura" e de um "atentado à livre expressão de ideias".

Rastros do debate podem ser encontrados na internet. O cartunista Ziraldo apresentou para o Carnaval de 2011 o desenho que fez para estampar a camiseta de um bloco carnavalesco carioca chamado "Que m* é essa?". A ilustração mostra

Monteiro Lobato, com suas inconfundíveis sobrancelhas, abraçado a uma mulata de curvas salientes, criticando o que seus organizadores consideravam uma tentativa de censura aos seus livros. Ziraldo abraçou a ideia, ilustrou a camiseta e disse: "Para acabar com a polêmica, coloquei o Monteiro Lobato sambando com uma mulata. Ele tem um conto sobre uma negrinha que é uma maravilha. Racismo tem ódio. Racismo sem ódio não é racismo. A ideia é acabar com essa brincadeira de achar que a gente é racista" (*Opinião e Notícia*, 2011).

Contra Ziraldo, a escritora negra Ana Maria Gonçalves divulgou uma carta aberta intitulada *Lobato, Ziraldo e a carnavalização do racismo* (Gonçalves, 2011), criticando ferrenhamente a ilustração criada para o bloco citado e o racismo de Lobato, citando trechos de suas cartas a Godofredo Rangel em *A Barca de Gleyre*, dizendo que Lobato tinha "[...] a certeza absoluta da própria superioridade, fazendo uso do dom que lhe foi dado e pelo qual é admirado e defendido até hoje, e comentando seu apoio pelo eugenismo". Quanto ao trabalho de Ziraldo, Ana Maria ressalta especificamente a "docilidade" e a "resignação" à condição de submisso que caracterizam as histórias do personagem Menino Marrom (Gonçalves, 2011).

Intertextualidade

Para Julia Kristeva e Mikhail Bakhtin, textos nunca são unívocos e independentes, mas sempre polifônicos, contendo traços de outros textos, influências, elementos biográficos do autor, bem como seus escritos anteriores e futuros (Allen, 2000).

> *They are what theorists now call intertextual. The act of reading, theorists claim, plunges us into a network of textual relations. To interpret a text, to discover its meaning, or meanings, is to trace those relations. Reading thus becomes a process of moving between texts. Meaning becomes something which*

exists between a text and all the other texts to which it refers and relates, moving out from the independent text into a network of textual relations. The text becomes the intertext*. (p. 1)

Anteriormente, descrevi as omissões de Lobato, e, no *Peter Pan* de Lobato, perdem-se estes intertextos: o da sexualidade complexa de Barrie; sua relação com os irmãos Llewelyn Davies, inspiração de Peter Pan; o da possível atração homossexual de Gancho por Peter; a possível atração de Wendy por Gancho; e o do relacionamento complexo entre Wendy e Peter, que podem ser vistos como mãe-filho, namorados, irmãos e marido-mulher. Perde-se também o intertexto com o sistema social britânico, a *public school* [o colégio de elite] Eton College, onde Gancho estudou, e a filosofia da *public school* de *fair play*, jogar conforme as regras; os costumes da pequena burguesia da família Darling, apesar de sua falta de dinheiro; o comportamento esperado de uma moça da classe média inglesa do começo do século XX, visto nas tarefas de Wendy de tomar conta e cuidar dos meninos perdidos; e a geografia de Kensington, bairro chique de Londres. Também o *Peter Pan* que geralmente lemos hoje se relaciona com as várias outras versões. Peter Pan apareceu pela primeira vez em 1902, num livro intitulado *The Little White Bird*, versão ficcional da relação de Barrie com os filhos de Sylvia Davies; depois, esse livro foi adaptado para o teatro numa peça chamada *Peter Pan, or The Boy Who Wouldn't Grow* [o menino que não ia crescer], que estreou em Londres em 27 de dezembro de 1904. Posteriormente, em 1906, a parte do livro intitulada *The Little*

---

* Eles são o que os teóricos chamam agora de intertextual. O ato de ler, dizem os teóricos, mergulha-nos em uma rede de relações textuais. Interpretar um texto, descobrir seu significado, ou significados, é traçar essas relações. A leitura torna-se assim um processo de movimentação entre os textos. O significado se torna algo que existe entre um texto e todos os outros textos aos quais se refere e se relaciona, saindo do texto independente para uma rede de relações textuais. O texto se torna o intertexto.

White Bird, que trata de Peter Pan, foi republicada com o título *Peter Pan in Kensington Gardens* [Peter Pan em Kensington Gardens], com ilustrações de Arthur Rackham. Em 1911, Barrie fez outra adaptação, que chamou de *Peter and Wendy* – o livro que hoje geralmente conhecemos como *Peter Pan*.

Atualmente, lemos *Peter Pan* com a imagem visual do Peter Pan do filme de Walt Disney, semelhante à imagem usada na capa da edição da Editora Brasiliense de 1971. Talvez interpretemos as relações entre Peter-Wendy e Peter-Gancho de um ponto de vista freudiano, e pensemos na chamada "síndrome de Peter Pan", popularizada no livro de Dan Kiley sobre homens imaturos: *The Peter Pan Syndrome: Men Who Have Never Grown Up* (1983), baseado no conceito de Carl Gustav Jung de *puer aeternus*, o arquétipo que representa tanto o renascimento quanto a impossibilidade de crescer.

Na adaptação de Lobato, temos novos intertextos. Como será visto adiante, Lobato insere em seu *Peter Pan* críticas ao governo brasileiro de Getúlio Vargas, as quais são ligadas a seus outros textos sobre a necessidade de o Brasil desenvolver seus recursos naturais: *Ferro* (1931); *O escândalo do petróleo* (1936); *Problema vital* (1918), uma coletânea de artigos sobre saúde pública publicados por Lobato no jornal *O Estado de S. Paulo*; seus elogios à eficiência dos Estados Unidos em *América* (1950); suas críticas a vários elementos do Brasil em *Mr. Slang e o Brasil* (1927) por meio da porta-voz de um velho inglês; e suas recriações ficcionais das cidades decadentes do Vale do Ribeira em *Urupês* (1918) e *Cidades Mortas* (1919), além de contos e artigos sobre o mesmo tema.

Memórias de Emília e *O Picapau Amarelo*

Lobato também traz o mundo para o Sítio do Picapau Amarelo. Em *As reinações de Narizinho*, os picapauzinhos encontram-se com Tom Mix (1880-1940), o primeiro herói *cowboy* de Hollywood, popularíssimo nas telas do cinema de 1910 a 1935, e o Gato Félix, outra estrela do cinema mudo na década de 1920. Recebem também visitas de Aladin; Capinha (ou Capuzinha) Vermelha; Xarazada; Cinderela; Ali Babá; o Gato de Botas; o Pequeno Polegar; Sinbad, o Marujo; o Patinho Feio; Hansel e Gretel; o Cavalo Encantado; os Príncipes Cadadade e Amede; e Raggedy Ann, boneca famosa em contos nos Estados Unidos na década de 1920, para ver o circo, e finalmente encontram-se com Peter Pan e o Barão de Münchhausen. Visconde é comparado com Sherlock Holmes (Lobato, 1980, p. 106).

Peter Pan reaparece junto com Capitão Gancho em *Memórias da Emília*, quando mil crianças inglesas, junto com Peter Pan, Capitão Gancho, Alice do País das Maravilhas e Popeye, visitam o Sítio do Picapau Amarelo.

Parece que aqui Lobato tentava integrar o Sítio do Picapau Amarelo ao mundo: "[O] Rei da Inglaterra (Edward VIII), Presidente Roosevelt, o Duce da Itália, o Imperador do Japão e o Negus da Etiópia se reuniram em conferência [...] depois de muita discussão ficou assentado que todas as crianças do mundo seriam levadas ao sítio da Dona Benta" (Lobato, 1980, p. 21).

Pedrinho e Peter Pan tornam-se amigos e derrotam Popeye quando comem seu espinafre, colocando couve em sua lata no Capítulo 9 e visitando Shirley Temple em Hollywood no Capítulo 13.

No conto "As fadas", em *Histórias diversas*, Alice, Rosa Branca, sua irmã Rosa Vermelha e Capinha, junto com Donald, Mickey e Pluto, personagens de Disney, são levados ao sítio num tapete mágico. O problema acontece quando o Gato de Botas esquece que ele é uma "personagem" e se comporta como gato, tentando matar e comer Mickey (1979, p. 60-7).

Em *O Picapau Amarelo*, o sítio é visitado por um grande número das figuras de literatura infantil, que se estabelecem nas Terras Novas, terras adjacentes ao sítio recentemente adquiridas por Dona Benta para alojar os visitantes: Pequeno Polegar; Branca de Neve e os sete anões; as princesas Rosa Branca e Rosa Vermelha; os príncipes Codadade e Amede com Aladino, a Xarazada e os gênios de *Mil e Uma Noites*; a Menina da Capinha Vermelha; a Gata Borralheira; Peter Pan com os meninos perdidos; Capitão Gancho com o crocodilo e os piratas; Alice do País das Maravilhas; La Fontaine, Esopo e todas as fábulas; Barba Azul; o Barão de Münchhausen; todas as personagens de Andersen e Grimm; e, *last but not least*, Dom Quixote, Rocinante e Sancho Pança (Lobato, 1960, p. 21-2).

Amaya Prado (2008, p. 331), seguindo Sandroni (1987, p. 58), descreve os vários níveis de lugar e tempo na obra infantil de Lobato. Em um nível, temos o Sítio do Picapau Amarelo, que é parte do mundo rural do estado de São Paulo, e, num segundo nível, temos o mundo mágico do Sítio do Picapau Amarelo, além do pó de pirlimpimpim, que possibilita viagens pelo universo inteiro. Num terceiro nível, há o folclore brasilciro, com a aparição frequente dos sacis e referências à Cuca, à Caipora, à Mula sem cabeça e à Iara. Temos também o nível da literatura clássica, com as visitas das personagens de *Mil e uma noites* e outros da literatura mundial, como Dom Quixote e Sancho Pança. E, num quinto nível, temos figuras de livros contemporâneos, como Peter Pan, figuras de quadrinhos, como Mickey Mouse, todos misturados entre si. Um último nível seria o de personagens vivas, estrelas de Hollywood como Tom Mix e Shirley Temple. Poucos autores e editores brasileiros nessa época obedeciam às normas internacionais de *copyright*, e, na era pré-internet, era muito difícil para uma empresa da Madison Avenue saber o que estava sendo publicado no Brasil (Milton, 2003, p. 118).

As aventuras de Peter Pan e Capitão Gancho continuam quando Sancho Pança, vestido como Capitão Gancho, engana os piratas para resgatar Branca de Neve de seu castelo submerso (capítulos XIII e XIV) com o barco de Gancho, a Hiena dos Mares. No capítulo XVII, Peter Pan e Pedrinho também trazem uma sereia que capturaram no Mar dos Piratas, agora nas Terras Novas. No Capítulo XVIII, Tia Nastácia encontra o escudo de Dom Quixote, que usa como gamela na cozinha, e Sancho, sempre "bom de garfo", torna-se admirador de Tia Nastácia. Enquanto Dona Benta visita o castelo para o casamento de Branca de Neve com o príncipe Codadade, Capitão Gancho captura o Sítio do Picapau Amarelo, que é livrado somente quando Pedrinho coloca um despertador na boca de um jacaré empalhado, que o menino mexe com corda no Capítulo XXVII.

O elemento nacionalista de Lobato fica claro. Ele quer elevar as histórias tradicionais brasileiras ao nível das dos outros países: "Há a mitologia grega, a mais rica de todas; há a mitologia da Índia; há a mitologia dos povos nórdicos; há até a mitologia do Brasil, na qual vemos o Saci, a Caipora, a Mula sem cabeça, a Iara" (Lobato, 1960, p. 42).

Literatura infantil política

É bastante comum para autores, tradutores e adaptadores de literatura infantil manipular seu material para se conformar a certa visão do mundo; no caso do *Peter Pan* de Lobato, a visão de um mundo leigo no qual não existe contato com qualquer igreja. É um mundo onde as crianças são encorajadas a ser independentes, a explorar e ter contato com o fantástico. São guiadas por Dona Benta, que tem muitas caraterísticas de uma professora universitária aposentada, talvez de História ou Ciências Sociais, que estimula as crianças e bonecos a desenvolver um sentido crítico acerca da história da América Latina, como vimos no Capítulo II, e da situação atual do Brasil, como vimos neste capítulo. Dona Benta insere aulas de vocabulário nas contagens das histórias, estimula as crianças a ler Darwin e, como já foi falado, chama o Sítio de "Universidade do Picapau Amarelo" (Lobato, 1968, p. 17).

E, especialmente na década de 1930, com a publicação de vários livros didáticos como *Ferro* (1931), *História do mundo para as crianças* (1933), *Emília no País da Gramática* (1934), *Aritmética da Emília* (1935), *Geografia de Dona Benta* (1935), *História das invenções* (1935), *O escândalo do petróleo* (1936) e *O poço do Visconde* (1937), "[...] encontramos uma escola alternativa, onde Dona Benta desempenha o papel de professora [...] [e] o sítio se transforma numa grande escola, onde os leitores aprendem desde gramática e aritmética até geologia" (Lajolo, 2000, p. 61). Para Zohar Shavit, o tradutor consegue manipular o material, contanto que siga dois princípios básicos: primeiro, que o livro seja didático, "bom" para a criança; e, segundo, que a trama, linguagem e caracterização sejam ajustadas à habilidade de leitura da criança (Shavit, 1986, p. 112-28, em Puurtinen, 2006, p. 59). Assim, Lobato adapta *Hans Staden* e *Peter Pan* para sua visão do mundo "bom", que é muito diferente da visão tradicional da Igreja Católica. Como vimos no Capítulo II, Lobato foi severamente criticado pela Igreja Católica. Também Lobato usa uma linguagem compreensível para as crianças, evitando expressões rebuscadas, para entretê-las, como vimos no capítulo inicial e como veremos no capítulo sobre sua adaptação de *Don Quijote*.

Em períodos distintos, traduções e adaptações de livros infantis foram influenciadas por elementos políticos, nacionalistas e sociais. Em "Nursery Politics: Sleeping Beauty or the Acculturation of a Tale" [Política do berçário: a Bela Adormecida ou a aculturação de um conto], Karen Seago enfatiza que os *Kinder- und Hausmärchen* dos Irmãos Grimm [Contos de Grimm] "*[...] grew out of a strong sense of German patriotism in reaction to the political opposition of the French occupation*" [nasceu de um forte senso de patriotismo alemão em reação à oposição política à ocupação francesa]. A "excavation" [excavação] da literatura tradicional alemã "*[...] was undertaken in a spirit of resistance and as a means of political change*" [foi empreendida num espírito de resistência e como meio de mudança política] (Seago, 1986, p. 176). Quando foram introduzidos na Inglaterra no decorrer do século XIX, os contos de fadas tiveram de ser adaptados para se livrar dos elementos imorais e da frequente crueldade para se conformar à moralidade vitoriana. Assim, o *Sleeping Beauty* inglês adapta elementos das versões alemã e francesa, reduzindo conotações eróticas encontradas em ambas as versões e produzindo uma versão que seria aceitável para a classe média britânica: "*In the English tale's firm allegiance with middle class values of economy and moderation, there is a hint of bourgeois disapproval of the aristocracy's sexual and financial excess*" [Na lealdade firme do conto inglês aos valores de classe média de economia e moderação, há uma sugestão de desaprovação burguesa da sexualidade e dos excessos financeiros da aristocracia] (Weeks, 1990, em Seago, 1986, p. 181).

No mesmo volume de *The Translation of Children's Literature: a Reader*, em "*Does Pinocchio have an Italian passport?*" [Pinóquio tem um passaporte italiano?], Emer O'Sullivan descreve a maneira como Pinocchio foi adaptado para o alemão no século XIX: a tradução de Bierbaum transferiu a ironia e a sátira contra as figuras de autoridade de Collodi para a Alemanha, satirizando elementos da monarquia, da vida acadêmica, do militarismo e do excessivo patriotismo alemães. A comida é alemã, a localização é alemã, e referências à comédia delirante são substituídas por referência ao Kaspeletheater (O'Sullivan, 2006, p. 150).

Nos Estados Unidos, a primeira tradução de Pinóquio, de Walter S. Cramp, em 1904, seguiu as tendências dominantes da moralidade pública, que enfatizava a autodisciplina, a autonegação, a diligência e o respeito pelas autoridades, assim cortando quaisquer referências à violência, à crítica social e às crianças ridicularizando os adultos. O tom é "*harsh, punitive and unsympathetic. Pinocchio, the child, is an annoyance*" [duro, punitivo e antipático. Pinóquio, a criança, é um aborrecimento] (Wunderlich, 1992, em O'Sullivan, 2006, p. 151).

Versões subsequentes de Pinóquio restauraram uma personagem mais simpática, e O'Sullivan vê a versão de Disney da década de 1930 como influenciada pelos eventos contemporâneos: a Grande Depressão e a Segunda Guerra Mundial que se aproximava. Para este Pinóquio, o objetivo não era crescer e se tornar independente, mas ser um bom menino na família: "*The image of Pinocchio has changed from Collodi's egoistic, headstrong puppet child to a personification of childhood innocence*" [A imagem de Pinóquio mudou da criança egoísta e obstinada de Collodi à personificação da inocência da infância] (O'Sullivan, 2006, p. 152).

Em "Post-Socialist Translation Practices: Ideological struggle in children's literature" [Práticas de tradução pós-socialistas: a luta ideológica na literatura infantil], Nike K. Pokorn examina como traduções de literatura infantojuvenil, nos anos de socialismo na ex-Iugoslávia, limparam dos originais certos elementos, especialmente o religioso, e muitas das traduções de livros infantojuvenis ainda estão sendo publicadas hoje em dia (Pokorn, 2012).

Em *The Role of Translators in Children's Literature* [O papel de tradutores na literatura infantojuvenil], Gillian Lathey descreve duas traduções polêmicas das fábulas de Esopo e de outros autores. Primeiro, a de Sir Roger l'Estrange (1616-1704) de várias fontes francesas, latinas e gregas, de 1792, que tinha propaganda da facção dos Royalists, e a do Reverendo Samuel Croxall (1688/9-1752), das fontes gregas e latinas, de 1722, com um prefácio atacando a advocacia de L'Estrange da causa católica. L'Estrange "*[...] is a tool and hireling of the Popish faction*" [é uma ferramenta e mercenária da facção do Papa], que deveria ser banido aos "*deserts of Arabia*" [desertos da Arábia] (Croxall, 1722, p. 24-5, em Lathey, 2010, p. 24-9).

Outro exemplo que Lathey menciona é a tradução do alemão, de 1790, feita por Mary Wollstonecraft da primeira parte de *Elements of Morality for the Use of Children* [Elementos de moralidade para o uso de crianças], de Christian Gotthilf Salzmann. O conto de um soldado alemão que tenta superar medos imaginários é substituído por um conto sobre um soldado britânico na Guerra de Independência dos Estados Unidos que perde o caminho à noite e é auxiliado por um homem "da cor de cobre" que ajuda a curar seu ferimento. Em seu prefácio, Wollstonecraft se refere a esse homem como *"[...] one of those men whom we, with white complexions, call savages"* [um daqueles homens que nós, com a nossa pele branca, chamamos de selvagens] (Wollstonecraft, 1989, p. 28, em Lathey, 2010, p. 77). O texto de Salzmann tem um conto semelhante quando um dentista judeu cura o jovem Karl de dor de dente, também o curando de seu antissemitismo incipiente: *"[...] I have often been told that the Jews were a wicked people, but now I see that I was wrong"* [me disseram muitas vezes que os judeus eram um povo perverso, mas agora vejo que estava errado] (Wollstonecraft, 1989, p. 149, em Lathey, 2010, p. 77).

Em "Ideological encounters: Islamist retranslations of the Western classics", Esra Birkan Baydan (2015) examina a islamização de traduções da literatura infantojuvenil incluídas na série de *100 leituras essenciais* recomendadas a escolas primárias na Turquia em 2005. Bayan cita as observações feitas no *Turkish Daily News*, jornal de língua inglesa da Turquia:

> *In one translation, Geppetto's little son Pinocchio says "Give me some bread for the sake of Allah," and gives thanks to Allah when he becomes an animated marionette.*
>
> *In Dumas' Three Musketeers, D'Artagnan while on his way to see Aramis is stopped by an old woman who explains: "You can't see him right now. He is surrounded by men of religion. He converted to Islam after his illness."*
>
> *Eleanor H. Porter's Pollyanna confirms her belief in the Muslim apocalypse, while La Fontaine's fisherman prays, using Muslim terminology, to catch more fish.*
>
> *Spyri's Swiss orphan Heidi is told by Ms. Sesasman that "praying is relaxing".*

"*Invented" phrases employing Muslim terminology were also inserted into classics from masters such as Anton Chekhov and Oscar Wilde**. (*Turkish Daily News*, 2006, em Tahir Gürçağlar et al., 2015, p. 235)

As consequências de criticar o governo brasileiro podem ser muito negativas, como veremos a seguir.

Críticas ao Brasil

Em *Peter Pan*, Lobato faz várias críticas ao governo brasileiro. No começo do livro, diz que as crianças brasileiras têm de brincar com "boi de chuchu", enquanto as crianças inglesas são mimadas e têm uma grande variedade de brinquedos sofisticados. No Brasil, a indústria de brinquedos estava apenas começando, mas ainda era muito pobre: "Já temos algumas fábricas de bonecas e outras de carrinhos, cavalinhos de pau, trenzinhos de folha, patinhos de celuloide, gaitas de assoprar, etc." (Lobato, 1971, p. 12). Assim, a impressão é de que o Brasil era um país atrasado, muito diferente da ideia de modernidade e de país industrializado e avançado que o Estado Novo queria transmitir.

---

* Em uma tradução, o pequeno filho de Geppetto, Pinóquio, diz: "Dê-me um pouco de pão por causa de Alá" e agradece a Alá quando ele se torna uma marionete animada.

Em *Os Três Mosqueteiros* de Dumas, no caminho de ver Aramis, D'Artagnan é interrompido por uma velha que explica: "Você não pode vê-lo agora. Ele está cercado por homens de religião. Ele se converteu ao islamismo depois de sua doença".

A Pollyanna de Eleanor H. Porter confirma sua crença no apocalipse muçulmano, e o pescador de La Fontaine reza, usando terminologia muçulmana, para pegar mais peixe.

A órfã suíça de Spyri, Heidi, é informada pela Sra. Sesasman que "rezar é relaxante".

Frases "inventadas" empregando a terminologia muçulmana foram também inseridas em clássicos de mestres como Anton Tchékhov e Oscar Wilde.

Dona Benta explica que os países frios têm aquecimento central e, quando Narizinho pergunta o que é uma "lareira", explica que "nos países adiantados, em vez da velha lareira existe um sistema de canos de vapor quentes que percorrem todos os quartos e salas por dentro das paredes e os mantêm na temperatura que se deseja" (Lobato, 1971, p. 60).

Em suas primeiras edições de *Peter Pan*, as críticas ao governo brasileiro eram mais fortes. Na primeira edição de 1930, Lobato critica a política econômica de altos impostos sobre bens importados, especialmente brinquedos:

> "Por que será que os brinquedos no Brasil custam tanto dinheiro e são tão ordinários?", indagou o menino. "Aquele urso que vovó comprou: cinco mil réis, e nem bem saiu do pacote já derrubou o rabo e entortou a orelha."
> "Por causa dos impostos, Pedrinho. Quando você for presidente da República precisa fazer uma lei que acabe com essa pouca vergonha de cobrar altos impostos sobre cavalinhos de pau, trenzinhos de lata, patinhos de celuloide, gaitas de assoprar, etc. Tome nota. (Lobato, 1930, p. 5)

Na segunda edição de 1935, *Peter Pan: a história do menino que não queria crescer, contada por Dona Benta*, suas críticas à política econômica brasileira da ditadura Vargas, nessa época em pleno poder, são mais duras:

> "Por que, vovó, os brinquedos no Brasil custam tanto dinheiro e são tão ordinários?" quis saber Pedrinho. "Aquele urso que vovó comprou, por exemplo; custou cinco mil réis, e nem bem saiu do pacote já derrubou o rabo e entortou a orelha."
> "*Por causa dos impostos, meu filho. Há no Brasil uma peste chamada governo que vai botando impostos e selos em todas as coisas que vêm de fora, a torto e a direito, só pela ganância de arrancar dinheiro do povo para encher a barriga dos parasitas.* Quando você for presidente da República trate de fazer uma lei que acabe com essa pouca vergonha de cobrar altos

impostos até sobre cavalinhos de pau, trenzinhos de lata, patinhos de celuloide, gaitas de assoprar, bonecas, etc. Tome nota para não esquecer." (Lobato, 1935, p. 14; grifos nossos)

Ainda na segunda edição, Lobato também aumenta o papel de Dona Benta e dos picapauzinhos, e inclui a subtrama de Emília cortando e tirando a sombra de Tia Nastácia, que ficou nas edições subsequentes. Além disso, Lobato usa o nome original de Barrie, Wendy, em vez de Wanda, que usou na primeira edição.

Ao que tudo indica, o trecho acima, crítico ao governo, também consta da terceira edição, de 1939, pois parece seguir a segunda edição, mas, no exemplar que consegui consultar na Biblioteca Monteiro Lobato, a folha que continha as páginas 13 e 14 tinha sido arrancada. Na quarta edição, de 1944, e nas edições subsequentes, esse trecho foi cortado, e o texto, estabilizado. A edição seguida aqui é a 16ª edição da Editora Brasiliense, de 1971.

Em outros livros de Lobato, é óbvia a crítica à ditadura de Vargas. Em *O Minotauro: maravilhosas aventuras dos netos de Dona Benta na Grécia antiga*, publicado originalmente em 1939, em plena época do Estado Novo, em resposta à pergunta de qual é o segredo dos gregos para terem chegado a uma sociedade tão sofisticada, Dona Benta responde: "Liberdade, meu filho. Bom governo" (Lobato, 1957a, p. 22), devido à legislação de Sólon, que tirou o povo da escravização dos senhores e introduziu um regime democrático que permitiu o florescimento da sociedade e das artes: "Só nesse clima o homem se sente feliz e prospera harmoniosamente. Quando muda o clima e a liberdade desaparece, vem a tristeza, a aflição, o desespero e a decadência" (Lobato, 1957a, p. 22). Obviamente, pensamos no Estado Novo, e Dona Benta dá o exemplo do Sítio do Picapau Amarelo, onde, como ela dá "[...] a máxima liberdade, todos vivem no maior contentamento, a inventar e realizar tremendas aventuras" (Lobato, 1957a, p. 23).

Mas, se existisse um regime de linha dura, e ela amarrasse "[...] os netos com os cordéis do 'não pode' – vocês viveriam tristes e amarelos, ou jururus, que é como ficam as criaturas sem liberdade de movimentos e sem o direito de dizer o que sentem e pensam" (Lobato, 1957a, p. 23). E faz o paralelo entre o Sítio do Picapau Amarelo, com seu "[...] prazer de sonhar e criar a verdade e a beleza" (Lobato, 1957a, p. 23), e a Grécia da antiguidade, onde floresceram a arquitetura, a escultura e a filosofia.

No Capítulo 5, Dona Benta discute o papel do Estado com Péricles, o governador de Atenas. Para Péricles, política é a arte de harmonizar os interesses conflitantes das criaturas humanas, mantendo "[...] o equilíbrio dos interesses individuais com um máximo de benefício geral" (Lobato, 1957a, p. 48). Dona Benta conta a Péricles as experiências do comunismo e do totalitarismo, que não respeitam a liberdade do indivíduo, "[...] em que o Estado é tudo e nós, as pessoas, menos que moscas. Neste regime o indivíduo não passa de grão de areia do Estado" (Lobato, 1957a, p. 48-9), e "a pobre humanidade, depois de tremendas lutas para escapar à escravização aos reis, caiu na escravização, pior ainda, ao Estado – à palavra Estado". Porém, Narizinho fica revoltada com a existência de escravidão em Atenas e por ser carregada em uma liteira: "Não tenho coragem de entrar nisso, vovó! Desaforo. Gente como nós a nos carregar. Nunca! E ainda chamam a isto democracia..." (Lobato, 1957a, p. 84).

Utilizando um termo de Vygotsky, Dona Benta atua como "mediadora" do mundo ao redor do Sítio do Picapau Amarelo, traduzindo os signos desse mundo para seus netos e auxiliando no desenvolvimento de funções psicológicas complexas (memória, atenção, percepção, formação de conceitos, generalizações, abstrações) – as "funções psicológicas superiores" –, que Narizinho e Pedrinho estão começando a desenvolver (Vygotsky, 2003). Por meio dessa mediação, ela tenta influenciar as opiniões dos netos sobre o mundo, introduzindo comentários sobre o Brasil em *Peter Pan* (1930) e em *Fábulas* (1922); sobre a literatura infantojuvenil em *Dom Quixote das crianças* (1936); sobre o começo da história do Brasil em *Hans Staden* (1926) e o mundo antigo grego em *O Minotauro* (1937); sobre a história e a geografia do mundo em a *História do mundo para as crianças* (1933) e a *Geografia de Dona Benta* (1935); sobre a história da ciência em *História das invenções* (1935); e sobre a gramática portuguesa e a aritmética em *Emília no País da Gramática* e *Aritmética da Emília* (1934). A mediação de Dona Benta propõe um mundo leigo no qual a igreja não tem papel, mostra as injustiças sociais que permanecem no Brasil depois de quatrocentos anos e vê a melhora do ensino e da saúde pública como soluções para o Brasil, que deveria desenvolver seus recursos naturais. Sua mediação também desenvolve autonomia por parte dos netos, que têm acesso à biblioteca de Dona Benta e são estimulados a ler autores como Darwin. O resultado é a série de perguntas e comentários que sempre aparecem ao decorrer das recontagens.

A prisão de Lobato

Durante a década de 1930, Lobato dedicou a maior parte de sua vida às campanhas para convencer o governo brasileiro a investir na produção de ferro e na prospecção de petróleo, usando o que restava de sua fortuna, grande parte da qual havia sido perdida no *Crash* de Wall Street em 1929. Porém, suas tentativas de buscar petróleo foram interrompidas pelo Estado Novo, decretado em 10 de novembro de 1937, que proibiu Lobato de seguir com sua prospecção. Com a imprensa silenciada, Lobato voltou a seu velho exercício de escrever para os governantes. Em 31 de março de 1938, em carta a Getúlio Vargas, relembrou o que expusera em *O escândalo do petróleo* (1936): que o Código de Minas torna sem efeito os registros de jazidas já realizadas, resultando em perdas grandes aos empreendimentos já existentes.

Ao general Góis Monteiro, chefe do Estado-maior do Exército, escreveu que, por não ter a palavra livre, teria de escrever diretamente ao presidente Vargas, e acusou o CNP (Conselho Nacional de Petróleo) de agir em favor dos "Interesses do imperialismo da Standard Oil e da Royal Dutch" (Autos do Processo no 1607, fls. 184, TSN, Arquivo Nacional, em Camargos; Sacchetta, 2002, p. 221).

Outro fator muito importante no encarceramento de Lobato foi a entrevista que deu à BBC World Service em 30 de dezembro de 1940, transmitida em inglês, espanhol e português, e reproduzida na imprensa norte-americana, inglesa e argentina. Na entrevista, enfatiza a grande dívida que o Brasil tem com a Inglaterra: "No Brasil veneramos de coração a Inglaterra porque desde os começos da nossa história vimo-la interessar-se por nós e cooperar para o nosso desenvolvimento" (Lobato, 1961, p. 151). A Grã-Bretanha deu ao Brasil seus portos, seu desenvolvimento, seu capital, um modelo parlamentar durante o reinado de Dom Pedro II, as liberdades civis e o *habeas corpus*; figuras importantes como Zacarias de Goes, Cotegipe, Barão de Rio Branco, Saraiva, Paranaguá e especialmente Ruy Barbosa eram todos anglófilos (Lobato, 1961, p. 152).

"A palavra 'inglês' sempre foi, e continua sendo, um sinônimo de solidez, lealdade e resistência a novidades mal cosidas" (Lobato, 1961, p. 153), e até a expressão "para inglês ver" demonstra respeito pelos ingleses (Lobato, 1961, p. 152).

Lobato comenta que todas essas qualidades de tranquilidade e resistência, vistas no poema mais conhecido de Rudyard Kipling "If...", que estava recebendo certa atenção no Brasil, agora eram necessárias para a Inglaterra na Segunda Guerra Mundial.

If you can keep your head when all about you
Are losing theirs and blaming it on you,

If you can trust yourself when all men doubt you,
But make allowance for their doubting too;
If you can wait and not be tired by waiting,
Or being lied about, don't deal in lies,
Or being hated, don't give way to hating,
And yet don't look too good, nor talk too wise:

If you can dream – and not make dreams your master;
If you can think – and not make thoughts your aim;
If you can meet with Triumph and Disaster
And treat those two impostors just the same;
If you can bear to hear the truth you've spoken
Twisted by knaves to make a trap for fools,
Or watch the things you gave your life to, broken,
And stoop and build 'em up with worn-out tools:

If you can make one heap of all your winnings
And risk it on one turn of pitch-and-toss,
And lose, and start again at your beginnings
And never breathe a word about your loss;
If you can force your heart and nerve and sinew
To serve your turn long after they are gone,
And so hold on when there is nothing in you
Except the Will which says to them: 'Hold on!'

If you can talk with crowds and keep your virtue,
'Or walk with Kings -- nor lose the common touch,
if neither foes nor loving friends can hurt you,
If all men count with you, but none too much;
If you can fill the unforgiving minute
With sixty seconds' worth of distance run,
Yours is the Earth and everything that's in it,
And – which is more – you'll be a Man, my son!

Se

Se és capaz de manter a tua calma quando
Todo o mundo ao teu redor já a perdeu e te culpa;
De crer em ti quando estão todos duvidando,

E para esses no entanto achar uma desculpa;
Se és capaz de esperar sem te desesperares,
Ou, enganado, não mentir ao mentiroso,
Ou, sendo odiado, sempre ao ódio te esquivares,
E não parecer bom demais, nem pretensioso;

Se és capaz de pensar – sem que a isso só te atires,
De sonhar – sem fazer dos sonhos teus senhores.
Se encontrando a desgraça e o triunfo conseguires
Tratar da mesma forma a esses dois impostores;
Se és capaz de sofrer a dor de ver mudadas
Em armadilhas as verdades que disseste,
E as coisas, por que deste a vida, estraçalhadas,
E refazê-las com o bem pouco que te reste;

Se és capaz de arriscar numa única parada
Tudo quanto ganhaste em toda a tua vida,
E perder e, ao perder, sem nunca dizer nada,
Resignado, tornar ao ponto de partida;
De forçar coração, nervos, músculos, tudo
A dar seja o que for que neles ainda existe,
E a persistir assim quando, exaustos, contudo
Resta a vontade em ti que ainda ordena: "Persiste!";

Se és capaz de, entre a plebe, não te corromperes
E, entre reis, não perder a naturalidade,
E de amigos, quer bons, quer maus, te defenderes,
Se a todos podes ser de alguma utilidade,
E se és capaz de dar, segundo por segundo,
Ao minuto fatal todo o valor e brilho,
Tua é a Terra com tudo o que existe no mundo
E o que mais – tu serás um homem, ó meu filho!

Tradução de Guilherme de Almeida
(*Folha de S.Paulo*, 2012; online)

É óbvio que, da mesma maneira como os nazistas ameaçavam esses grandes valores ingleses, o Estado Novo de Vargas tenha resultado na perda de tais valores no Brasil.

[...] a humanidade tonteia diante do surto dos valores da violência [...]. O justo passa a injusto, o certo é o errado e o errado, o certo; o bom é o mau e o mau é o bom; o pensamento livre é o crime e a delação é a virtude; a história é falseada nas escolas para que também se torne instrumento dessa obra de inversão *de todos os valores*. E a alma dos velhos tiranos, sátrapas, déspotas, reis, sultões, califas, khans, shoguns, marajás, pateeis, faraós e chás da antiguidade se moderniza na figura aparentemente nova do Ditador Total – essa novidade velha como a queixada com que Caim matou Abel. (Lobato, 1961, p. 153-4)

Certamente pensamos em Hitler, mas também o Brasil não estava sob o controle de um ditador? Embora a Grã-Bretanha estivesse em estado de guerra e ameaçada por campos de concentração, conseguiu plantar "a árvore da dignidade humana" nos Estados Unidos, no Canadá, na Austrália e na África do Sul (Lobato, 1961, p. 154).

No começo de 1941, a rebeldia inconveniente de Lobato foi enquadrada pelo governo. A princípio, o general Horta Barbosa, presidente do CNP, enviou ofício ao Tribunal de Segurança Nacional, cujo representante, o ministro Barros Barreto, em 6 de janeiro de 1941, solicitou ao chefe de polícia de São Paulo a abertura de um inquérito contra Lobato. Nos dias seguintes, novos documentos foram enviados, e Rui Tavares Monteiro, delegado adjunto de Investigação de Ordem Política de São Paulo, mandou revistar o escritório de Lobato em São Paulo. Na madrugada de segunda-feira, 27 de janeiro de 1941, Lobato foi levado ao DEOPS (Departamento Estadual de Ordem Política e Social) e, então, transferido à Casa de Detenção, onde permaneceu incomunicável durante quatro dias, antes de voltar ao DEOPS, onde foi interrogado na presença do major Antônio Bastos, agente do CNP, para quem Lobato assumiu a responsabilidade pelas cartas que mandou a Vargas e Góis Monteiro; depois, foi libertado (Camargos; Sacchetta, 2002, p. 221-3).

Após sua libertação, o processo continuou tramitando, e a conclusão do Tribunal Nacional de Segurança saiu em 28 de fevereiro de 1941. O procurador Gilberto Goulart de Andrade concluiu que "a simples leitura da missiva da autoria de Monteiro Lobato já revela desrespeito pelos termos em que é vazada, evidenciando audaciosa e injustificável irreverência" e "[...] nenhuma das acusações levantadas contra a orientação que o governo vem imprimindo à exploração petrolífera no país repousa em qualquer fundamento verídico" (Autos do Processo n. 1607, fls. 372 e 373, TSN, Arquivo Nacional, em Camargos; Sacchetta, 2002, p. 224).

Como resultado, Lobato foi enquadrado no artigo 3º, inciso 25, do decreto-lei nº 431/1938 da Lei de Segurança Nacional, introduzido com o advento do Estado Novo, que punia quem injuriava com palavras os poderes públicos com penas de seis meses a dois anos.

Preocupado com um possível encarceramento, Lobato entrou com pedido de passaporte para viajar para a Argentina; mas, na tarde de 19 de março, ao descer de um ônibus na Praça da Sé, foi abordado por um agente de polícia, que o convidou a acompanhá-lo ao DEOPS.

Em seu julgamento, em 8 de abril, foi absolvido; mas, em 20 de maio, o Tribunal Pleno reformou a primeira sentença e o julgou culpado de tentar obter a revogação do ato do CNP "[...] com a pleiteada ruína de uma instituição nacional e a degradação moral dos seus membros" (Autos do Processo n. 1607, fls. 436, TSN, Arquivo Nacional, em Camargos; Sacchetta, 2002, p. 228).

Outras cartas que Lobato enviou após a absolvição inicial podem tê-lo comprometido. Enviou ao general Horta Barbosa, com uma caixa de bombons, uma carta que começava com um agradecimento: "Sempre havia sonhado com uma reclusão desta ordem, durante a qual eu ficasse forçadamente a sós comigo e pudesse meditar sobre o livro de Walter Pitkin (*A Short Introduction to the History of Human Stupidity*)".

E continua com a provocação: "Tive ensejo de observar que a maioria dos detentos é gente de alma muito mais limpa e nobre do que muita gente de alto bordo que ainda solta" (em Cavalheiro, 1955, p. 488). Além disso, mandou duas carta a Vargas, na primeira desejando ao presidente "[...] menos retratos na parede e mais coragem no coração dos que lhe escrevem", e, na seguinte, em 19 de abril, aniversário de Vargas, sugere a criação de uma Companhia Nacional de Petróleo, semelhante à recém-fundada Companhia Siderúrgica Nacional, em Volta Redonda, propondo também que o general-comandante do Conselho e seus funcionários fossem empregados como combustível nas fornalhas de sondas, o que daria para mover as máquinas por alguns dias (em Cavalheiro, 1955, p. 490-1).

Lobato foi sentenciado a seis meses de reclusão; após três meses, Vargas concedeu um indulto, por meio de decreto em 17 de junho. Porém, isso não foi o fim da perseguição.

Peter Pan proscrito

Em *Livros proibidos, ideias malditas* (1997), Maria Luiza Tucci Carneiro descreve a cassação do *Peter Pan*, de Lobato. Em sua promoção de 20 de junho de 1941, o procurador dr. Clóvis Kruel de Morais argumentava junto ao presidente do Tribunal de Segurança Nacional que Lobato alimentava nos espíritos infantis uma opinião negativa em relação ao Brasil e que seus livros "[...] chocavam-se contra os projetos do Estado Novo, empenhado em formar uma juventude saudável e patriótica, unida em torno dos princípios da tradição cristã" (Camargos; Sacchetta, 2002, p. 231). O texto era perigoso, pois enfatizava "[...] a nossa inferioridade, desde o ambiente em que são colocadas até os mimos que se lhes dão" (Carneiro, 1997, p. 151). Para Kruel, Lobato agiu de uma maneira insidiosa, criticando o governo brasileiro pela maneira que gasta os impostos e a "[...] ganância de arrancar dinheiro do povo para encher a barriga dos parasitas" (Lobato, 1935, p. 14).

Em seu parecer, Kruel juntou outras críticas de Tupy Caldas à *História do mundo para crianças*, de Lobato, por ser demasiado materialista, e às *Memórias de Emília*, que é dominado por uma "troça das coisas sérias, além do mesmo sentimento materialista". As crianças expostas a tais "doutrinas perigosas e a práticas deformadoras do caráter" sofrem grande mal (cópia autêntica da Promoção Proferida na Queixa n. 4188 pelo procurador dr. Clóvis Kruel de Morais, Rio de Janeiro, 20/6/1941, no prontuário n. 6575, Acervo DEOPS, Arquivo do Estado/SP, p. 2, em Camargos; Sacchetta, 2002, p. 233).

O procurador conclui que o mal está na excessiva liberdade dada aos escritores. Tais iniciativas do Tribunal de Segurança Nacional eram parte do projeto político do Estado Novo "[...] voltado para a formação de uma juventude patriótica, continuada da tradição cristã, unificadora da Pátria" (Carneiro, 1997, p. 154).

O presidente Getúlio Vargas enfatizava o perigo que os autores representavam: "Todo e qualquer escrito capaz de desvirtuar esse programa é perigoso para o futuro da nacionalidade. O nosso mal até aqui foi justamente dar liberdade excessiva aos escritores, quando o livro é o mais forte veículo da educação" (Carneiro, 1997, p. 154).

Assim, com base na orientação do tribunal de Segurança Nacional, o DEOPS paulista começou a buscar e apreender exemplares de *Peter Pan* no estado de São Paulo em livrarias e bibliotecas escolares e particulares. Ofícios e telegramas foram enviados às delegacias do interior. As delegacias de Itapetininga, Casa Branca e Sorocaba não encontraram nenhum exemplar; em Araraquara, um exemplar foi encontrado; em São José do Rio Preto, quatro; e em Santos, catorze (Carneiro, 1997, p, 154-5).

Resumo

i) Por meio de suas inserções nos comentários de Dona Benta, Pedrinho, Narizinho e Emília, Lobato critica o governo do ditador Getúlio Vargas.

ii) As críticas ao Brasil nessa adaptação, junto com a entrevista à BBC World Service em 30 de dezembro de 1940, tiveram um papel importante na prisão de Lobato, de abril a junho de 1941, e depois exemplares de *Peter Pan* foram apreendidos no estado de São Paulo.

iii) Como em *Hans Staden*, *Fábulas* e *Dom Quixote das crianças*, Lobato lança mão da técnica de recontagem da obra de J. M. Barrie por Dona Benta.

iv) Lobato concentra-se nos principais eventos de *Peter Pan* de Barrie, omitindo os comentários deste sobre o relacionamento entre Peter Pan e Wendy, a possível atração de Wendy por Gancho e a possível atração de Gancho por Peter Pan.

v) Os insultos de Emília à Tia Nastácia, o desprezo de Lobato pela cozinheira negra e sua caricatura das qualidades da raça negra resultaram em muitas acusações de racismo.

vi) Há uma certa domesticação no texto. Emília corta a sombra da Tia Nastácia, assim como Nana apaga a sombra de Peter Pan. Peter Pan é visto pelo olhar do Sítio do Picapau Amarelo, e, em *As reinações de Narizinho*, Lobato traz para o sítio entes míticos brasileiros como os sacis; figuras dos contos de fadas tradicionais; da literatura canônica, como Dom Quixote e Sancho Pança; da literatura moderna, como Peter Pan; e Pato Donald, Mickey Mouse, Tom Mix e Shirley Temple, de Hollywood.

vii) A contagem de *Peter Pan* envolve os picapauzinhos, especialmente Emília, que coloca um gancho na mão, fingindo ser Capitão Gancho.

viii) Diferente do livro de Barrie, no qual Never Land é contraposta à vida bastante maçante de Londres, na adaptação de Lobato há outro lugar imaginário, o Sítio do Picapau Amarelo, que tem atrações muito mais fortes do que Never Land.

Capítulo IV
A recontagem de Dona Benta de *Dom Quixote das crianças*: estilo "clara de ovo"

Capítulo I

Emília descobre o *D. Quixote*

Emília estava na sala de Dona Benta, mexendo nos livros. Seu gosto era descobrir novidades – livros de figura. Mas como fosse muito pequenina, só alcançava os da prateleira de baixo. Para alcançar os da segunda, tinha de trepar numa cadeira. E os da terceira e quarta, esses ela via com os olhos e lambia com a testa. Por isso mesmo eram os que mais a interessavam. Sobretudo uns enormes.

Uma vez a pestinha fez o Visconde levar para lá uma escada – certa vez em que Dona Benta e os netos haviam saído de visita ao compadre Teodorico.

Foi um trabalho enorme levar para lá a escadinha. O coitado do Visconde suou, porque Emília, embora o ajudasse, ajudava-o cavorteiramente, fazendo que todo peso ficasse do lado dele. Afinal a escada foi posta junto à estante, e Emília trepou.

– Segure bem firme, Visconde – disse ela ao chegar ao meio. – Se a escada escorregar e eu cair, vossa excelência me paga.

– Não tenha nenhum receio, Senhora Marquesa. Estou aqui agarrado nos pés da bicha como uma verdadeira raiz de árvore. Suba sossegada.

Emília subiu. Alcançou os livrões e pôde ler o título. Era o *D. Quixote de la Mancha*, em dois volumes enormíssimos e pesadíssimos. Por mais que ela fizesse não conseguiu nem movê-los do lugar.

— Visconde — disse a travessa criatura limpando o suorzinho que lhe pingava da testa —, parece que estes livros criaram raiz. Sem enxada não vai. Temos de arrancá-los como se arranca árvore. Vá buscar uma enxada.

— Se a senhora me permite uma opinião, direi que o caso não é de enxada — sim de alavanca. Dona Benta já explicou que a alavanca é uma máquina própria para levantar pesos. Com a alavanca o homem multiplica a força dos braços, conseguindo erguer pedras e outras coisas pesadíssimas.

Emília olhava para os livrões.

— Bom — disse ela. — Alavanca multiplica a força dos homens, sei isso. Mas será que também multiplica a força do braço das bonecas?

— Experimente — respondeu o Visconde. — É experimentando que se faz descobertas. Foi experimentando que Edison descobriu o fonógrafo.

— Deixe Edison em paz e traga a alavanca.

O Visconde trouxe um cabo de vassoura.

— Está bem certo de que isso é alavanca, senhor sabugo?

— Garanto que é. Experimente. Se a senhora enfiar a ponta do cabo da vassoura naquele vão e fizer uma forcinha, o livro move-se. Experimente.

A boneca fez a experiência. Enfiou o cabo de vassoura num vão, fez força, e o livro, que parecia ter raízes, moveu-se três dedos.

— Viva! Viva! — berrou a diabinha. — É alavanca, sim, Visconde, e das legítimas! Desta vez eu tiro a prosa deste peso.

E tirou mesmo. Tanto fez, que o livrão foi se deslocando para a beirada da estante, agora dois dedos, agora mais dois dedos, até que...

Brolorotáchabum! — despencou lá de cima, arrastando em sua queda a escada, a Emília e o cabo de vassoura, tudo bem em cima do pobre Visconde.

A barulheira fez Tia Nastácia vir correndo da cozinha.

— Nossa Senhora! Que terremoto será aquilo? — exclamara ela. E ao entrar na sala, vendo o desastre: — Será possível, Santo Deus? A terra estará tremendo?

– Foi a alavanca – explicou Emília. – A alavanca arrancou o livrão lá de cima e o derrubou em cima do Visconde...
– Em cima do Visconde, Emília? Então o pobre do Visconde está debaixo deste colosso?
– Está sim – tão achatadinho que nem se percebe. Malvada alavanca.
Levantando o livrão, a negra viu que realmente o Visconde estava embaixo – mas completamente achatado.
– Credo! – exclamou. – Parece um bolo de massa que a gente senta em cima. Será que morreu?
Sacudiu-o, virou-o dum lado para outro, gritou lhe ao ouvido. Nada. O Visconde não dava o menor sinal de vida. Só deixava sair de si um caldinho.
– É o caldo da ciência – observou Emília. – Vou guardá-lo num vidro. Pode servir de alguma coisa.
– E agora? – disse a negra, de mãos na cintura, com os olhos naquele achatamento.
– Agora – respondeu a boneca – nós deixamos ele como está para ver como fica. Pedrinho logo chega e dá um arranjo. Pode ir cuidar de seu fogão.
Emília estava ansiosa por ver as figuras do D. Quixote. Como fosse uma boneca sem coração, era-lhe indiferente que o Visconde ficasse por ali naquele triste estado. Além disso, tinha a certeza de que, dum jeito ou outro, Pedrinho o consertaria. Criaturas de sabugo têm essa vantagem. São consertáveis, como os relógios, as máquinas de costura e as chaleiras que ficam com buraquinhos. Mas Tia Anastácia, sempre de mãos à cintura, não tirava os olhos do pobre sabuguinho.
– Chega! – berrou Emília. – Não enjoe. Vá cuidar das suas panelas – e foi empurrando a negra até a porta da cozinha. Em seguida voltou correndo para o livro. Abriu-o e leu os dizeres da primeira página.

O ENGENHOSO FIDALGO
D. QUIXOTE DE LA MANCHA
por Miguel de Cervantes Saavedra

– Saavedra! – exclamou Emília. – Para que estes dois *aa* aqui, se um só faz o mesmo efeito? – e, procurando um lápis, riscou o segundo *a*.

Feita a correção, começou a folhear o livro. Que beleza! Estava cheio de enormes gravuras dum tal Gustave Doré, sujeito que sabia desenhar muito bem. A primeira gravura representava um homem magro e alto, sentado numa cadeira que mais parecia trono, com um livro na mão e a espada erguida na outra. Em redor, pelo chão e pelo ar, havia de tudo: dragões, cavaleiros, damas, coringas e até ratinhos. Emília examinou minuciosamente a gravura, pensando lá consigo que se aqueles ratinhos estavam ali era porque Doré se esquecera de desenhar um gato.

Nisto ouviu barulho na varanda. Dona Benta e os meninos vinham entrando.

– Que é isso, Emília? – indagou a velha, ao dar com o *D. Quixote* esparramado no chão. – Quem desceu esse livro?

– Foi a alavanca – respondeu a boneca. – Artes do Senhor Visconde, e por isso mesmo ficou mais chato que um bolo que a gente senta em cima. E mudo. Parece que morreu.

Narizinho e Pedrinho correram a examinar o Visconde.

– Coitado! – exclamou a menina. – Um Visconde tão bom, tão científico. Veja, Pedrinho, se dá um jeito nele.

– O caldo da ciência eu salvei – disse Emília mostrando um vidro de homeopatia.

Tia Nastácia veio da cozinha explicar o desastre.

– Mas de que modo o livro caiu lá de cima? – quis saber Dona Benta.

– Não sei, Sinhá. Ouvi um barulho. Corri e achei o livro no chão. Quando levantei o livro, encontrei embaixo um charuto: era o pobre Visconde. Nem gemia. Estava morto duma vez...

– Mas como foi que o livro caiu lá de cima?

– Não sei, Sinhá. O que vi foi uma escada no chão, o livro em cima do Visconde e um cabo de vassoura. Diz a Emília que foi não sei quê duma tal alavanca...

– Hum! Hum! – rosnou Dona Benta cravando os olhos na boneca. – Estou compreendendo tudo. Alavanca é ela...

Capítulo II

Dona Benta começa a ler o livro

O que não tem remédio, remediado está. O Visconde ficou encostado a um canto, e Dona Benta, na noite desse mesmo dia, começou a ler para os meninos a história do engenhoso fidalgo da Mancha. Como fosse livro grande demais, um verdadeiro trambolho, aí do peso de uma arroba, Pedrinho teve de fazer uma armação de tábuas que servisse de suporte. Diante daquela imensidade sentou-se Dona Benta, com as crianças ao redor.

– Este livro – disse ela – é um dos mais famosos do mundo inteiro. Foi escrito pelo grande Miguel de Cervantes Saavedra... Quem riscou o segundo *a* de Saavedra?

– Fui eu – disse Emília.

– Por quê?

– Porque sou inimiga pessoal da ortografia velha coroca que complica a vida da gente com coisas inúteis. Se um *a* diz tudo, para que dois?

– Mas você devia respeitar esta edição, que é rara e preciosa. Tenha lá as ideias que quiser, mas acate a propriedade alheia. Esta edição foi feita em Portugal há muitos anos. Nela aparece a obra de Cervantes traduzida pelo famoso Visconde de Castilho e pelo Visconde de Azevedo.

– Ahn! – exclamou Emília. – Então foi por isso que o nosso Visconde mexeu nele, para conhecer a linguagem dos seus colegas viscondes. Que raça abundante! Três só aqui nesta salinha...

Dona Benta continuou:

– O Visconde de Castilho foi dos maiores escritores da língua portuguesa. É considerado um dos melhores clássicos, isto é, um dos que escreveram em estilo mais perfeito. Quem quiser saber o português a fundo, deve lê-lo, e também Herculano, Camilo e outros.

– O português perfeito é melhor que o imperfeito, vovó? – indagou Narizinho.

– Está claro, minha filha. Uma coisa, se é perfeita, está claro que é melhor que uma imperfeita. Essa pergunta até parece da Emília...

– Então comece – pediu Pedrinho.

E Dona Benta começou a ler:

– "*Num lugar da Mancha, de cujo nome não quero lembrar-me, vivia, não há muito, um fidalgo, dos de lança em cabido, adarga antiga e galgo corredor.*"

– Ché! – exclamou Emília. – Se o livro inteiro é nessa perfeição de língua, até logo! Vou brincar de esconder com o Quindim. "*Lança em cabido, adarga antiga, galgo corredor...*" Não entendo essas viscondadas, não...

– Pois eu entendo – disse Pedrinho. – Lança em cabido quer dizer lança pendurada em cabido; galgo corredor é cachorro magro que corre e adarga antiga é... é...

– Engasgou! – disse Emília. – Eu confesso que não entendo nada. Lança em cabido! Pois se lança é um pedaço de pau com um chuço na ponta, pode ser "lança atrás da porta", "lança no canto" – mas "no cabido", uma ova! Cabido é de pendurar coisas, e pedaço de pau a gente encosta, não pendura. Sabem que mais, meus queridos amigos? Vou brincar de esconder com o Quindim...

– Meus filhos – disse Dona Benta –, esta obra está escrita em alto estilo, rico de todas as perfeições e sutilezas de forma, razão pela qual se tornou clássica. Mas como vocês ainda não têm a necessária cultura para compreender as belezas da forma literária, em vez de ler vou contar a história com palavras minhas.

– Isso! – berrou Emília. – Com palavras suas e de Tia Nastácia e minhas também – e de Narizinho – e de Pedrinho e de Rabicó. Os viscondes que falem arrevesado lá entre eles. Nós, que não somos viscondes nem viscondessas, queremos estilo de clara de ovo bem transparentinho, que não dê trabalho para ser entendido. Comece.

E Dona Benta começou da moda dela:

– Em certa aldeia da Mancha (que é um pedaço da Espanha), vivia um fidalgo aí duns cinquenta anos, dos que têm

lança atrás da porta, adarga antiga, isto é, escudo de couro, e cachorro magro no quintal – cachorro de caça.
– Para que a lança e o escudo? – quis saber Emília.
– Era sinal de que esse fidalgo pertencia a uma velha linhagem de nobres [...]

(Lobato, 1957, p. 9-17)

Estilo "clara de ovo"

Em 11 de janeiro de 1925, Lobato escreveu a Godofredo Rangel dizendo-lhe que estava lendo uma adaptação italiana de *Don Quijote* e pensando em traduzi-la para o português (Lobato, 1944, p. 453). A grande probabilidade é que essa versão seja a base de *Dom Quixote das crianças*, recontado por Dona Benta e publicado pela primeira vez em 1936 pela Companhia Editora Nacional, com uma tiragem inicial de 10.625 exemplares e uma segunda edição, em 1940, de 5.025 exemplares. Até 2008, havia 27 edições.

Vimos que a crítica política de Lobato ao governo de Vargas perpassa *Peter Pan*, e a crítica aos colonizadores espanhóis e portugueses, bem como a valorização dos índios tupinambá, sustenta *Hans Staden*. Em *Dom Quixote das crianças*, um dos temas centrais é a discussão sobre a leitura, especialmente a leitura adequada às crianças. De fato, podemos chamá-lo de uma obra de metaliteratura (Prado, 2008, p. 330) ou uma "meta-adaptação, isto é, uma adaptação que discute a si mesma" (Prado, 2008, p. 334).

O livro começa com a boneca Emília, que adora descobrir novidades, na sala de Dona Benta, subindo numa escada, com a ajuda de Visconde, para alcançar os livros de D. Benta. Vê *Dom Quixote de la Mancha*, "em dois volumes enormíssimos e passadíssimos" (Lobato, 1957, p. 9), e não consegue tirá--los do lugar. Parece que os livrões criaram raízes e ninguém nunca os leu. Visconde a aconselha a usar uma alavanca, cujo princípio foi já explicado por Dona Benta*, de que é só experimentando que se faz descobertas. Foi assim, disse Visconde, que Edison descobriu o fonógrafo.

Emília usa uma vassoura como alavanca, e o livro cai, infelizmente espatifando o pobre Visconde, que não é mais do que uma espiga de milho. Com todo o barulho, entra Tia Nastácia, a cozinheira, mas Emília a manda para a cozinha: "Vai cuidar de suas panelas" (Lobato, 1957, p. 11). Para Emília, demonstrando certa consciência de superioridade de classe, o lugar da cozinheira negra não é na sala com livros, mas na cozinha como serviçal.

Emília abre o livro e vê o nome do autor: "Miguel de Cervantes Saavedra", e se pergunta por que há dois "aa" em Saavedra "se um só faz o mesmo efeito?"; com um lápis, risca o segundo "a", que é inútil e não funcional. Para ela, a ortografia brasileira deveria ser simplificada, livrando-se dos "aa" inúteis.

A boneca começa a folhear o livro, que contém gravuras de Gustave Doré. Entra Dona Benta, com Pedrinho e Narizinho, e ela entende que Emília conseguiu tirar o livro da estante com uma alavanca. E, claro, apesar da confusão que Emília causou, Dona Benta não pode reprová-la por ter tirado o livro, e chama a boneca de "alavanca" – ou seja, que tira o livro, que é responsável pela leitura.

O Capítulo 2 inicia com Dona Benta começando a ler o livro para as crianças e a boneca, mas é difícil organizar a leitura, pois o livro é muito pesado, e Pedrinho tem de fazer uma armação de tábuas como suporte.

Dona Benta descobre que Emília riscou um dos "a" de "Saavedra", e Emília se defende: "Porque sou inimiga pessoal de tal ortografia velha coroca que complica a vida da gente com coisas inúteis" (Lobato, 1957, p. 15). E Dona Benta explica

---

* Em *História das invenções*, publicado no ano anterior à publicação de *Dom Quixote das crianças*, em 1935.

que a edição foi feita em Portugal muitos anos atrás por Visconde de Castilho e pelo Visconde de Azevedo, que escreveram num "estilo mais perfeito" (Lobato, 1957, p. 16), e que Emília deveria respeitar a edição rara e preciosa.

Dona Benta começa a ler a tradução dos Viscondes: "Num lugar da Mancha, de cujo nome não quero lembrar-me, vivia, não há muito, um fidalgo, dos de lança em cabido, adarga antigo e galgo corredor" (Lobato, 1957, p. 16). Mas a reação de Emília é negativa: "Se o livro inteiro é nessa perfeição de língua, até logo! Vou brincar de esconder com Quindim. *Lança em cabido, adarga antiga, galgo corredor...*' Não entendo essas viscondadas, não...". Esse estilo rico e "literário" não é apropriado para o público infantojuvenil. Teria de ser adaptado e simplificado para eles com mais leveza.

Pedrinho explica os termos difíceis para Emília, mas a boneca não fica satisfeita: "[...] Eu confesso que não entendo nada. Lança em cabido! Pois se lança é um pedaço de pau com um chuço na ponta, pode ser 'lança atrás da porta', 'lança no canto' – mas 'no cabido', uma ova! Cabido é de pendurar coisas, e pedaço de pau a gente encosta, não pendura" (Lobato, 1957, p. 16), e de novo diz que vai brincar de esconde-esconde.

Dona Benta reconhece seu erro: "[...] esta obra está escrita em alto estilo, rico de todas as perfeições e sutilezas de forma, razão pela qual se tornou clássica. Mas como vocês ainda não têm a necessária cultura para compreender as belezas da forma literária, em vez de ler vou contar a história com palavras minhas" (Lobato, 1957, p. 17).

Emília concorda:

> – Isso! – berrou Emília. – Com palavras suas e de Tia Nastácia e minha também – e de Narizinho – e de Pedrinho – e de Rabicó. Os viscondes que falem arrevesado entre eles. Nós, que não somos viscondes nem viscondessas, queremos estilo clara de ovo, bem transparentinho, que não dê trabalho para ser entendido. Comece. (Lobato, 1957, p. 17)

E Dona Benta começa, explicando "adarga antiga": "isto é, escudo de couro", com Emília interrompendo: "Para que a lança e o escudo?", e Dona Benta responde que os nobres "[...] usavam armaduras de ferro e se dedicavam à caça como sendo a mais nobre das ocupações". Emília retruca: "Vagabundos que eles eram!" (Lobato, 1957, p. 17), para Narizinho dizer que ela não deve atrapalhar.

Dona Benta continua a leitura, eliminando todas as digressões, histórias e novelas que alongam o original, concentrando-se no que agrada ao público infantojuvenil: os trechos conhecidos da aventura dos moinhos, a queima dos livros, as brigas e as surras que Dom Quixote recebe, o episódio do elmo de Mambrino, o dos pilões e dos odres de vinho, o de Sancho como governador da ilha Barataria e o dos duelos de Dom Quixote com os cavaleiros falsos. Pedrinho diz que já conhece as histórias de cavalaria por ter lido a história de Carlos Magno e os Doze Pares de França. E Dona Benta responde que depois de ler *Don Quijote* poderiam ler *Orlando furioso*, de Ariosto.

Dona Benta sempre tentava estender os horizontes das crianças com informação sobre história, geografia e literatura. Sua interpretação mostra Dom Quixote como um grande humanista que luta contra o mal do mundo:

> D. Quixote não é somente o tipo de maníaco, do louco. É o tipo de sonhador, do homem que vê as coisas erradas, ou que não existem. É também o tipo de homem generoso, leal, honesto, que quer o bem da humanidade, que vinga os fracos e inocentes, e acaba sempre levando na cabeça, porque a humanidade, que é ruim inteirada, não compreende certas generosidades. (Lobato, 1957, p. 18-9)

Dona Benta termina o capítulo mencionando a "imaginação desvairada" de Dom Quixote, que "via tudo ao contrário da realidade", como na autonomeação de "Don Quijote de la Mancha", a dedicação a sua dama, Dulcineia del Toboso, e a maneira como via Rocinante, comparando-o aos mais famosos cavalos do mundo, Bucéfalo de Alexandre, o Grande, ou Babieca do Cide. Respondendo a Narizinho, Dona Benta explica que na lenda o Cide é "o maior fazedor de proezas da Espanha" (Lobato, 1957, p. 19).

Outro momento-chave vem no Capítulo XXVIII:

> [...] tamanha foi a revolta que os guardas, já para terem mãos nos galeotes, que se estavam soltando, já para ouvirem com Dom Quixote que os acometia a eles, não puderam fazer coisa que proveitosa lhes fosse.
> – Que embrulho! – berrou Emília. – Que "interpolação" levada da breca...
> Dona Benta explicou:
> – Neste período há muitos verbos e, portanto, muitas orações, umas interpoladas com as outras, isto é, metidas entre as outras.
> – Um picadinho de orações, uma salada – disse Emília. Eu gosto de períodos simples, que a gente engole e entende sem o menor esforço. Esses assim até dão dor de cabeça. São charadas.
> – Para vocês meus filhos, que estão começando a lidar com língua. Já eu entendo o período perfeitamente, sem nenhuma dificuldade.
> – E como se diz isso em língua moderna, simplificada?
> – Poderia ser dito assim: "Tamanha foi a revolta dos galeotes, que nada os guardas puderam fazer diante daquele duplo embaraço: os prisioneiros a se soltarem das algemas e Dom Quixote a atacá-los com a espada." (Lobato, 1957, p. 91)

Aqui temos Emília corrigindo Dona Benta. Como no começo de *Dom Quixote das crianças*, Emília não aceita um português mais formal, que ela chama de "embrulho". É pouco claro e confuso, "um picadinho de orações, uma salada", que, para ser entendido por crianças, tem de ser escrito num português moderno e simplificado. Porém, Dona Benta às vezes insiste em usar um português mais formal, que as crianças terão de aprender. Nas palavras de Marisa Lajolo (2006):

> [Dona Benta] não se nivela a seus ouvintes nem rebaixa a história que conta: conta-a mantendo, muitas vezes, alguns termos do original, talvez como estratégia para educar linguística e literariamente seus ouvintes. Contar a história é uma estratégia para que o mais cedo possível as crianças possam ler Cervantes se não no original castelhano, ao menos em uma boa e integral tradução para o português brasileiro e contemporâneo delas.

Essa descrição bastante minuciosa possibilita uma análise mais geral sobre a recontagem de Lobato. Primeiro, a alta literatura, como a tradução dos Viscondes de *Don Quijote*, não é para crianças. Podemos retornar à carta de Lobato a Godofredo Rangel de 19 de dezembro de 1945 citada no Capítulo 1, em que Lobato fala de extirpar a literatura de seus livros infantojuvenis:

> A cada revisão nova nas novas edições, mato, como quem mata pulgas, todas as "literaturas" que ainda as estragam. Assim fiz no Hércules, e na segunda edição deixá-lo-ei ainda menos literário do que está. Depois da primeira edição é que faço a caça das pulgas – e quantas encontro, meu Deus! (Lobato, 1959, p. 372)

Como as primeiras linhas da tradução dos Viscondes de *Don Quijote* afastam Emília, grande cuidado tem de ser tomado para simplificar o texto original e fazer com que seja compreensível para as crianças, usando um estilo coloquial "clara de ovo", "transparentinho". O estilo alto, "literário", pode ser de interesse para literatos como os Viscondes, mas não para as crianças. E, quando Pedrinho pergunta a Dona Benta se está lendo a história inteira de Dom Quixote, ela responde:

Estou contando apenas algumas das principais aventuras de Dom Quixote, e resumidamente. Ah, se eu fosse contar o *Dom Quixote* inteiro a coisa iria longe! Essa obra de Cervantes é bem comprida; passa de mil páginas numa edição in-16. Mas só os adultos, gente de cérebro bem amadurecido, podem ler a obra inteira e alcançar-lhe todas as belezas. Para vocês, miuçalha, tenho de resumir, contando só o que se divirta a imaginação infantil. (Lobato, 1957, p. 152)

A visão de Lobato/Dona Benta da leitura é estudada na esfera da pedagogia infantojuvenil. Para Patricia Romano, Dona Benta é uma mediadora cultural (Romano, 2016). Socorro Acioli (2004, em Prado, 2008, p. 329) vê a adaptação de Lobato de *Dom Quixote das crianças* como "uma aula de leitura" (Prado, 2008, p. 330), com Emília exemplificando "[...] um caso de *leitura-ação*, em que o leitor vivencia todas as experiências de leitura, desde o contato com a materialidade do livro, passando pela estética, modificando-se à medida que o texto altera esse horizonte de expectativas para, por fim, culminar na reescritura do texto" (Prado, 2008, p. 330). Assim, como já vimos, Emília tira o tomo de *Dom Quixote* da estante e faz com que Dona Benta o reconte de maneira apropriada para as crianças e ela mesma, assim conseguindo usufruir o livro ao máximo.

Essa recontagem, que, no final de cada capítulo, abre espaço para diálogo, explicações e comentários de Emília, Pedrinho e Narizinho, é uma maneira de envolver o público. O livro é para discutir, ensinar e estender os horizontes dos leitores. Nesses dois capítulos, Dona Benta fala sobre a cavalaria, *Orlando furioso*, e Visconde fala sobre o uso da alavanca.

Além de *Dom Quixote das crianças*, *Fábulas* e *Hans Staden*, Lobato usa a estratégia de recontagem e discussão em *O Minotauro* – que reconta as lendas gregas quando Dona Benta e as crianças visitam a Grécia – e em *Os doze trabalhos de Hércules*, quando o grupo do Sítio do Picapau Amarelo acompanha Héracles (Hércules) enquanto este cumpre as doze tarefas, e apresenta o leitor aos mitos e lendas gregos, como as histórias dos principais deuses e heróis, criaturas como a Medusa, o cavalo Pégaso, os centauros, os faunos, as ninfas, histórias como a de Ícaro e a do Minotauro.

A tarefa de conseguir tirar o livro da estante é cheia de dificuldades para Emília, que tem de subir na escada e usar uma vassoura como alavanca, e o tomo que cai esmaga Visconde. Quando conseguem descer o livro, é tão pesado que, para Dona Benta lê-lo, Pedrinho tem de montar uma armação de tábuas. Com certeza, Lobato faz implicar que a leitura deveria ser uma coisa muito mais fácil para todos; em vez de matar, deveria animar e dar vida. Alguém como Emília, que quer ler, deveria ter acesso a livros baratos, leves tanto em termos de peso quanto em termos de estilo, e de fácil acesso.

Emília representa a opinião de Lobato sobre a língua portuguesa quando risca um "a" de "Saavedra". Por que colocar um "a" a mais quando não serve a nenhum fim prático? Não seria melhor fazer uma revisão geral "brasileira" da língua portuguesa para que seja mais compreensível para o público brasileiro? É interessante que Dona Benta não critica Emília, dizendo somente que se deveria respeitar a beleza do português clássico.

Além de criticar a utilidade da tradução dos viscondes para o público infantojuvenil, Lobato, por meio de Emília, também critica a aristocracia – "vagabundos", na palavra de Emília, inúteis para o desenvolvimento da sociedade. Porém, Dona Benta toma uma linha mais simpática para com Dom Quixote: ele é generoso e honesto, quer o bem da humanidade, mas sempre se choca com o egoísmo e a falta de compreensão dos outros.

O envolvimento no livro

Uma das características de *Dom Quixote das crianças* é a maneira como as personagens reagem ao livro e ficam envolvidas nos eventos da estória. No Capítulo VI, Emília sonha que o mestre de André, o menino que Dom Quixote salva de ser chicoteado no Capítulo IV, visita o Sítio do Picapau Amarelo à procura de André. Quando ele vê o rinoceronte Quindim, Emília diz que ele é só de papelão e, também, que André está escondido atrás dele, mas, quando o mestre se aproxima, Emília manda Quindim dar uma chifrada nele, que sai disparado (Lobato, 1957, p. 46-7).

No Capítulo XIV, Pedrinho diz que é grande admirador de Dom Quixote por sua falta de medo, e admite ter ficado tão entusiasmado quando estava lendo o livro da história de Carlos Magno e os Doze Pares de França, que foi se "esquentando" tanto, que sua cabeça "virou", assim como a de Dom Quixote, e ele se convenceu de que era o próprio Roldão. O resultado foi que pegou uma velha espada do Tio Encerrabodes, foi para o milharal e cortou todos os pés de milho pensando que fossem os trezentos mil mouros: "[...] não vi nenhum pé de milho na minha frente. Só vi mouros" (Lobato, 1957, p. 94). Pedrinho continua negando que foi ele quem cortou o milho: "Foi Roldão. Ele encarnou-se em mim, juro. Essas coisas acontecem na vida, a senhora sabe" (1957, p. 95). E Dona Benta conclui: "Como vocês estão vendo, a loucura de Dom Quixote é coisa mais comum do que se pensa. O que Pedrinho fez não passa de uma quixotada. Quem se encarnou em você não foi Roldão – foi o herói da Mancha..." (Lobato, 1957, p. 95).

Posteriormente, Emília fica igualmente afetada pela loucura de Dom Quixote. De início, parece que a loucura da boneca é muito diferente da de Dom Quixote. Como Dona Benta explica, ela é "louquinha", "brincalhona", e não "louca varrida", e é essa qualidade que a faz tão atraente para as crianças brasileiras:

– [...] A loucura é a coisa mais triste que há...
– Eu não acho – disse Emília. – Acho-a até bem divertida. E, depois, ainda não consegui distinguir o que é loucura

do que não é. Por mais que pense e repense, não consigo diferençar quem é louco de quem não é. Eu, por exemplo, sou ou não sou louca?
– Louca você não é, Emília – respondeu Dona Benta. – Você é louquinha, o que faz muita diferença. Ser louca é um perigo para a sociedade; daí os hospícios onde se encerram os loucos. Mas ser louquinha até tem graça. Todas as crianças do Brasil gostam de você justamente por esse motivo – por ser louquinha.
– Pois eu não quero ser louquinha apenas – disse Emília. – Quero ser louca varrida, como Dom Quixote – como os que dão cambalhotas assim...
E pôs-se a dar vira-cambotas na sala.
Dona Benta riu-se.
– É inútil, Emília. Por mais que você faça, não consegue ser louca varrida – ficará sempre uma louquinha muito querida das crianças.
– Pare com Emília, vovó! – gritou a menina, furiosa. – A senhora até parece o Lobato: Emília, Emília, Emília. Continue a história de Dom Quixote.
E Dona Benta continuou [...] (Lobato, 1957, p. 114-5)

Mais tarde, porém, Emília torna-se realmente "louca varrida" quando entra na cozinha montada em Rabicó, com armadura pelo corpo e latinha na cabeça, o "elmo", avançando "contra as galinhas e pintos com lança em riste, fazendo a bicharada fugir num pavor, na maior gritaria" (Lobato, 1957, p. 162). Os gritos de Dona Benta são inúteis, e os picapauzinhos acabam imitando o cura e o barbeiro (Vieira, 1995, p. 639). A sugestão de Pedrinho de botá-la numa gaiola de pássaro é aceita por todos; assim, colocam Emília na gaiola do sabiá que morreu e penduram-na em um prego (Lobato, 1957, p. 163).

Porém, essa forma de tratamento não parece resolver a situação, e Emília torna-se demente, gritando de sua gaiola: "Lê nos livros nada! [...] Tudo isso são potocas. Camelo, quem acredita. Quando sair desta gaiola hei de botar fogo nesse

Dom Quixote, como o cura botou fogo nos livros dele. E boto na casa também. No sítio inteiro. No mundo inteiro…".

Agora Emília está em estado grave, não era mais a "loucurinha divertida", senão "varridíssima", e, conforme Pedrinho, "está no pontinho de ser internada no hospício" (Lobato, 1957, p. 168). Ao ouvir essas palavras, a boneca tem novo acesso de cólera, berra e esperneia, e, ao dar pontapés no arame da gaiola, fura os pés, deixando escapar bastante macela, rompendo-se em choro. Nesse momento, Dona Benta dá conta de que tinha sido um erro tratar Emília dessa maneira, e que deveriam tratá-la com mais carinho; sugere que a soltem e que experimentem outra forma de tratamento. Assim, Tia Nastácia conserta seu pé com agulha, linha e macela, restaurando-a perfeitamente. Emília tranquiliza-se, e Dona Benta conclui: "Estão vendo? […] Bastou que a tratássemos com humanidade para que a loucura se fosse embora" (Lobato, 1957, p. 169).

O último episódio da subtrama de *Dom Quixote das crianças* ocorre no Capítulo XXVI, quando Dona Benta, perdendo o tom conciliador que ajudou a reabilitar Emília, repreende a boneca: "Nós todos aqui, Emília, gostamos muito de você, mas às vezes você se excede e abusa. O sábio na vida é usar a moderação em todas as coisas. Uma loucurinha de vez em quando tem sua graça; mas uma loucura varrida é um desastre e acaba sempre em hospício ou gaiola" (Lobato, 1957, p. 175).

A resposta de Emília extrapola sua loucura para a situação mais geral da sociedade: "Sei disso, Dona Benta, mas às vezes me dá comichão de fazer estrepolia grossa, como as do cavaleiro da Mancha. Porque eu não acho que isso seja loucura. É apenas revolta contra tanta besteira que há no mundo" (Lobato, 1957, p. 175).

Outro paralelo envolve Visconde, achatado no começo da história: quando encontrado por Tia Nastácia, que lhe dá um novo "corpo", ele recupera sua consciência com o "caldinho de ciência" que Emília salva do corpo antigo, introduzindo um paralelo com o bálsamo de Ferrabrás (Prado, 2008, p. 326; Vieira, 1995, p. 639).

Esse envolvimento das crianças e Emília pode também ser visto no conto "A Rainha Mabe", em *Histórias diversas* (1979, p. 14-21), de uma maneira interessante. Dona Benta explica para os picapauzinhos quem é Ariel, de *A Tempestade* de Shakespeare, e depois traduz partes da fala de Mercúcio sobre a Rainha Mabe, em *Romeu e Julieta*. Na tarde seguinte, Pedrinho tira uma soneca, e Emília vê a carruagem da Rainha Mabe, "casca de avelã, toldo de transparente asa de cigarra, borrachudo vestido de *libré* marrom segurando o chicotinho de pelo atado em osso de pernilongo" dando voltas na testa de Pedrinho (1979a, p. 20).

Qual Quixote?

Em "Dom Quixote no Sítio do Picapau Amarelo" (1995), Maria Augusta da Costa Vieira comenta a mudanças que Lobato fez em sua adaptação de *Don Quijote*. Primeiro, reduz o papel da figura feminina:

> [...] em lugar de Doroteia transformar-se em Princesa Micomicona, é o barbeiro que se converte em Príncipe Micomicônio. Os incidentes entre Dom Quixote e Maritornes são suprimidos e o duelo entre o cavalheiro manchego e o Cavalheiro dos Espelhos não tem sua origem na superioridade das respectivas damas. A presença de Dulcineia em Dom Quixote fica bastante reduzida, e assim a carta enviada à amada, quando se encontra na Serra Morena, é substituída por uma carta à sobrinha, pedindo que se conceda três burrinhos a Sancho. Essa alteração supõe outra, pois, sem ter enviado a carta a Dulcineia, Sancho não necessita mentir para o cavalheiro e, desta forma, não há a ida ao Toboso, e consequentemente desaparece o episódio central da Dulcineia encantada e do encontro com a amada desfigurada nas profundezas da caverna

de Montesinos. Na aventura do barco encantado, o cavalheiro oprimido, rainha ou princesa que Dom Quixote pretende salvar, é substituído positivamente por um cavalheiro na versão de Dona Benta. (p. 638)

Para Vieira, a visão de Lobato de Dom Quixote é do cavaleiro como um louco sonhador que incorpora elementos de leitura na vida e idealiza um mundo melhor. Entre as décadas de 1940 e 1970, as duas correntes nos estudos cervantinos dividiam-se entre a visão romântica, que leu *Quixote* como tragédia, e a visão realista, vendo *Quixote* como comédia. A interpretação de Lobato é coerente com a visão romântica, a do "[...] sonhador que projeta um mundo melhor. Dessa forma, a loucura quixotesca é interpretada como algo salutar para a humanidade" (Vieira, 1995, p. 640). Isso pode ser visto na seguinte fala de Narizinho, na qual Lobato também critica a Igreja: "Coitado [...] cada vez fico mais penalizada da loucura do pobre Dom Quixote. Um homem tão bom, de tão nobre sentimento, a servir de peteca a esses bobos todos. Até o cura! Por que esse padre não ficou lá na aldeia dizendo missas? Que tinha de meter-se com a vida do fidalgo?".

Assim, "[...] o relato de Dona Benta sublinha reiteradamente o tom trágico, marcado pela injustiça dos homens em relação ao visionário" (Vieira, 1995, p. 640), o sonhador, como o próprio Lobato em sua busca por petróleo, sua principal atividade na época da publicação de *Dom Quixote das crianças* (1936).

A leitura de Lobato, contudo, nunca chega a ser trágica "[...] porque Lobato desloca o riso das loucuras do herói e centra a comicidade de sua obra no procedimento paródico de Emília" (Prado, 2008, p. 329). O forte elemento cômico é agora deslocado à Emília, que encarna a loucura do cavaleiro manchego.

Vieira também comenta a quase total eliminação da ironia e a escolha de episódios que se fecham em si mesmos, simplificando o enredo para o público infantil.

Em "Dom Quixote das crianças e de Lobato: no qual Dona Benta narra as divertidas aventuras do cavaleiro manchego e também se contam os sucessos ocorridos durante os serões" (2008), Amaya Prado comenta esse e outro artigo de Vieira (1998, p. 97), no qual fala a respeito dos vários níveis de Dom Quixote: i) as andanças de Dom Quixote e Sancho; ii) as inúmeras histórias interpostas, que têm pouco a ver com o eixo central; iii) as representações teatrais; e iv) a autorreferencialidade, a provocação de reflexões sobre a própria narrativa; além de criticar outros livros, como o *Quixote* apócrifo de Avellaneda. Na adaptação de Lobato, encontramos um primeiro nível sendo "as peripécias dos pica-paus durante a leitura do clássico" (Prado, 2008, p. 335). O segundo nível corresponde ao primeiro nível de Cervantes: as aventuras de Dom Quixote e Sancho. E Lobato também se aproveita do quarto nível de Cervantes – o metalinguístico, com os vários questionamentos sobre a necessidade de adaptação do português arcaico da tradução dos Viscondes.

No artigo de 1995, Vieira detalha esse último ponto. Da mesma maneira que reclamam de Cervantes ter tratado mal Dom Quixote – "'Valente ele é', concordou Narizinho. 'Pena que ele não vence todas as vezes. O tal Cervantes era mau. Judia muito desse personagem'" (Lobato, 1957, p. 91) –, os picapauzinhos reclamam de Lobato ter dispensado a Emília mais atenção do que aos outros picapauzinhos. Narizinho diz: "Exigente! Você já anda bem famosinha no Brasil inteiro, Emília, de tanto o Lobato contar as suas asneiras. Ele é um enjoado muito grande. Parece que gosta mais de você do que de nós" (Lobato, 1957, p. 58-9); e "Pare com Emília, vovó", gritou Narizinho, furiosa. "A senhora até parece o Lobato: Emília, Emília, Emília…" (Lobato, 1957, p. 115).

Lobato parece reproduzir um procedimento semelhante ao de Cervantes quando introduz Cide Hamete como autor fidedigno e ao mesmo tempo indigno de credibilidade aos olhos do próprio Dom Quixote, que não se sente à vontade sabendo que seu autor é de origem árabe (Vieira, 1995, p. 639).

Em outra ocasião, Dona Benta repreende Emília por sua linguagem grosseira, alvo de muitas das críticas a Lobato (ver Capítulo 3): "Lá vem você com as palavras plebeias! Muitas professoras, Emília, criticam esse seu modo desbocado de falar. 'Besteira'! Isso não é palavra que uma bonequinha educada pronuncie. Use expressão mais culta. Diga, por exemplo, 'tolice'" (Lobato, 1957, p. 175).

Assim como em Cervantes, há, em Lobato, grande preocupação com o leitor, integrando a leitura dos clássicos da literatura mundial a seu projeto de leitura para o público infantil; para Vieira, as frequentes intervenções dos picapauzinhos e sua interação com as aventuras demonstram a contemporaneidade do *Quixote*.

Para Marisa Lajolo, é desse nível de metalinguagem que perguntamos sobre a definição de um clássico e o papel dos mediadores adultos na formação de leitores (Lajolo, 2005, p. 103, em Prado, 2008, p. 335). Lajolo considera *Dom Quixote das crianças* de Lobato uma "paródia da paródia". O original de Cervantes já é uma paródia dos heróis de cavalaria, e, na versão de Lobato, o livro de Cervantes

> [...] é duplamente parodiado: Emília rebaixa ainda mais a imagem que dele se constrói, como se vê, por exemplo, quando ela aproxima as dificuldades de D. Quixote alimentar-se na estalagem (episódio efetivamente presente no original e fielmente recontado por Lobato) de soluções caseiras para alimentar um pinto doente. (Lajolo, 2006, p. 11, em Prado, 2008, p. 335)

Lajolo constata que Lobato usa uma forma de transculturação, com Dom Quixote ganhando "sotaque brasileiro" e Emília confessando seu desejo "de encontrar um Cervantes que a faça tão famosa como Dulcineia" (Lajolo, 2006).

– Ai, ai! – suspirou Emília. Quem me dera ter um cavaleiro andante que corresse mundo berrando que a mais linda de todas as bonecas era a señora Emília del Rabicó... (Lobato, 1957, p. 58)

[...] podia de repente aparecer um Cervantes que contasse a história em um livrão como este, e me deixasse célebre no mundo inteiro, como ficou a Dulcineia. (Lobato, 1957, p. 58)

Para Lajolo, Lobato é o Cervantes de Emília:

Dessa forma, pode-se dizer que Lobato se apresenta a seus leitores como um duplo de Cervantes: ele é, efetivamente, o Cervantes de Emília, mas ele também é Cervantes de Cervantes: Miguel Cervantes de Saavedra – um Quixote das leituras populares do século XVII encontra em Lobato um Cervantes que o traduz para o século XX, para jovens, e para a América Latina. (Lajolo, 2006)

As aulas de Lobato

Como sempre, Lobato aproveita sua recontagem para dar aulas sobre vocabulário ou providenciar informação histórica ou geográfica. No começo do livro, temos uma aula sobre a alavanca e a necessidade de se experimentar nas ciências e na vida. Foi assim que Edison descobriu o fonógrafo (Lobato, 1957, p. 10). Como já foi mencionado, nos dois capítulos iniciais, Dona Benta fala sobre a cavalaria, *Orlando furioso*, e Visconde explica sobre o uso da alavanca. Lobato não evita menção às prostitutas no albergue no Capítulo III, chamando-as de "mulheres vagabundas (Lobato, 1957, p. 24). Dona Benta explica "viseira" (Lobato, 1957, p. 25); "uma questão líquida" (Lobato, 1957, p. 59); o fato de barbeiros também trabalharem como médicos (Lobato, 1957, p. 101); e discute a origem de expressões populares quando Emília sugere que a expressão "bêbado como uma cabra" vem do fato de que os odres eram feitos de pele de cabra. Dona Benta sugere que a explicação de Emília poderia ser adotada por algum filólogo (Lobato, 1957, p. 126) e informa as crianças sobre os vários formatos de livros: in-fólios do tipo in-4, in-8, in-16, in-32, in-64 (Lobato, 1957, p. 152-3).

Em outro exemplo, Dona Benta explica as práticas sociais da Idade Média e os correspondentes novos significados para expressões já conhecidas. Quando os meninos perguntam se Dom Quixote já não tinha armas (sabiam que as tinha, pois lutava com elas), a avó responde que ele as possuía, mas que ser armado cavaleiro era outra coisa, era "[...] receber o grau de cavaleiro andante dado por outro cavaleiro" (Lobato, 1957, p. 23, em Lajolo, 2006).

Resumo

i) O *Dom Quixote das crianças* de Lobato traz o Dom Quixote de Cervantes para o Sítio do Picapau Amarelo. Lobato concentra-se nas aventuras de Dom Quixote, cortando as digressões de Cervantes, mas acrescenta à trama a loucura da boneca Emília.

ii) Como em *Hans Staden*, *Fábulas* e *Peter Pan*, há um constante intercâmbio entre Dona Benta, Narizinho, Pedrinho e Emília. Nessa adaptação, a loucura de Emília dá uma ênfase especial aos picapauzinhos, e essa trama corre em paralelo à trama da loucura de Dom Quixote.

iii) Há uma ênfase especial nas discussões do estilo apropriado para ser usado para a recontagem do clássico. A conclusão é que o texto clássico tem de ser simplificado para ser lido pelo público infantojuvenil, mas isso não exclui uma leitura do texto integral na idade apropriada.

iv) A metalinguagem literária tem um papel importante, com certo paralelo entre as referências metalinguísticas de Lobato e as de Cervantes.

v) Como em *Peter Pan* e *Hans Staden*, Dona Benta sempre aproveita as possibilidades de estender o conhecimento geral dos picapauzinhos.

vi) Além da loucura de Emília, Pedrinho também copia Dom Quixote quando corta os pés de milho pensando que são trezentos mil mouros, e o bálsamo de Ferrabrás inspira Dona Benta e Emília no renascimento do Visconde.

vii) A visão de Lobato de Dom Quixote é de que ele é um romântico que fracassou em sua tentativa de melhorar o mundo, talvez como o próprio Lobato.

Capítulo V
Fábulas e Histórias de Tia Nastácia

Introdução: *Fábulas* – Lobato comunista?

Em 8 de setembro de 1916, Lobato escreveu uma carta a Godofredo Rangel, contando sua ideia de escrever uma antologia de fábulas, baseadas nas que sua mulher, Purezinha, contava para seus filhos. Disse que pretendia adaptá-las para nossa realidade, colocando animais brasileiros. E reclamava das coleções de fábulas já existentes, que eram difíceis para ler, e diz que há uma grande falta de material para crianças no Brasil.

> Ando com várias ideias. Uma: vestir à nacional as velhas fábulas de Esopo e La Fontaine, tudo em prosa e mexendo nas moralidades. Coisa para crianças. Veio-me da atenção curiosa com que meus pequenos ouvem as fábulas que Purezinha lhes conta. Guardam-nas de memória e vão recontá-las aos amigos – sem, entretanto, prestarem nenhuma atenção à moralidade, como é natural. A moralidade nos fica no subconsciente para ir-se revelando mais tarde, à medida que progredimos em compreensão. Ora, um fabulário nosso, com bichos daqui em vez dos exóticos, se for feito com arte e talento, dará coisa preciosa. As fábulas em português que conheço, em geral, em geral traduções de La Fontaine, são pequenas moitas de amora do mato – espinhentas e impenetráveis. Que é que nossas crianças podem ler? Não vejo nada. Fábulas assim seriam um começo da literatura que nos falta. [...] É de tal

pobreza e tão besta a nossa literatura infantil, que nada acho para a iniciação de meus filhos. (Lobato, 1944, p. 326)

Três anos mais tarde, numa carta de 13 de abril de 1919, Lobato explica a Rangel o que pretende fazer: uma atualização e adaptação das *Fábulas* de La Fontaine, traduzidas de uma maneira muito mais fácil de serem lidas do que as da tradução de João Köpke:

> Tive ideia do livrinho que vai, para experiência do publico infantil escolar, que em matéria fabulística anda a nenhum. Há umas fábulas de João Kopke [sic], mas em verso [...] isto é, insulsos e de não fácil compreensão por cérebros ainda tenros. Fiz então o que vai. Tomei de La Fontaine o enredo e vesti-o à minha moda, ao sabor do meu capricho, crente como sou de que o capricho é o melhor dos figurinos. (Lobato, 1969, p. 193; Lobato, 1944, p. 390)

Em 1921, Lobato publica *Fábulas de Narizinho*, tiragem de três mil exemplares, com 26 fábulas, ilustrações de Voltolino e uma nota introdutória:

> As fábulas constituem um alimento espiritual correspondente ao leite na primeira infância. Por intermediário delas o moral, que não é outra coisa mais que a própria sabedoria da vida acumulada na consciência da humanidade, penetra na alma infante, conduzida pela loquacidade inventiva da imaginação.
> Esta boa fada mobiliza a natureza, dá fala aos animais, às árvores, às águas e tece com esses elementos pequeninas tragédias donde resulte a "moralidade", isto é, a lição da vida.
> O maravilhoso é o açúcar que disfarça o medicamento amargo e torna agradável a sua ingestão.
> O autor nada mais faz senão dar forma ao que Esopo, Lafontaine [sic] e outros criaram. Algumas são tomadas de nosso "folk-lore", e todos trazem em mor a contribuir para a criação da fábula brasileira, pondo nelas a nossa natureza e os nossos animais, sempre que é possível. (Lobato, 1921, em Souza, 2008, p. 104)

Em 1922, foram ampliadas para 77 fábulas, na segunda edição, então chamada *Fábulas*, com 184 páginas e tiragem de cinco mil exemplares; em 1925, houve a terceira edição, com tiragem de três mil; em 1929, a quarta edição, com tiragem de cinco mil; em 1934, a quinta edição, com tiragem de dez mil; em 1937, a sexta edição, de cinco mil; e, em 1939, a sétima edição, de cinco mil. Muitas das vendas foram para escolas públicas, e *Fábulas* foi aprovado para distribuição nas escolas dos estados de São Paulo, Paraná e Ceará pelas Diretorias de Instrução Pública.

A seção "Pena de papagaio" de *As reinações de Narizinho* (Lobato, 1980), quando Peter Pan, invisível, visita o sítio e leva os picapauzinhos a visitar o Senhor de La Fontaine e Esopo, para ver o escritor observando os animais que vão fazer parte de suas fábulas, contém duas das histórias que fazem parte de *Fábulas*. "A formiga coroca" (Lobato, 1980, p. 174-6) é "A Formiga Má" (Lobato, 1962, p. 12-4) de *Fábulas*, com a intervenção de Emília, que pune a má formiga, dando umas portadas no nariz dela. E Lobato também inclui "Os animais e a peste" (Lobato, 1980, p. 180-2), sem a crítica à Igreja Católica (ver próxima seção). Nessa versão, escolhem sacrificar o burro porque ele "tem os pés inchados" e não pode dar coices. Mas quando o tigre está pronto para estraçalhá-lo, Peninha, o invisível Peter Pan, com uma pena de papagaio amarrada na testa, joga uma pedra grande no tigre, que foge.

Lobato socialista

Os comentários e a moral no fim de várias das *Fábulas* mostram um Lobato socialista, contra o opressor e a favor de uma sociedade de maior igualdade para todos.

Em "O Lobo e o Cordeiro" (Lobato, 1962, p. 137-8), o lobo acusa o cordeiro de turvar a água que vai beber, mas o cordeiro bebe a água a jusante. Depois o lobo acusa o cordeiro de falar mal dele no ano passado, mas o cordeiro disse que só nasceu este ano. "Então", disse o lobo, "foi seu irmão mais velho"; "mas sou filho único", diz o cordeiro; então foi o pai, o avô. O lobo não quer saber do que o cordeiro lhe diz e o mata. E a moral da fábula é que: "Contra a força não há argumentos" (Lobato, 1969, p. 137).

Em "O Cavalo e o Burro" (Lobato, 1962, p. 140-1), o cavalo se recusa a ajudar o burro a carregar uma parte de seu fardo. O burro desmorona, e, quando os tropeiros chegam, colocam todo seu fardo em cima do cavalo. Dona Benta diz que isso demonstra a falta de solidariedade da parte do cavalo, e, com uma insólita referência a Deus, passa a mensagem cristã da fábula – a da solidariedade –, que comunica aos picapauzinhos: "É o reconhecimento de que temos de nos ajudar uns aos outros para que Deus nos ajude. Quem só cuida de si de repente se vê sozinho e não encontra quem o socorra. Aprendam" (Lobato, 1962, p. 141).

O trabalho é, em muitas ocasiões, feito em benefício dos outros, que o aproveitam. Em "A Mosca e a Formiguinha" (Lobato, 1962, p. 99-101), a Mosca "fidalga" sempre aproveita da comida dos outros. Mas, para a formiga trabalhadora, ela é parasita, e, no final da fábula, a mosca encontra-se trancada dentro de casa sem nada para comer, morrendo de fome. A moral é *"Quem quer colher, planta. E quem do alheio vive, um dia se engasga"* (Lobato, 1962, p. 100).

Porém, isso não é a regra. Conforme Visconde: "Seria muito bom se fosse assim [...] Mas muitas e muitas vezes um planta e quem colhe é o outro..." (Lobato, 1962, p. 99-101).

Em "Os Animais e a Peste" (Lobato, 1962, p. 91-3), os animais decidem qual deles vai ser sacrificado para se livrar da peste. O leão, a raposa e o tigre admitem os crimes que cometeram: matar animais desprezíveis. Mas o burro admite que somente cometeu um crime:

> "A consciência só me acusa de haver comido uma folha de couve na horta do senhor vigário."

Os animais entreolhavam-se. Era muito sério aquilo. A raposa toma a palavra:
"Eis, amigos, o grande criminoso! Tão horrível o que ele nos conta, que é inútil prosseguirmos na investigação. A vítima a sacrificar-se aos deuses não pode ser outra, porque não pode haver crime maior do que furtar a sacratíssima couve do senhor vigário."
Aos poderosos tudo se desculpa; aos miseráveis nada se perdoa. (Lobato, 1962, p. 92)

Dona Benta comenta: "Retrata as injustiças da justiça humana. A tal justiça é implacável contra os fracos e pequeninos – mas não é capaz de pôr as mãos num grande, num poderoso". E temos de realçar a sátira religiosa: a seriedade do crime do burro em comer uma folha de couve do vigário.

Lobato renomeou a última fábula do livro "Liga das Nações" (Lobato, 1962, p. 193-5), mas fracassa, como a própria Liga das Nações fracassou, quando a onça se apodera dos quatro pedaços do veado, não dividindo com o gato-do-mato, a jaguatirica e a irara, demonstrando como as mais fortes nações podem facilmente dominar as mais fracas. Nas palavras do Visconde:

Na minha opinião, as fábulas mostram só duas coisas: 1º) que o mundo é dos fortes; e 2º) que o único meio de derrotar a força é a astúcia. Essa da Liga das Nações, por exemplo. Os animais formaram uma liga, mas que adiantou? Nada. Por quê? Porque lá dentro estava a onça, representando a força, e contra a força de nada valeram os direitos dos animais menores. Bem que a irara fez ver o direito dos animais menores. Mas nada conseguiu. A onça respondeu com a razão da força. A irara errou. Em vez de alegar direito, devia ter recorrido a uma esperteza qualquer. Só a astúcia vence a força. Emília disse uma coisa muito sábia em suas Memórias... (Lobato, 1962, p. 194-5)

A esperteza é a única arma dos fracos. Em "As Aves de Rapina e os Pombos" (Lobato, 1962, p. 66-7), quando as águias, abutres e gaviões estão brigando entre si, não atacam as aves pacíficas da terra, mas quando elas mandam uma pomba para fazer as pazes entre todos, fazem uma chacina das pombas. Pedrinho se dá conta do erro que foi cometido, porque "dividir é enfraquecer" (Lobato, 1969, p. 67).

Em "Pau de dois bicos" (Lobato, 1962, p. 164-5), o morcego entra no ninho da coruja e consegue salvar-se dizendo que é também ave, e então no casebre do gato-do-mato se salva dizendo que é também animal de pelo. O segredo é concordar com quem tem o poder: "*É vermelho? Tome vermelho. É branco? Tome branco*" (Lobato, 1962, p. 165). Também nas histórias populares de *As Histórias da Tia Nastácia*, a serem analisadas mais adiante, a esperteza é essencial para sobreviver neste mundo: "Notem", diz Dona Benta, "[...] que a maioria das histórias revela sempre uma coisa: o valor da esperteza. Seja o pequeno Polegar, seja a raposa, seja um macaco como este do aluá, o esperto sempre sai vencedor. A força bruta acaba perdendo – e isto é uma das lições da vida" (Lobato, 1974c, p. 85).

Finalmente, *Fábulas* reforçam a situação do Sítio do Picapau Amarelo como uma ilha de liberdade, democracia e felicidade em um mundo hostil. Em "O Cão e o Lobo" (Lobato, 1962, p. 84-7), o lobo prefere a liberdade, embora às vezes acabe passando fome, a ficar preso a uma corrente, como o cão. Os picapauzinhos não passam a mesma fome e têm toda a liberdade possível:

"[...] Vocês sabem tão bem o que é a liberdade que nunca me lembro de falar disso."
"Nada mais certo, vovó", gritou Pedrinho. "Este seu sítio é o suco da liberdade: e se eu fosse refazer a natureza, igualava o mundo a isto aqui. Vida boa, vida certa, só no Picapau Amarelo."
"Pois o segredo, meu filho, é um só: liberdade. Aqui não há coleiras. A grande desgraça do mundo é as coleiras. E como há coleiras espalhadas pelo mundo." (Lobato, 1962, p. 87)

Informação sobre vocabulário e história

Como em todas as recontagens, por meio de Dona Benta, Lobato aproveita para estender o vocabulário e conhecimento geral dos picapauzinhos. Em "A Coruja e a Águia", ao responder a uma pergunta de Pedrinho, Dona Benta explica a diferença entre "mostrengo", de acordo com a gramática, e "monstrengo", de acordo com o povo (Lobato, 1962, p. 16). Em "Burrice", usa a expressão "passar a vau"; Pedrinho pede explicação, e Dona Benta diz que é "vadear um rio" (Lobato, 1962, p. 35). E, em "Tolice de Asno", fornece explicações sobre o poeta Bocage e explica o conceito de "agudeza" (Lobato, 1962, p. 188).

A nobreza

Um dos temas que perpassa *Fábulas* é a falsidade da nobreza e atitudes de superioridade e esnobismo, com o esnobe sempre se saindo mal. Coronel Teodorico, vizinho de Dona Benta no Sítio do Picapau Amarelo, é o exemplo que a avó e as crianças sempre dão. Em "Tolice de Asno" (Lobato, 1962, p. 187), o coronel é comparado ao asno pedante que zurra e declama para o burro de carga. Em "A Gralha enfeitada com penas de Pavão" (Lobato, 1962, p. 2-23), ficamos sabendo que o Coronel Teodorico se comporta como a gralha que se enfeitou com as penas de pavão para ficar mais bonita. "O Coronel Teodorico vendeu a fazenda, ficou milionário e pensou que era homem da alta sociedade, dos finos, dos bem-educados. E agora? Anda de novo, por aqui, sem vintém, mais depenado que a gralha. Por quê? Porque quis ser o que não era."

Em "Os dois burrinhos" (Lobato, 1962, p. 102-5), o burro que carrega a bruaca de ouro esnoba o outro que carrega farelo, falando para ele não se aproximar; assim, este não ajuda o outro quando é espancado e roubado. Ele se dá conta de sua falsa superioridade: "Minha fidalguia estava toda dentro da bruaca e lá se foi nas mãos daqueles patifes. Sem as bruacas de ouro no lombo, sou uma pobre besta igual a você..." (Lobato, 1962, p. 104). Mais uma vez, esse comportamento é semelhante ao de Coronel Teodorico, que, "quando se encheu de dinheiro, arrotou grandeza; mas depois que perdeu tudo nos maus negócios, ficou de orelhas murchas e convencido de que era realmente uma perfeita cavalgadura" (Lobato, 1962, p. 105).

A verdadeira riqueza não tem nada a ver com título de nobreza ou riqueza financeira, e Dona Benta dá os exemplos de Péricles e Sócrates, que os picapauzinhos já conheceram na *História do mundo para crianças*: "Só enriquece quem adquire conhecimentos. A verdadeira riqueza não está no acúmulo de moedas, está no aperfeiçoamento do espírito e da alma. Qual o mais rico – aquele Sócrates que encontramos na casa de Péricles ou um milionário comum?" (Lobato, 1962, p. 23).

Outro exemplo vem em "O gato vaidoso" (Lobato, 1962, p. 162-3): a única diferença entre os dois gatos é que um tem a sorte de morar numa casa onde tem uma vida luxuosa. A moral é: "*Quantos homens não transformaram em nobreza o que não passa de um bocado mais de sorte na vida! Verdadeira nobreza é no que se faz, como Madame Curie*". Dona Benta dá o exemplo da verdadeira nobreza, que depende do esforço, como a de Madame Curie, que passou anos estudando para descobrir o rádio (Lobato, 1962, p. 163).

De fato, a inveja é causa de boa parte dos problemas do mundo: em "O Sabiá e o Urubu" (Lobato, 1962, p. 60-1), o urubu mata o sabiá só porque este canta bem, por causa de sua inveja, e Dona Benta diz: "A maior parte das desgraças do mundo vem da inveja, e creio que não há sentimento mais generalizado. A inveja não admite o mérito – e difama, calunia, procura destruir a criatura invejada" (Lobato, 1962, p. 61).

Porém, Emília comporta-se de uma maneira diferente, parecendo até orgulhosa de ter sido nobre e ter subido na sociedade. Nasceu boneca de pano, muda e feia, mas agora "sou até ex-Marquesa" (Lobato, 1962, p. 17).

Linguagem e metalinguagem

Lobato fez várias mudanças nos textos nas várias edições, tentando chegar a um texto mais agradável e menos "literário". *Fábulas* lança mão de uma linguagem afetiva, com diminutivos e onomatopeias, como "mulinha", "pastorzinho", "Laurinha", "vaquinha", "fabulazinha", "tique, tique, tique", "pum" e "plat", e gírias como "Justiça é pau" e "Deixa estar, seu malandro, que eu já te curo".

Porém, às vezes, Dona Benta usa uma linguagem mais formal, como em "Os dois burrinhos", quando usa duas palavras mais rebuscadas. Narizinho pergunta: "Então por que a senhora não diz logo 'qualidade' em vez de 'naipe' e 'igualha'? [...] Para variar, minha filha. Estou contando estas fábulas em estilo literário, e uma das qualidades do estilo literário é a variedade" (Lobato, 1962, p. 104).

Em "O Galo que logrou a Raposa" (Lobato, 1962, p. 47-9), Narizinho pensa que pilhou Dona Benta num erro de uso de linguagem quando começa com "você" e termina com "tu". Dona Benta responde falando sobre a posição da gramática, que deveria ser ferramenta das pessoas, e não dominá-las:

> A gramática, minha filha, é uma criada da língua e não uma dona. O dono da língua somos nós, o povo – e a gramática o que tem a fazer é, humildemente, ir registrando o nosso modo de falar. Quem manda é o uso geral e não a gramática. Se todos nós começarmos a usar tu e você misturados, a gramática só tem uma coisa a fazer... (Lobato, 1962, p. 48)

Quando, ao terminar "O olho do dono" (Lobato, 1962, p. 128-30), ninguém gostou do fato de o veado que ficou entre as vacas ter sido morto pelo fazendeiro, Emília berra: "Lincha! Lincha essa fábula indecente!" (Lobato, 1962, p. 130). Narizinho e Pedrinho a acompanham, "e os três lincharam a fábula, único meio de dar cabo do matador do filhote de bambi que estava dentro dela" (Lobato, 1962, p. 130).

Comunista? Stalinista? Trotskista? Aristocrata?

Afinal, era Lobato comunista ou não? Stalinista? Talvez trotskista? Ênio Silveira faz um relato fascinante sobre a ideologia de Lobato – e como era percebida por outras pessoas – ao descrever o enterro do escritor, em 5 de julho de 1948, um dia após sua morte. Ao contar como já aguardava, no cemitério, a multidão subir a Avenida da Consolação, Silveira diz que Lobato tinha muitos amigos comunistas, mas também era espírita e comparecia às Sociedades Espíritas para fazer contato com seus dois filhos mortos. Além disso, também era barão rural e membro da aristocracia rural:

> Também membro de uma Sociedade Agrícola de São Paulo, do Clube Piratininga e outras coisas que reuniam a aristocracia rural paulista. Era também bom escritor, portanto tinha a sua grei de escritor-jornalista. Ali, "namorava" também alguns trotskistas, que por isso o julgavam trotskista. Bom, então, esta fauna diversa, multifacetada, se reuniu ali, à beira do túmulo. Quando iam descer o corpo, um pouco antes, pediu a palavra arrebatadamente o Rossini Camargo, poeta, membro do partido:
> – Camarada Lobato – era ditadura, o partido era ilegal –, estamos aqui, teus irmãos, não apenas para chorar por ti, mas para dizer que jamais morrerás, que estarás vivo na consciência do povo, no coração do povo como batalhador, como um companheiro...
> – Perdão, companheiro não! Lobato era trotskista – era o professor Phebus Gikovate. – Canalha, filho da puta...
> Principiaram as cenas de pugilato, socos, caíram os dois, e rolaram no chão. O Gikovate e o Camargo Guarnieri caíram na cova aberta. Uma cena de filme de Fellini. Quando tiraram os dois, um sujeito do Clube Piratininga disse assim:
> – Não, o senhor era da fina aristocracia, se tivéssemos ainda o Império, ele seria um nobre, nobre por dentro e por fora, Lobato... (Pires Ferreira, 1992, p. 45)

As histórias de Tia Nastácia

As histórias de Tia Nastácia foram publicadas pela primeira vez em 22 de novembro de 1937 pela Companhia Editora Nacional, prontas para o mercado de presentes de Natal, com tiragem de 10.009 exemplares, contando primeira e segunda edições. Em 1941, a terceira edição teve uma tiragem de 5.040, e a quinta edição, de 1945, uma tiragem de 10.010. Depois, em 1947, a sexta edição foi publicada pela Editora Brasiliense, em 1949, e a sétima edição, em 1953 (Silva, 2008, p. 384-5).

Todas as histórias de Tia Nastácia, menos as últimas contadas por Dona Benta, vêm dos *Contos populares do Brasil*, de 1885, de Sílvio Romero (1851-1914), que colecionou contos de Sergipe, Pernambuco e Rio de Janeiro (Silva, 2008, p. 380). Na tradição do conto oral, Lobato reconta a história nas suas próprias palavras, mudando os nomes e lugares e substituindo termos arcaicos, como "esperto" por "matuto" e "ladrona" por "roubadeira"; "lagarto" por "teiú" e "jabuti" por "cágado" (Silva, 2008, p. 382).

Há três grupos de histórias: o europeu, com a maior parte vindo de Portugal, com histórias sobre reis e princesas; o segundo grupo, de fontes africana e indígena, sobre animais que têm algum traço marcante psicológico; e um terceiro grupo, vindo de outros países, de histórias narradas por Dona Benta e vindas do Cáucaso, da Pérsia, dos esquimós, da Rússia, da Islândia e do Rio de Janeiro (Silva, 2008, p. 379-80).

Em *As histórias da Tia Nastácia*, Tia Nastácia toma o palco para contar histórias tradicionais brasileiras a Dona Benta, Pedrinho, Narizinho e Emília. Porém, suas histórias não têm tanto sucesso quanto as fábulas contadas por Dona Benta. Em "A figura do negro em Monteiro Lobato" (1998), Marisa Lajolo demonstra que a atitude dos ouvintes de *As histórias da Tia Nastácia* é muito diferente de sua atitude quando escutam as histórias de Dona Benta: em vez de ficarem encantadas com as histórias, Emília e as crianças as criticam, fazendo o papel de críticos literários. "Em geral, as críticas são negativas, criticam os pontos negativos, as partes desconexas, o *nonsense* das narrativas, julgam os enredos pobres, reclamam da recorrência de vários elementos e criticam a pouca criatividade dos nomes" (Silva, 2008, p. 376). Para Emília, as histórias são "[...] sem pé nem cabeça. Sabe o que me parece? Parece uma história que era de um jeito e foi se alterando de um contador para outro, cada vez mais atrapalhada, isto é, foi perdendo pelo caminho o pé e a cabeça" (Lobato, 1968, p. 23). Dona Benta concorda e diz que essa foi a maneira pela qual as histórias orais se desenvolveram, mas os picapauzinhos não se entusiasmam. "'Eu [...] acho muito ingênua esta história de rei e princesa e botas encantadas', disse Narizinho. 'Depois que li *Peter Pan*, fiquei exigente. Estou de acordo com a Emília'" (Lobato, 1968, p. 17).

Dona Benta brinca com Tia Nastácia: "Vê, Nastácia, como está ficando este meu povinho? Falam como se fossem gente grande, das sabidas. *Democracia* para cá, *folclórico* para lá, *mentalidade*... Neste andar, meu sítio acaba virando Universidade do Picapau Amarelo" (Lobato, 1968, p. 17).

Lajolo enfatiza a grande diferença entre as posições de Dona Benta e Tia Nastácia:

> Nos dois casos ela [Dona Benta] conta as histórias que lê em livros estrangeiros, e enquanto adulta e reconhecidamente mais experiente, narra de um espaço hegemônico em relação aos seus ouvintes. Já quando Tia Nastácia assume a posição de contadora de histórias, a relação de forças entre ela e sua audiência (a mesma das histórias de Dona Benta) é completamente outra. Tia Nastácia transfere para o lugar de contadora de histórias a inferioridade sociocultural da posição (de doméstica) que ocupa no grupo e além disso (ou por causa disso...), por contar histórias que vêm da tradição oral, não desempenha função de mediadora da cultura escrita, ficando sua posição subalterna à de seus ouvintes, consumidores exigentes da cultura escrita, como explicitou Narizinho na citação acima. (Lajolo, 1998)

É permitido que Tia Nastácia conte suas histórias, mas elas não empolgam os picapauzinhos, e somente Pedrinho as admira, mas de uma posição sociológica: "As negras velhas', disse Pedrinho, "'[...] são sempre muito sabidas. Mamãe conta de uma que era um verdadeiro dicionário de histórias folclóricas, uma de nome Esméria, que foi uma escrava de meu avô. Todas as noites ela sentava-se na varanda e desfiava histórias e mais histórias'" (Lobato, 1968, p. 8). E pretende fazer uma experiência antropológica com ela: "Tia Nastácia é o povo. Tudo o que o povo sabe e vai contando de um para outro, ela deve saber. Estou com o plano de espremer Tia Nastácia para tirar o leite de folclore que há nela" (Lobato, 1968, p. 8).

Lajolo também mostra a grande diferença entre os mundos oral e literário. Em *Peter Pan* e *Dom Quixote*, Dona Benta é intermediária do mundo ficcional, mas aqui estamos no mundo oral, e, na opinião dos picapauzinhos, os contos populares são muito inferiores ao mundo do *Peter Pan* de Barrie, da *Alice* de Carroll e do *Don Quijote* de Cervantes, mostrando assim "a incompatibilidade entre a cultura popular e a cultura das elites brasileiras" (Lajolo, 1998).

A própria Dona Benta também fica insatisfeita com *As histórias de Tia Nastácia*:

> As histórias que correm entre nosso povo são reflexos da era mais barbaresca da Europa. Os colonizadores portugueses trouxeram estas histórias e soltaram-nas por aqui – e o povo as vai repetindo, sobretudo na roça. A mentalidade de nossa gente roceira está ainda muito próxima da dos primeiros colonizadores.
> – Por que, vovó?
> – Por causa do analfabetismo. Como não sabem ler, só entra na cabeça dos homens do povo o que os outros contam – e os outros só contam o que ouviram. A coisa vem assim num rosário de pais a filhos. Só quem sabe ler e lê os bons livros é que se põe de acordo com os progressos que as ciências trouxeram ao mundo. (Lobato, 1968, p. 80-1)

E mantém uma posição bastante condescendente:

> Nós não podemos exigir do povo o apuro artístico dos grandes escritores. O povo... Que é o povo? São essas pobres tias velhas, como Nastácia, sem cultura nenhuma, que nem ler sabem e que outra coisa não fazem senão ouvir as histórias de outras criaturas igualmente ignorantes, e passá-las para outros ouvidos, mais adulteradas ainda. (Lobato, 1968, p. 30)

Para ela, o ser humano se comporta pior do que os animais: "São os piores bichos da terra. Entre as formigas ou abelhas, por exemplo – quem é que já viu uma furtando outra, ou mentindo para outra, ou amarrando outra em rabo de burro bravo? Vivem em sociedade, aos milhares de milhares, na mais perfeita harmonia" (Lobato, 1974c, p. 121).

Emília é ainda mais direta: "O povo, coitado, não tem delicadeza, não tem finuras, não tem arte. É grosseiro, tosco em tudo que faz" (Lobato, 1968, p. 61), e pensa com prazer nos contos que Dona Benta vai contar-lhes de um verdadeiro artista como Oscar Wilde (Lobato, 1968, p. 61). Outra leitura que farão será *Orlando furioso* (Lobato, 1968, p. 80). Dona Benta também recomenda *Mogli, o menino lobo*, de Kipling, inserindo propaganda para essa tradução de Lobato (Lobato, 1968, p. 115).

Vemos um mundo cultural rachado em dois: o literário e o popular, com os picapauzinhos pertencendo ao mundo literário e dos livros, e Tio Barnabé e Tia Nastácia pertencendo ao velho mundo da oralidade. Dona Benta conhece o mundo da cultura popular, mas não tem uma ligação íntima com ele, sentindo-se parte do mundo literário.

Marisa Lajolo afirma que:

> A diferença de recepções pode talvez ser atribuída ao fato de que as histórias que ambas contam tenham origem semelhante, a relação de cada uma destas narradoras com o material narrado é diferente: Dona Benta não é usuária desta cultura, mas conhecedora dela: conhece-a de livro, e não de berço. (Lajolo, 1998)

De fato, parece que Dona Benta tem uma opinião bastante baixa do valor da cultura popular. Quando Emília pergunta a Dona Benta o que quer dizer folclore, conta a Pedrinho: "Dona Benta disse que *folk* quer dizer gente, e *lore* quer dizer sabedoria, ciência. Folclore são as coisas que o povo sabe de boca, de um contar para o outro, de pais a filhos – os contos, as histórias, as anedotas, as superstições, as bobagens, a sabedoria popular, etc. e tal" (Lobato, 1968, p. 7).

Lajolo propõe a hipótese da inadequação de Tia Nastácia e de Tio Barnabé ao mundo da modernidade da década de 1930:

> [...] do qual o sítio de Dona Benta é emblema e utopia confirma-se em outras passagens da obra lobatiana. Todas as vezes que Tia Nastácia acompanha os picapauzinhos nas aventuras que se passam além da porteira do sítio, ela cumpre, nos novos espaços, o mesmo papel que cumpria dentro do sítio: fazendo bolinhos para o Minotauro ou fritando batatas para o príncipe Codadad é a velha Nastácia que se reencontra sempre, numa imobilidade ficcional que parece combinar bem com a representação da imobilidade social a que estão confinados os segmentos dos quais ela pode ser o emblema. (Lajolo, 1998)

Em outras palavras, é outro representante de um Brasil atrasado, supersticioso, religioso, bitolado e fechado, encarnado na figura de Jeca Tatu.

Para Raquel Afonso da Silva, se Lobato subverte a hierarquia adulto/criança, empoderando as crianças, Emília e Visconde, ele não muda a hierarquia entre branco e negro, o erudito e o popular e o letrado e o oral (Silva, 2008, p. 377).

Mais uma vez, a Liga Universitária Católica Feminina enfatizou as impropriedades do livro, mencionando as leituras de Darwin de Pedrinho, "um darwinista levado da breca", e o final da história da "Formiga e a Neve", quando Deus responde à formiguinha: "Acaba com essa história e vai furtar. É por isso que vive sempre furtando, furtando" (Cavalheiro, 1955, p. 595-6; Silva, 2008, p. 383).

Narizinho reage ao conto "O bom diabo" (Lobato, 1968, p. 69-73) dizendo que gosta "[...] muito das histórias com o diabo dentro, e disse que todas elas confirmavam o dito popular de que o diabo não é tão feio como o pintam" (Lobato, 1968, p. 73). A reação da Tia Nastácia, representante de quem acredita em Deus, é de choque: "Como é que uma menina de boa educação tem coragem de dizer isso do canhoto?" (Lobato, 1968, p. 73).

Resumo

i) Em *Fábulas*, vemos claramente o apoio de Lobato ao oprimido, o mais fraco, num mundo cheio de parasitas e aproveitadores, em muitos casos, a "nobreza".
ii) A verdadeira nobreza é a da superioridade intelectual.
iii) Em muitos casos, a única maneira de sobreviver é por meio da astúcia e da esperteza.
iv) Enquanto *Fábulas* são muito bem aceitas pelos picapauzinhos, eles rejeitam muitas d'*As histórias da Tia Nastácia*, demonstrando uma grande preferência pela literatura canônica, especialmente Emília.
v) Embora Lobato enfatize o valor da opinião da criança em relação à do adulto, sua posição em relação aos negros e à classe baixa e rural e aos contos orais é bastante condescendente, com Dona Benta, da classe letrada branca, sempre mantendo a autoridade.
vi) Como sempre, Lobato aproveita suas histórias para fornecer informações vocabulares e culturais.
vii) *As fábulas* e os comentários dos picapauzinhos às *Histórias da Tia Nastácia* demonstram sua posição laica e desconfiada da religião.

Capítulo VI
Lobato fora do Brasil

"Vou lá comer bifes"

Além do Brasil, o único país onde Lobato conseguiu uma posição relativamente importante foi na Argentina. De 1919 até a sua morte, ele teve contato com intelectuais e escritores, trocando cartas e livros e publicando resenhas de romances argentinos na *Revista do Brasil*. Lobato tinha uma correspondência regular até sua ida para os Estados Unidos, em 1927, com o romancista argentino Manuel Gálvez (1882-1962) e o contista uruguaio radicado na Argentina Horácio Quiroga (1879-1937).

Na Argentina, Lobato usou a técnica de publicar seus contos, ou trechos de livros, em jornais ou revistas antes de saírem em forma de livro. Esse foi o caso de *Urupês* (1918), lançado em 1921 pela Editorial Patria, em tradução de Benjamin de Garay, seu primeiro livro a ser publicado na Argentina. No sentido inverso, Lobato lançaria no Brasil, em 1924, o romance *Nacha Regules*, de Manuel Gálvez.

Em sua tese de doutorado, "São Paulo-Buenos Aires: a trajetória de Monteiro Lobato na Argentina" (2009), Thaís de Mattos Albieri lista os eventos mais importantes nas relações entre Lobato e seus amigos escritores argentinos:

>1919: a *Revista do Brasil* lança a propaganda "Novidades Literárias Argentinas".

1920: Editorial Patria, de Buenos Aires, publica *Urupês* (1918), traduzido por Benjamín de Garay.

1921: La Novela Semanal, de Buenos Aires, publica *Alma Negra*, versão de *Negrinha*, em espanhol.

Lobato publica na revista *Nosotros*, da Argentina, o artigo "Letras Brasileñas: Visión General de la Literatura Brasileña".

Mucio Leão publica, na *Revista do Brasil*, um artigo sobre o livro *Nacha Regules*, de Manuel Galvez.

A R.B. publica um artigo intitulado "A literatura Brasileira na Argentina: o *Urupês*, de Monteiro Lobato".

Sai na *Nosotros* o texto lobatiano, "La evolución de las ideas argentinas", sobre o livro do argentino José Ingenieros.

1923: "Barba Azul", conto de *Negrinha* (1920), é publicado na revista *Lecturas*, de Buenos Aires, com tradução de Braulio Sanchéz-Saez. Stanchina entrevistou Manuel Galvez para a revista *Novíssima* (número 6).

O texto "O ritmo da vida", de Manuel Gálvez, é publicado pela *Novíssima* (número 8).

1924: *Nacha Regules*, em português, é publicado pela Cia. Editora Monteiro Lobato, com tiragem de 2.000 exemplares.

A Editorial TOR publica, na coleção "Lecturas Seletas", a coleção de contos *Los ojos que sangran*, de Monteiro Lobato.

1937: É publicado no *La Prensa*, jornal argentino, *D. Quijote de los niños*, adaptação de Monteiro Lobato.

"Una camella sobre el lodo de un saladero", de Monteiro Lobato, foi publicado no *La Prensa* e traduzido por Benjamín de Garay.

1938: *Don Quijote de los niños* (1936), traduzido por Benjamín de Garay, é publicado em livro pela Editorial Claridad.

A Editorial Claridad publica também *Las Travesuras de Naricita*, *Las Cacerías de Pedrito* e *Los cuentos de la Negra Nastácia*.

"El jardinero Timoteo" (conto de *Negrinha*), ilustrado por Miguel Petrone, é publicado no *La Prensa*.

O texto "Je prends le soleil" foi publicado no *La Prensa*.

"Un hombre de conciencia" sai no *La Prensa*, em 12.01.

1939. O texto de Monteiro Lobato "El Conejito de lana" foi publicado no *La Prensa*.

O texto de Monteiro Lobato "Heredero de si mismo" foi publicado no *La Prensa*.

La Prensa publica "La Remolacha de Maricota", de Monteiro Lobato. *La Prensa* publica o texto "Machado de Assis", de Monteiro Lobato.

1942: Juan Ramón Prieto, da Editorial Americalee, manifesta seu interesse por traduzir a obra infantil de Monteiro Lobato para espanhol.

1943: Monteiro Lobato fecha contrato de publicação de 26 de seus livros em Buenos Aires com a Editorial Americalee, graças ao contato estabelecido em 1942 com Ramon Prieto.

El país de la gramática é publicado pela Americalee.

1944: A Editorial Tridente pede que Lobato autorize a publicação dos *12 Trabalhos de Hércules*.

Las Travesuras de Naricita e *Viaje al Cielo* são traduzidas por Ramon Prieto e publicadas pela Americalee.

1945: O jornal *La Prensa*, através de Prieto, manifesta interesse em publicar a correspondência que compõe *A Barca de Gleyre* no jornal.

A Editorial Americalee publica *Cacerías de Perucho* e *Don Quijote de los niños*, ambos traduzidos por M. J. Sosa.

A Americalee publica *Aventuras de Hans Staden*, com tradução de Ramon Prieto.

Peter Pan: el niño que no quiso crecer, traduzido por M. J. Sosa, é publicado pela Americalee.

1946: Funda, com Ramón Prieto, Miguel Pilato e Manuel Barreiro, a Editorial Acteón.

A Editorial Acteón publica *Las 12 Hazañas de Hercules*.

1947. Monteiro Lobato publica *La Nueva Argentina*, sob o pseudônimo de Miguel P. Garcia.

A Editorial Americalee lança 23 volumes das *Obras Completas Infantis* de Monteiro Lobato traduzidas para o espanhol. A Editorial Codex lança uma série de "Ediciones Juguetes" com 10 títulos de Monteiro Lobato, a saber: *A casa da Emília, Uma fada Moderna, O Centaurinho, O periscópio do Invisível, A Grande Reinação, As fadas aparecem, O novo Visconde, A Lampreia, No tempo de Nero, O Museu da Emília*.

Urupês é relançado em Buenos Aires, pela Editorial El Ateneo, com tradução de Ramon Prieto. (Albieri, 2009, Anexos)

Mas Lobato só conheceu a Argentina pessoalmente em 1946, morando em Buenos Aires entre 6 de junho de 1946 e 8 de junho de 1947. Avisou aos repórteres que "[...] ia embora atraído pelos belos e gordos bifes e pelo magnífico pão argentino, fugindo da escassez de produtos que assolava o Brasil" (Azevedo et al., 1997, p. 343).

Sua estadia em Buenos Aires foi muito diferente do período que passou em Nova York: primeiro, o problema com a língua foi muito menor do que nos Estados Unidos; embora só falasse portunhol, isso não foi um grande problema, diferente das desvantagens que seu inglês capenga lhe trouxera em Nova York; segundo, foi para lá como escritor, e não como adido comercial, como nos Estados Unidos; terceiro, já fazia parte de uma rede de intelectuais e editores em Buenos Aires, já era um autor conhecido, e havia uma procura muito grande por seus livros, especialmente os infantojuvenis, e a divulgação dos seus livros foi muito bem organizada, com inúmeras visitas a escolas, palestras e encontros; em setembro de 1946, o magazine Harrods's promovia a "Semana Monteiro Lobato", e a Embaixada Brasileira fez uma exposição de livros brasileiros, cabendo a Lobato o lugar de honra (Cavalheiro, 1955, p. 664).

Também com Ramón Prieto e Miguel Pilato, fundou a editora Acteón, que publicou uma edição de luxo de *Las Doce Hazañas de Hercules*, e, em 1947, uma nova edição de *Urupês* foi lançada, com tradução de Ramón Prieto pela editora El Ateneo. Em 1947, também lançou *La Nueva Argentina*, aparentemente uma encomenda do governo Perón para introduzir para um público juvenil o conceito do Plano Quinquenal peronista por meio das explicações de Dom Justo Saavedra a seus filhos, uma repetição da técnica utilizada nos livros paradidáticos como *História do mundo para as crianças* (1933), *Emília no País da Gramática* (1934), *Aritmética da Emília* (1935), *Geografia de Dona Benta* (1935) e *História das invenções* (1935). A obra foi escrita diretamente em espanhol por

Miguel P. García, pseudônimo de Lobato. A tiragem foi de três mil exemplares; a esperança de ter uma tiragem de cem mil não foi concretizada.

Parece estranho que Lobato, que vituperou tanto o regime Vargas no Brasil e recusou várias ofertas de empregos governamentais, aceitasse o encargo, obviamente propagandístico, de um regime ditatorial, com semelhanças claras com o varguista. Foi criticado no Brasil por ter-se vendido ao peronismo. Cláudio Abramo, do *Jornal de São Paulo*, escreveu que "[...] o Sr. Monteiro Lobato andou comendo pratos condimentados pelo impetuoso esposo da Sra. Evita". A resposta de Lobato era de que o escritor tinha liberdade para escrever o que ele quisesse em qualquer lugar (em Azevedo et al., 1997, p. 345). Mas será que Lobato, depois de passar por problemas financeiros durante tantos anos, então com 64 anos, tinha menos escrúpulos para "se vender"? Não tendo vivido na Argentina, talvez tivesse menos problemas para aceitar a ditadura de Perón. E sempre ficou impressionado pelo nível de vida na Argentina, a alta taxa de alfabetização e a sofisticação da vida em Buenos Aires (Azevedo et al., 1997, p. 343-51).

A Editorial Acteón não sobreviveu; Lobato e família voltaram ao Brasil em 8 de junho de 1947, com Lobato sentindo a "nostalgia da língua". Nunca aprendeu espanhol: "Eu falo português, eles não me compreendem; eles falam castelhano, eu não compreendo, no fim acabamos por nos entender perfeitamente" (Cavalheiro, 1955, p. 665).

A série da Editorial Americalee era muito bem cuidada e organizada. Cada livro tinha ilustrações, geralmente em cores: por exemplo, *El Quijote de los niños* tinha "Ilustraciones de Gustavo Dore [sic]" (Lobato, 1945a); *Aventuras de Hans Staden*, de Arturo Travo (Lobato, 1944b); e *Viaje al Cielo*, de Silvio Baldessari (Lobato, 1944c). E, no começo dos livros, há uma "Advertencia" de seguir certa ordem. Obviamente a editora esperava que o leitor fosse comprar todos os livros da série:

Estos libros de Monteiro Lobato tienen una continuidad episódica y deben ser leídos en el orden siguiente:

    i) Travesuras de Naricita
   ii) Nuevas travesuras de Naricita
  iii) Viaje al cielo
  iv) El genio del bosque
   v) Cacerías de Perucho
  vi) Aventuras de Hans Staden
 vii) Historia de mundo para los niños
viii) El niño que no quiso crecer (Peter Pan)
  ix) El país de la gramática
   x) La Aritmética de Emília
  xi) Geografia para los niños
 xii) Historia de las Invenciones
xiii) El Quijote de los niños
xiv) Memorias de Emília
 xv) El pozo del Vizconde
xvi) Las veladas de doña Benita
xvii) Cuentos de tía Anastasia
xviii) El Bienteveo Amarillo
xix) El Minotauro
 xx) La llave del tamaño
xxi) La reforma de la naturaleza
xxii) El espanto de las gentes
xxiii) Fábulas (Lobato, 1945a, p. 7)

Ao final dos livros, havia um anúncio dos dois próximos livros na série: "Las otras aventuras de esta pandilla continúan en los libros: *Historia del Mundo para niños* y *El Niño que no quiso crecer (Peter Pan)* (Lobato, 1945b, 143)

Don Quijote de los niños já tinha sido publicado em 1938 pela Editorial Claridad com tradução de Benjamín de Garay, em outra edição com acabamento muito mais pobre e sem ilustrações (Lobato, 1938). Porém, há vários elementos importantes no prefácio de Garay. Começa dizendo que as personagens dos livros infantojuvenis sempre são as mesmas, e que *Las travesuras de Naricita Respingada* acaba de ser publicado nos Estados Unidos, vertido para o inglês por Miss Marie Kersted Pidgeon (Lobato, 1938, p. 5). Parece que essa publicação nunca foi realizada, e possivelmente Lobato, sempre otimista e esperando que a edição seria impressa, tenha fornecido a informação a Garay.

Dona Benta é um símbolo da educadora que abre os olhos das crianças ao mundo e apresenta informações difíceis de uma maneira clara e simples:

> "[...] *la primera abuelita del mundo* [...] *deja a sus nietos que jueguen a todo cuanto se les antoja, así como también a que se arriesguen en aventuras extraordinarias, como el famoso "Viaje al cielo"* [...] *Además de eso, Doña Benita es una filósofa y una sábia. Sabe y enseña; ella enseña de una manera tan amable y encantadora que todo se vuelve sencillo y claro* [...] [na] *Quinta del pájaro carpintero**" (Lobato, 1938, p. 5)

Emília representa a independência de pensamento e resistência à autoridade do próprio Lobato: *"Emília empezó la vida como simples muñeca de trapo, muda y tonta"* [Emília começou a vida como uma simples boneca de pano, muda e burra]. Depois cresceu e se desenvolveu, e "[...] *hoy es símbolo de la independencia mental. Piensa como quiere y no da satisfacciones a nadie, y despierta en el mundo infantil las mayores simpatías*" [hoje é um símbolo de independência mental. Pensa como quer e não dá satisfação a ninguém, e desperta no mundo das crianças a maior simpatia] (Lobato, 1938, p. 5-6).

Repetindo as palavras de Dona Benta em *Peter Pan* (Lobato, 1971, p. 22), hoje consideradas bastante racistas, a Tia Anastácia é "[...] *negra por fuera y blanca por dentro, muy bondadosa, muy perita en preparar bocadillos y buñuelos,*

---

* A primeira avó do mundo [...] deixa os netos jogarem o quanto quiserem, além de correr riscos em aventuras extraordinárias, como a famosa "Viagem ao Céu" [...] Além disso, Dona Benta é filósofa e sábia. Sabe e ensina; ensina de uma maneira tão agradável e encantadora que tudo se torna simples e claro no Sítio do Picapau Amarelo.

pero que vive rezongando" [preta por fora e branca por dentro, muito gentil, muito habilidosa para preparar pães e bolinhos, mas vive resmungando] (Lobato, 1938, p. 6).

E Garay enfatiza o estilo de recontagem, com Dona Benta contando

> [...] *a los niños la historia del hidalgo manchego, y los niños la interrumpen con preguntas y observaciones, trabándose diálogos interesantísimos. Las interrupciones de Emília, como siempre, son magníficas de audacia, y hay una escena en que ella se entusiasma de tal manera, que va, armada de adarga y lanza, a reproducir en la huerta una de las proezas del caballero andante. Las gallinas fueron las atacadas, y hicieron tal alboroto, que Doña Benita tuvo que intervenir. Emília que simulaba la locura de Don Quijote, tuvo que ser encerrada en una jaula y colgada en una pared**. (Lobato, 1938, p. 6)

Cristina Kirchner, fã de Lobato

A série infantojuvenil de Lobato foi reeditada até a década de 1960 pela Editorial Losada, demonstrando a grande popularidade do autor na Argentina. Estas são as informações sobre as edições dos seguintes livros: *Viaje al cielo*, 1963, 10ª edição; *Historia del mundo para los niños*, 1957, primeira parte, 8ª edição; *El país de la gramática*, 1957, 9ª edição; *El Quijote de los niños*, 1966, 10ª edição; *Las veladas de doña Benita* (9ª edição como *Las leciones de Doña Benita*); *El Benteveo Amarillo*, 1963, 7ª edição; *La llave del tamaño*, 1967, 8ª edição.

---

* [...] para as crianças a história do homem de La Mancha, e as crianças interrompem com perguntas e observações, participando de diálogos muito interessantes. As interrupções de Emília, como sempre, são magníficas em termos de audácia, e há uma cena em que ela se torna tão entusiasmada que vai armada com uma adaga e uma lança para reproduzir na horta uma das façanhas do cavaleiro errante. As galinhas foram atacadas e fizeram tanto barulho que Dona Benta teve que intervir. Emília, que simulou a loucura de Dom Quixote, teve que ser trancada em uma jaula, que foi pendurada em uma parede.

Parece que, depois desse período, os livros infantojuvenis perderam sua popularidade; mas, em 2010 e 2011, houve uma reedição de *Las Travesuras de Naricita* (2010), *Las nuevas travesuras de Naricita* (2010) e *Viaje al cielo* (2011). A genealogia da publicação é muito interessante. Em 2008, a presidente argentina Cristina Kirchner, em um encontro com o presidente Lula e o ministro das Relações Exteriores Celso Amorim, afirmou:

> *De repente, en la conversación volvieron a aparecer Naricita y Perucho – nunca voy a recordar el motivo. Celso hace referencia a Monteiro Lobato y entonces le conté acerca de mis lecturas infantiles. No lo podía creer. Eran también sus preferidas. Allí surgió la idea de patrocinar por parte del gobierno del Brasil una nueva edición de las aventuras de Naricita y Perucho, esta vez prologada por mí**. (Lobato, 2010a, p. 11)

Kirchner relatava seu amor pelos livros de Lobato e a grande utilidade que tiveram durante os anos da ditadura militar:

> *Mamá o mi abuelo acostumbraban atender a cuanto vendedor de libros tocaba el timbre de nuestra casa. Eran épocas de ventas en cuotas interminables. Diccionarios en tres tomos, gigantescos y pesados, que apenas con mis seis o siete años alcanzaba a bajar de los estantes para leer, colecciones enteras de todo tipo de enciclopedias, revistas y fascículos de la Biblia, y otros relatos que luego mamá mandaba a encuadernar. La lista sería infinita, como grande la biblioteca que se fue formando en esos años de infancia. Sin embargo, mi memoria registra con absoluta nitidez la llegada a casa de la colección completa de lo*

---

* De repente, na conversa, Narizinho e Pedrinho reapareceram – nunca me lembrarei por quê. Celso se refere a Monteiro Lobato e depois eu contei sobre as minhas leituras quando era criança. Ele não podia acreditar. Eles também eram seus favoritos. Surgiu a ideia de patrocinar, por parte do governo do Brasil, uma nova edição das aventuras de Narizinho e Pedrinho, desta vez com um prefácio meu.

que recuerdo como *Las travesuras de Naricita y Perucho*, de Monteiro Lobato. Su formato de tapas duras, coloradas, con las líneas de los rostros de Naricita y Perucho, en dorado, constituyen un registro visual imborrable.

Más que leerlos, literalmente devoré esos textos que iban de las fantasías más alocadas a la enseñanza de historia, geografía, geología y todo tipo de conocimiento. Emilia, la muñeca de trapo, terca y caprichosa, intrigante y rezongona, pero querible como pocas, convivía con el Vizconde – un marlo de maíz con galera e impertinentes – siempre atinado, serio y responsable. Naricita y Perucho, dos niños fantasiosos, aventureros, inquietos y siempre deseosos de saber más, podrían haber sido uno de nosotros. Doña Benita, la abuela, era una "abuelísima" de gafas y pelo blanco que con la ayuda de la negra Anastasia – la "tía" inefable creadora de Emilia, la muñeca – hacían de la quinta del "Benteveo amarillo", un lugar en el que todos hubiéramos querido vivir.

Pasada mi niñez pensé que todos esos personajes pasarían a formar parte de los lejanos recuerdos de una infancia feliz de muñecas y libros, de juegos y conocimientos. Sin embargo, la vida, el destino personal o el del país, o ambos en intensa combinación, hicieron que volviera a encontrarlos en dos oportunidades más.

Una fue durante el año 1976. Había transcurrido largo tiempo desde mis lecturas infantiles. En nuestra biblioteca familiar, bajo mi impronta, y luego la de mi hermana Gisele, se habían incorporado otros textos. Junto a Monteiro Lobato, estaban Hernández Arregui, Rodolfo Puigrós, Arturo Jauretche, Scalabrini Ortiz, Marechal, Cooke, Franz Fanon, Walsh, Perón, Galeano, Benedetti, Darcy Ribeiro, Paulo Freire, Sartre, Camus, y tantos otros. Las fantasías habían dado paso a las utopías, las aventuras a la militancia, el conocimiento puro y casi aséptico a otros conocimientos: el del entramado cultural que, al amparo de dictaduras militares recurrentes, sumía en la desinformación y la expoliación a nuestro país y a nuestra Latinoamérica.

Una tarde de febrero de 1976, irrespirable, no sólo por el calor, sino por lo que sucedía – que presagiaba tragedias mayores –, llegué a casa de mamá. Ya no vivía allí, el año anterior me había casado con un compañero de la facultad. La encontré a mi hermana forrando las tapas de los libros cuya sola tenencia, en caso de allanamientos – muy frecuentes en aquellos días – eran el pasaporte directo a la cárcel, en el mejor de los casos. Gisele al mismo tiempo cortaba las primeras páginas de los libros de Naricita y Perucho y los pegaba en los libros de Puiggrós, de Fanon, Walsh o Cooke. "Qué estás haciendo loca?", le pregunté – siempre amable y diplomática –. Me miró y me dijo: "¿yo, loca?", loca está mamá que nos quiere quemar todos los libros; te aviso que ya te tiró al pozo ciego todos los "desca" y las "militancia" – El Descamisado y Militancia eran dos semanarios obligados de aquella época –, y siguió forrando tapas "peligrosas" y pegando páginas de los libros de Monteiro Lobato, mientras yo la miraba absorta, sin saber si reír o llorar. No hice ninguna de las dos cosas, me fui a mi casa de City Bell, en las afueras de La Plata, donde vivía con Néstor Kirchner, quien había dejado de ser mi compañero de facultad, para transformarse en mi compañero de vida.

Nunca allanaron la casa de mamá; nunca volví a preguntarle a mi hermana si Naricita y Perucho seguían mezclados con aquellos libros de mi juventud. La mente humana se las arregla para esconder, en algún pliegue lo que no queremos recordar*. (Lobato, 2010a, p. 9-10)

---

* Mamãe ou meu avô costumavam atender quando o vendedor de livros tocava a campainha de nossa casa. Eram tempos de vendas em prestações intermináveis. Dicionários em três volumes, gigantescos e pesados, que só aos seis ou sete anos conseguia baixar das prateleiras para ler, coleções inteiras de todos os tipos de enciclopédias, revistas e fascículos da Bíblia e outras histórias que logo mamãe mandava encadernar. A lista seria infinita, tão grande quanto a biblioteca que ia sendo formada naqueles anos de infância. No entanto, minha memória registra com absoluta clareza a chegada em casa da coleção completa do que me lembro como *Las travesuras de Naricita y Perucho* [Reinações de Narizinho], de Monteiro Lobato. Seu formato de capas duras e coloridas, com as linhas das faces de Narizinho e Pedrinho em ouro, constitui um registro visual indelével.

Mais do que lê-los, eu literalmente devorei esses textos, que iam das fantasias mais malucas ao ensino de história, geografia, geologia e todo tipo de conhecimento. Emília, boneca de pano, teimosa e caprichosa, intrigante e ranzinza, mas adorável como poucos, viveu com o Visconde – uma espiga de milho com cartola e óculos – sempre bom, sério e responsável. Narizinho e Pedrinho, dois filhos fantasiosos, aventureiros, inquietos e sempre ansiosos por saber mais, poderiam ter sido um de nós. Dona Benta, avó, era uma "vovozinha" de

Lobato pelo mundo

A obra de Lobato foi traduzida em várias línguas, mas geralmente foram trabalhos esparsos de traduções de contos

óculos e cabelo branco, que, com a ajuda da preta Nastácia – a "tia" inefável e criadora de Emília, a boneca – fez do sítio do "Picapau Amarelo" um lugar onde todos nós queríamos viver.

Depois da minha infância, pensei que todos esses personagens se tornariam parte das lembranças distantes de uma infância feliz de bonecas e livros, jogos e conhecimentos. No entanto, a vida, o destino pessoal ou o do país, ou ambos em uma combinação intensa, resultaram em mais duas ocasiões.

Uma foi durante o ano de 1976. Fazia muito tempo desde as minhas leituras de criança. Em nossa biblioteca familiar, sob minha marca, e depois a de minha irmã Gisele, outros textos foram incorporados. Junto com Monteiro Lobato estavam Hernández Arregui, Rodolfo Puigrós, Arturo Jauretche, Scalabrini Ortiz, Marechal, Cooke, Franz Fanon, Walsh, Perón, Galeano, Benedetti, Darcy Ribeiro, Paulo Freire, Sartre, Camus e muitos outros. As fantasias deram lugar a utopias, as aventuras, à militância, o conhecimento puro e quase asséptico, a outros conhecimentos: o do quadro cultural que, sob a proteção de ditaduras militares recorrentes, mergulhou em desinformação e pilhagem nosso país e nossa América Latina.

Numa tarde de fevereiro de 1976, irrespirável, não só por causa do calor, mas por causa do que estava acontecendo – que prenunciava grandes tragédias –, cheguei à casa de mamãe. Eu não morava mais lá, no ano anterior tinha me casado com um companheiro da faculdade. Eu encontrei minha irmã forrando as capas dos livros cuja posse, em caso de busca – muito frequentes naqueles dias – era o passaporte direto para a prisão, no melhor dos casos. Ao mesmo tempo, Gisele cortava as primeiras páginas dos livros de Narizinho e Pedrinho e colava-as nos livros de Puiggrós, Fanon, Walsh ou Cooke. "O que você está fazendo, louca?", perguntei, sempre amigável e diplomática. Ela olhou para mim e disse: "Eu, louca? Louca é a mamãe que quer queimar todos os livros; já te digo que já jogou à fossa todos os 'desca' e a 'militância'" – O *Descamisados* e *Militância* foram dois semanais obrigatórios daquela época – e continuou forrando capas "perigosas" e colando páginas dos livros de Monteiro Lobato, enquanto eu a observava absorta, sem saber se ria ou chorava. Não fiz nenhuma das duas coisas; fui à minha casa em City Bell, nos arredores de La Plata, onde morava com Néstor Kirchner, que deixara de ser meu colega de classe para se tornar meu parceiro de vida.

Eles nunca invadiram a casa de mamãe; nunca mais perguntei à minha irmã se Narizinho e Pedrinho ainda estavam misturados com aqueles livros da minha juventude. A mente humana consegue esconder em alguma dobra o que não queremos lembrar.

para francês, inglês, árabe, espanhol, alemão, japonês, iídiche e italiano (Cavalheiro, 1955, p. 565).

Em 1924, a revista *Revue de L'Amérique Latine*, nº 33, publicou no mercado francês o conto "A vingança da peroba", do livro *Urupês*, com tradução de G. Le Gentil. Em 1967, as Edições Universitárias, na sua série de obras hispano-americanas, publicou uma coleção da Unesco de obras representativas, e, em francês, o livro *La Vengeance de L'arbre et autres contes*, traduzido por Georgette Tavares Bastos e com introdução de Lucien Farnoux-Reynaud. Essa obra é composta por todos os contos do livro *Urupês*: "Les gardiens du phare" ("Os faroleiros"); "Le plaisantin repenti" ("O engraçado arrependido"); "Le couvre-lit de retailles" ("A colcha de retalhos"); "La vengeance du Péroba" ("A vingança da peroba"); "Biriba, l'estafette" ("Um suplício moderno"); "Mon conte de Maupassant" ("Meu conto de Maupassant"); "Pollice verso" ("Pollice verso"); "Bucolique" ("Bucólica"); "Le tueur d'arbre" ("O mata-pau"); "Bocatorta" ("Bocatorta"); "L'acquéreur de fazendas" ("O comprador de fazendas"); "Le stigmate" ("O estigma"); "Vieille calamité" ("Velha praga"); "Urupês" ("Urupês"); dois contos do livro *Cidades mortas*, "Un homme honnête" ("Um homem honesto") e "Le chef-d'œuvre du tapeur"; e três contos do livro *Negrinha*, "Tranche de vie" ("Fatia de vida"), "Les tout petits" ("Os pequeninos") e "Je veux aider le Brésil" ("Quero ajudar o Brasil").

Também, em 1987, Michel Riaudel traduziu e publicou "À propos de l'exposition Malfatti", de Monteiro Lobato, na revista *Modernidade*, de Paris.

Na Espanha, uma seleção de contos com o título de *El comprador de haciendas* (1923) foi publicada pela Editorial Cervantes com tradução de Benjamín de Garay. Três contos de Lobato de *Urupês* foram editados nos Estados Unidos, em 1924, com o título de *Brazilian Short Stories*, na série Blue Book, da editora Handelmann-Julius, vertidos para o inglês pelo escritor, crítico literário e tradutor norte-americano Issac

Goldberg (1887-1938): "The Penitent Wag" ("O engraçado arrependido"), "Modern Torture" ("Suplício moderno") e "The Plantation Buyer" ("O comprador de fazendas"), com uma introdução aos contos também redigida por Issac Goldberg. "O engraçado arrependido" foi retraduzido por Harry Kurz e publicado como "The Funny-Man Who Repented" em *A World of Great Stories*, em 1947 (Carter, 2016, p. 136-7).

Outras traduções foram feitas na Síria, por E. Kouri, e na Alemanha, por Fred Sommer (Azevedo, 1998, p. 198-201). E, na Itália, foi traduzido em 1945, por Ana Bovero, como *Nasino*, pela L'Eclettica Editrice (Acervo Monteiro Lobato, 2010; Azevedo et al., 1997, p. 356), e depois, mantendo o nome *Nasino*, por Giuliano Macchi, editora Giunti, de Firenze, em 1979. *Il presidente nero* foi publicado pela Edizioni Controluce, Nardò, em 2008. E *O Saci*, traduzido por Lisebeth Schroeder, foi publicado pela Editora Zirkoon em neerlandês em Amsterdã, em 2009.

"Monteiru Lobatu" atrás da Cortina de Ferro

No artigo "Emília vítima da tradução" (1982), Tatiana Belinky (1919-2013), imigrante russa no Brasil, tradutora e responsável pela adaptação da obra de Lobato para a televisão, comenta a tradução e adaptação de *Reinações de Narizinho* para o russo. Ela relata que o livro tem uma:

> [...] capa amarela, com um rinoceronte puxado por um bonequinho de espiga de milho, de chapéu mexicano na cabeça, e montado por três personagens: uma garotinha, uma boneca magricela de "rabo-de-cavalo" e um menino, de calças compridas e franjadas e grande "sombrero" na cabeça. O título do livro e o nome do autor em russo estão dentro de um típico escudo-de-armas, com um pequeno pica-pau amarelinho e os letreiros: "Monteiru Lobatu" e "A Ordem do Pica-Pau Amarelo". (Belinky, 1982, p. 25)

Belinky se pergunta por que o sítio é transformado em uma pequena casa. O começo, no original, era: "Numa casinha branca, lá no Sítio do Pica-Pau Amarelo, mora uma velha de mais de sessenta anos" (Lobato, 1980, p. 8). No russo, retraduzido para o português, torna-se: "Numa pequena casinha, que nos arredores denominaram, não se sabe por quê, de casinha do Pica-Pau Amarelo" (Lobato, em Belinky, 1982, p. 25). A grande probabilidade, aventa a escritora, é de que o sítio tenha sido eliminado devido ao fato de ser propriedade particular, inaceitável no sistema soviético. Belinky comenta que vários trechos são eliminados e reflexões, acrescentadas. As "asneiras" de Emília, excessivamente individualista, são enfatizadas, e a bondade de Tia Nastácia, representante do proletariado, é realçada. Acrescentam-se também reflexões de Narizinho, como a seguinte (que não estava no original):

> O que assustava Narizinho era outra coisa – aparentemente a boneca tinha um caráter teimoso e atrevido, ela julgava tudo à sua maneira, e ao que parece gostava de falar bobagens. De resto, pensou Narizinho, talvez, talvez seja melhor assim. Já temos duas pessoas inteligentes, vovó e Tia Nastácia. A Emília sempre dirá algo novo, com ela a gente não se entendia... (Lobato, em Belinky, 1982, p. 25)

Belinky encontra a razão de o livro ser chamado *A Ordem do Pica-Pau Amarelo*. Se o sítio era demasiado burguês, fundar uma ordem de cavaleiros não ofenderia sensibilidades de classe. E tinha algo semelhante a um clube de pioneiros: "Pedrinho sonhou que ele, Pedrinho, fundou na Casinha do Pica-Pau Amarelo uma ordem de cavaleiros, vocês sabem, como os cavaleiros medievais, uma sociedade assim, para todos juntos realizarem grandes feitos [...] Com ele, Pedrinho, à frente, claro" (Lobato, em Belinky, 1982, p. 25).

O livro *Orden jioltogo diatla* (em português, "Ordem do Pica-Pau Amarelo") inclui trechos de *Memórias de Emília*, além de *Reinações de Narizinho*. Em um estudo mais detalhado (Darmaros e Milton, 2019), constatamos outros elementos cortados, como os insultos de Emília aos membros da *intelligentsia*, filósofos e historiadores, e a eliminação de quase todas as personagens ocidentais que estavam imiscuídas no original, como Peter Pan, Tom Mix, Alice, Branca de Neve, Popeye, as crianças inglesas que visitam o Sítio em *Memória de Emília* e, claro, a visita a Hollywood no mesmo livro. O anjinho de asa quebrada é transformado em um cavalinho sem rabo*, e a figura do Peter Pan invisível que visita o Sítio nu – já que está invisível –, segurando somente uma peninha e passando a ser chamado de Peninha, é mantida (no russo, "Piôrichko"), mas sem nenhuma menção a seu nome – Peter Pan** –, apesar de mencionar o uso de pó de pirlimpimpim (Lobato, 1961a, p. 163).

Reinações de Narizinho (*Przygody Narizinii czyli Zadartego noska*), traduzido por Janina Wrozskowa, possivelmente de versão em espanhol, foi publicado na Polônia em 1976 pela Nasza Ksiegarnia, uma importante editora que publicou muitos livros infantis. Dois contos também foram traduzidos: "Niewolnicy" ("Os negros") e "Klęska mrozu Bluszcz" ("O drama da geada"), ambos de *Negrinha*, traduzidos por J. Świerczewskiej Warszawa e publicados pela editora Towarzystwo Wydawnicze 'Bluszcz', em 1928.

Na China, *O Picapau Amarelo* e *A reforma da natureza*, publicados juntos pela Editora Brasiliense, foram publicados em 1982 como *A pequena convidada no País de Contos de Fadas* (童话国的小客人) e traduzido por Youjun Sun (孙幼军), uma escritora de literatura infantojuvenil, pela Editora Xin-

---

* Já mencionado anteriormente, ao longo de *Orden jioltogo diatla*, o cavalinho sem rabo (*beskhvostaia lochadka*) substitui completamente o anjinho de asa quebrada do original de *Memórias de Emília* (Lobato, 1978, p. 14-20). Na tradução, o trecho fica localizado na parte 9 de *Orden jioltogo diatla*, "Memórias de Emília", Capítulo 2: "Graf natchnaet pissat 'Zapiski Emilii'. Kak Emilia davala uroki beskhvostoi lochadke", p. 262.

** Iniciam-se as menções a "Peninha" na parte 7 da adaptação russa, "A pena do papagaio", Capítulo 1, "Voz", p. 155.

lei (新蕾出版社), a partir da versão russa, com a segunda edição publicada pela Editora do Século XXI (二十一世纪出版社) em 2007.

Os contos de Tia Nastácia (娜丝塔霞姑姑讲的故事) – *As histórias de Tia Nastácia* – foi traduzido por Yang Yong e Yang Tao (杨永/杨涛) e publicado pela Editora Juvenil e Infantil (少年儿童出版社) em 1959.

As reinações de Narizinho (淘气的小鼻子) foi traduzido por Shulien Li et al. (李淑廉等) e publicado pela Editora China de Rádio e Televisão (中国广播电视出版社), uma editora pública, em 1990.

O Espírito da Árvore (树精) – *O Saci* – também foi traduzido por Shulien Li e Yilan Ong (李淑廉 翁怡兰) em 1990, possivelmente a partir da tradução argentina.

Esses tradutores publicaram várias obras brasileiras: *A escrava* (女奴) – tradução de *A escrava Isaura* –, de Bernardo Guimarães (1984); *A mulher rica e seu amante* (富家女郎和她的情人) – tradução de *Senhora* –, de José de Alencar (1989).

Memórias Póstumas de Brás Cubas, *Quincas Borba* e *Dom Casmurro*, de Machado de Assis, foram publicados juntos em um volume em 1992 com o título *A trilogia de destruição* (幻灭三部曲); e a biografia Fidel Castro (*Fidel Castro: uma biografia consentida*) (卡斯特罗传), de Cláudia Furiati, em 2003.

Parece que as versões russas foram utilizadas para traduzir para outras línguas na União Soviética. *Reinações de Narizinho* foi originalmente publicado na Letônia pela Editora Latvijas Valsts Izdevnieciba em 1964, com tradução de Evalds Juhnevics, e reeditado em 1976 pela Editora Liesma; depois, com a queda do comunismo, quando a Letônia já era um país independente, foi publicado pela Editora Junikon, em 2004, com tradução de Iveta Paegle. Evalds Juhnevics também traduziu *Histórias de Tia Nastácia* em 1966 pela Editora Liesma, reeditado pela Editora APGADS em 1999. *Reinações* foi também traduzido para o estoniano em 1964 pela Editora Uhiselu, com tradução de Inna Tonjanova. Os mesmos livros foram vertidos para o ucraniano: *Reinações* em 1964 pela Editora Veselka, Kiev, com tradução de Vladimir Bulat, e *Histórias de Tia Nastácia* em 1977, aparentemente do português, por Michalla Litvinchya, também pela Editora Veselka, Kiev.

Também existe uma versão em tibetano de *Reinações – Livro para crianças em língua tibetana*, 1993, publicado e traduzido pela Tibet Autonomous Region Party Committee, General Office of Translation and Interpretation, Ethnic Publishing House, Pequim.

O Saci foi publicado em Tóquio em 1979, na série de Contos Infantis Amazonas, com reedição em 2012 e tradução de Masao Kosada. *Negrinha* foi publicado em edição bilíngue pela Universidade de Tóquio em 1989.

A Tupy que não era Tupy

Como foi visto no Capítulo I, Lobato tinha planos de estabelecer uma editora nos Estados Unidos, com a qual ele se tornaria uma espécie de Henry Ford do mundo editorial: "[...] chamar-se-á *Tupy Publishing Co* e há de crescer mais que a Ford, fazendo-nos a todos milionários – editores e editados" (Lobato, 1944, p. 473). O sonho nunca se realizou, e Lobato nunca ficou conhecido no mundo de língua inglesa, publicando somente alguns contos esparsos.

Em "Monteiro Lobato & Issac Goldberg: A América Latina na América do Norte" (2010), Marisa Lajolo discute o contato entre Lobato e seu tradutor para o inglês, Isaac Goldberg. Goldberg estudou em Harvard, onde fez mestrado e doutorado, e era jornalista do *Boston Evening Transcript*. Publicou muitos ensaios e artigos sobre a literatura latino-americana. Em 1921, publicou *Brazilian Tales*, que inclui "The Attendant's Confession", de Machado de Assis, "The Vengeance of Felix", de Medeiros e Albuquerque, "The Pigeons" de Coelho Neto, e "Aunt Zezé's Tears" de Carmen Dolores. Alguns desses contos apareceram pela primeira vez em inglês no *Boston Evening Transcript* e no *Stratford Journal*, de Boston (Lajolo, 2010, p. 297-8). Em 1922, Goldberg publicou *Brazilian Literature* pela Editora Knopf (Lajolo, 2010, p. 300). Neste livro, elogia Lobato como "[...] *the champion of the national personality. And by the same token he becomes the enemy of undue foreign influence upon the nation*" [o campeão da personalidade nacional. E, da mesma forma, torna-se o inimigo de influência estrangeira excessiva sobre a nação] (em Lajolo, 2010, p. 310). E, ao comentar os contos de Lobato: "*Tales like* A Modern Torture [...] *are rare in any tongue and would not be out of place in a collection by Chekov or Twain*" [Contos como *Suplício moderno* [...] são raros em qualquer idioma e não ficariam fora de lugar em uma coleção de Tchekov ou Twain] (em Lajolo, 2010, p. 302).

Embora Goldberg fosse grande especialista em literatura brasileira, aparentemente não conseguiu cargo na Universidade de Harvard por ser judeu (Lajolo, 2010, p. 297). Na antologia dos contos de Lobato que publicou em 1925 – *Brazilian Short Stories* –, Goldberg elogia os contos de Lobato, comparando-o a Tchekov e Twain. Também faz comparações entre Argentina e Brasil, enfatizando a relevância da correspondência entre Lobato, Manual Gálvez e Horacio Quiroga. Afirma que há um relacionamento triangular entre os Estados Unidos, Brasil e Argentina.

Em uma carta a Rangel de 1921, Lobato menciona que Goldberg quer traduzir *Urupês* (Lajolo, 2010, p. 305), comenta com Gálvez que "[...] Goldberg publicou um artigo sobre mim num jornal americano. Excelente propagandista e ótimo crítico". E, em 1921, na *Revista do Brasil*, v. XVIII, ano VI, n. 72, Lobato publicou longo artigo no qual menciona Goldberg como "notável crítico norte-americano, autor de uma obra recente 'Studies in Spanish-American Literature'", transcrevendo um artigo que Goldberg publicou no *Evening Post* sobre Lobato (Lajolo, 2010, p. 305).

Lajolo se surpreende com a falta de menções a Goldberg na correspondência que Lobato mandou dos Estados Unidos:

> Por que [...] Issac Goldberg não faz parte do horizonte norte-americano que Monteiro Lobato viveu entre 1927 e 1931? Por que *Brazilian Short Stories*, que teria feito Monteiro Lobato circular na América antes de sua chegada a Nova Iorque, não é jamais mencionada pelo escritor? Como conciliar o Monteiro Lobato, funcionário do governo brasileiro em New York, que tagarela irreverentemente sobre tantos assuntos com o silencioso Monteiro Lobato cidadão da cidade das letras, já em circulação, em Inglês [sic], nos Estados Unidos? (Lajolo, 2010, p. 306)

Esperava-se que o autor e seu tradutor tivessem a possibilidade de travar uma amizade, e Goldberg teria ajudado Lobato a fazer contatos com o mundo literário.

Após as recusas à publicação de *O presidente negro* recebidas por Lobato, Lajolo pergunta se Goldberg não seria a última esperança de Lobato ser publicado nos Estados Unidos. E abre mais perguntas: por que Monteiro Lobato não comenta a edição norte-americana de seus contos? Como nasceu e circulou o modesto livro das *Brazilian short stories*? Quantos exemplares vendeu? Quem era a *woman friend* de Lobato que traduziu os contos? O exemplar em poder da família tem correções manuscritas que lembram a caligrafia dele (Lajolo, 2010, p. 309).

Já temos acima a resposta à pergunta sobre a *woman friend* – Marie (ou Mary) Kersted Pidgeon –, mas parece que os contos nunca foram publicados. Podemos conjecturar sobre as outras perguntas. Como vimos no Capítulo I, parece que as prioridades de Lobato já haviam mudado, e ele tinha muito mais interesse na área comercial do que no mundo literário, muito menos no mundo literário norte-americano. E será que ele tinha certo receio de ter contato com um crítico judeu? Ou Lobato ficou desapontado pelo fato de Goldberg não ter conseguido editora para *O presidente negro*? Ou será que havia outro tipo de problema, como financeiro?

Resumo

i) Lobato nunca conseguiu se tornar um autor internacionalmente conhecido. Seu grande erro foi tentar publicar *O presidente negro* nos Estados Unidos, pouco consciente das sensibilidades norte-americanas em torno do tema "racismo".
ii) O único país onde teve grande sucesso fora do Brasil foi a Argentina, onde seus livros infantis tiveram grande sucesso até a década de 1960, e a presidente Cristina Kirchner desempenhou um papel central na reedição de três livros infantis em 2010 e 2011.
iii) Seus contos apareceram em antologias em grande número de países; porém, foram publicações esparsas, e Lobato nunca se tornou um escritor conhecido fora do Brasil e da Argentina.
iv) Seus livros infantis tiveram um certo sucesso no bloco soviético e na China. Porém, precisaram ser adaptados para eliminar elementos do universo capitalista.

Referências bibliográficas

Albieri, Thaís de Mattos. *São Paulo-Buenos Aires*: a trajetória de Monteiro Lobato na Argentina. 2009. Campinas, IEL, Unicamp, 2009.
Alcanfor, Lucilene Rezende. *As reinações de Monteiro Lobato: do projeto editorial ao projeto literário infantil*. s/d. Disponível em: <http://sbhe.org.br/novo/congressos/cbhe7/pdf/08-%20IMPRESSOS-%20INTELECTUAIS%20E%20HISTORIA%20DA%20EDUCACAO/ /AS%20REINACOES%20DE%20MONTEIRO%20LOBATO-%20%DO%20PROJETO%>. Acesso em: 13 jan. 2018.
_____. *Produção e circulação das obras didáticas de Monteiro Lobato*. Dissertação (mestrado). São Paulo, PUC-SP, 2010.
Allen, Graham. *Intertextuality: The New Critical Idiom*. 2. ed. Londres: Routledge, 2000/2001.
Amorim, Sonia Maria de. *Em Busca de um Tempo Perdido: Edição de literatura traduzida pela Editora Globo (1930-1950)*. São Paulo: Edusp, 2000.
Arroyo, Leonardo. Literatura infantil brasileira. 3. ed. São Paulo: Editora UNESP, 2010.
Azevedo, Carmen Lucia de; Camargos, Marcia; Sacchetta, Vladimir. *Monteiro Lobato: Furacão na Botocúndia*. São Paulo: SENAC, 1997.
Bagno, Marcos. *Preconceito linguístico: o que é, como se faz*. 54. ed. São Paulo: Edições Loyola, 2011.
Barrie, J. M. *Peter Pan*. Harmondsworth: Penguin, 1995.
_____. *Peter e Wendy*. Trad. Sérgio Flaksman. São Paulo: Cosac & Naify, 2012.
Barros, Leonel Vaz de. *Páginas vadias*. Rio de Janeiro: José Olympio, 1957.
Baydan, Esra Birkan. Ideological Encounters: Islamist Retranslations of the Western Classics. In: *Tradition, Tension and Translation in*

Turkey, ed. Şehnaz Tahir Gürçağlar, Saliha Paker and John Milton. Amsterdam: John Benjamins, 2015, p. 233-51.

Becker, Elizamari Rodrigues. *Forças motrizes de uma contística pré-modernista: o papel da tradução na obra ficcional de Monteiro Lobato*. Tese (doutorado). Rio Grande do Sul, UFRGS, 2006.

Belinky, Tatiana. Emília vítima da tradução. *Folha de S.Paulo*, caderno *Ilustrada*, São Paulo, 18 jan. 1982, p. 25.

Berman, Antoine. *L'Épreuve de L'étranger*. Paris: Gallimard, 1984.

_____. *The Experience of the Foreign: Culture and Translation in Romantic Germany*. Trad. S. Heyvaert. Albany: State University of New York Press, 1992.

_____. *Les Tours de Babel: Essais sur la traduction*. Mauvezin: Trans-Europ-Repress, 1985.

Bey, Essad. *A luta pelo petróleo*. Trad. Charlie W. Frankie. São Paulo: Companhia Editora Nacional, 1935.

Bottmann, Denise. *Traduções de Monteiro Lobato*. 2011. Disponível em: <http://naogostodeplagio.blogspot.it/2011/01/traducoes-de-monteiro-lobato.html>. Acesso em: 26 maio 2017.

Brasil, Sales Padre. *A literatura infantil de Monteiro Lobato, ou Comunismo para crianças*. Bahia: Aguiar & Souza,1957.

Camargos, Marcia Mascarenhas; Sacchetta, Vladimir. Procura-se Peter Pan... In: Carneiro, Maria Luiza Tucci (org.) *Minorias Silenciadas*. São Paulo: EDUSP, 2002.

Campos, Giovana Cordeiro. Percursos de Ernest Hemingway no Brasil: as traduções de "For Whom the Bell Tolls". In: *Tradução em Revista*, n. 5, "Tradução e/na história". 2008. Disponível em: <https://www.maxwell.vrac.puc-rio.br/12615/12615.PDF>. Acesso em: 5 ago. 2017.

Campos, Haroldo de. *A arte no horizonte do provável*. São Paulo: Perspectiva, 1969.

_____. Da tradução como criação e como crítica. *Metalinguagem*. Petrópolis: Vozes, 1970, p. 21-38.

_____. *Qohélet, o que sabe*. São Paulo: Perspectiva, 2004.

_____. *Deus e o Diabo no Fausto de Goethe*. São Paulo: Perspectiva, 2005.

Carneiro, Maria Luiza Tucci. *Livros proibidos, ideias malditas: o Deops e as minorias silenciadas*. São Paulo: Estação Liberdade, 1997.

Carter, Rosemary de Paula Leite. Little Blue Books no. 733 – Brazilian Short Stories: A Relação entre o Escritor Brasileiro Monteiro Lobato e o Norte-americano Issac Goldberg. XII Congresso Internacional da Abralic. 2001. Disponível em: <http://docplayer.com.br/36216269-Little-blue-books-no733-brazilian-short-stories-a-rela-

cao-entre-o-escritor-brasileiro-monteiro-lobato-e-o-norte-americano-isaac-goldberg.html>.

_____. 2016. "The Penitent Wag" e "The Funny-Man who Repented": Discutindo transposições do conto "O Engraçado Arrependido", de Monteiro Lobato. *Cad. Trad.* Florianópolis, v. 36, n. 1, p. 135-54, jan./abr. 2016. On-line.

Castilho Pais, Carlos. *Antonio Feliciano de Castilho, Tradutor de Fausto*. 2013. Disponível em: <http://repositorioaberto.uab.pt/bitstream/10400.2/2588/1/António%20Feliciano%20de%20Castilho%2c%20tradutor%20do%20FAUSTO.pdf>. Acesso em: 26 ago. 2016.

Cavalheiro, Edgar. *Monteiro Lobato: vida e obra*. Sao Paulo: Companhia Distribuidora Nacional, 1955.

Cesar, Guilhermino. Monteiro Lobato e o Modernismo Brasileiro. In: Lajolo, Marisa (org.) *Atualidade de Monteiro Lobato: uma revisão crítica*. Porto Alegre: Mercado Aberto, 1983, p. 33-40.

Darmaros, Marina Fonseca; Milton, John. Emília, a cidadã-modelo soviética: como a obra infantil de Monteiro Lobato foi traduzida na URSS. *DELTA*, v. 35, n. 1, p. 1-30, 2019. Disponível em: <https://revistas.pucsp.br/delta/article/view/44215>.

Debus, Eliane. *Monteiro Lobato e o leitor, esse conhecido*. Itajaí: Univali; Florianópolis: UFSC, 2004.

Edmundo, L. *O Rio de Janeiro do meu tempo*. Rio de Janeiro: Departamento de Imprensa Nacional, 1938.

Even-Zohar, Itamar. The Position of Translated Literature within the Literary Polysystem. Poetics Today, v. 11, n. 1, p. 45-51; In: *The Translation Studies Reader*, ed. Lawrence Venuti, 2000. London: Routledge, p. 192-7, 1990.

Ferreira de Lima, Carlos Adriano. Hans Staden duplicado: leitura preliminar da personagem literária e cinematográfica. *Revista Paraibana de História*, ano I, 2014, p. 40-55.

Folha de S.Paulo. Leia o poema"If", de Rudyard Kipling; tradução de *Guilherme de Almeida*. 2012. Disponível em: <http://www1.folha.uol.com.br/folha/brasil/ult96u92310.shtml>. Acesso em: 1 fev. 2018.

Franca, Vanessa Gomes. Nosso Jeca e nossa Emília vão ao exterior: as traduções das obras de Monteiro Lobato. In: *Miscelânea*, Assis, v. 6, jul. 2008/nov. 2009. Disponível em: <http://www.assis.unesp.br/Home/PosGraduacao/Letras/RevistaMiscelanea/v6/vanessa.pdf>.

Frazier, Katherine E. The Peter Pan Paradox: A Discussion of the Light and Dark in J. M. Barrie's Shadow Child, University of Tennessee Honors Thesis Projects University of Tennessee Honors Program.

2014. Disponível em: <http://trace.tennessee.edu/cgi/viewcontent.cgi?article=2726&context=utk_chanhonoproj>.

Globo Repórter. *Globo Repórter, 100 Anos de Monteiro Lobato*. 1982. Disponívelem:<https://www.youtube.com/watch?v=oKKmBUJkSHA>.

Gonçalves, Ana Maria. *Lobato, Ziraldo e a carnavalização do racismo. Carta aberta ao Ziraldo*. fev. 2011. Disponível em: <http://omundomaia.blogspot.com.br/2011/02/lobato-ziraldo-e-carnavalizacao--do.html>. Acesso em: 13 jan. 2018.

Gouanvic, Jean-Marc. Translation and the Shape of Things to Come: The Emergence of American Science Fiction in Post-War France. In: *The Translator*, v. 3, n. 2, p. 125-52, 1997.

_____. Ethos, Ethics and Translation. Toward a Community of Destinies. In: Pym, Anthony (ed.) *The Return to Ethics, Special Issue of The Translator*, v. 7, n. 2, p. 203-12, 2001.

Hallewell, Lawrence. *O livro no Brasil*. São Paulo: Queiroz, 1985.

Hemingway, Ernest. *Por quem os sinos dobram*. Trad. Monteiro Lobato. 1. ed. São Paulo/Rio de Janeiro: Companhia Editora Nacional, 1941.

_____. *Por quem os sinos dobram*. Trad. Luís Peazê. Rio de Janeiro: Bertrand Brasil, 2004.

_____. *For Whom the Bell Tolls*. New York: Scribner Paperback Fiction, 1997.

Hutcheon, Linda. *A Theory of Adaptation*. London: Routledge, 2006.

Inghilleri, Moira. Habitus, Field and Discourse: Interpreting as a Socially Situated Activity. In: *Target*, v. 15, n. 2, p.243-68, 2003.

_____. The Sociology of Bourdieu and the Construction of the 'Object' in Translation and Interpreting Studies. In: *The Translator*, v. 11, n. 2, p. 125-45, 2005.

Jornal Opção. *Entrevista com Marcos Bagno por Marcos Nunes Carreiro e Elder Dias: O português brasileiro precisa ser reconhecido como uma nova língua. E isso é uma decisão política*. jun. 2015. Disponível em: <http://www.jornalopcao.com.br/entrevistas/o-portugues-brasileiro-precisa-ser-reconhecido-como-uma-nova-lingua-e-isso-e--uma-decisao-politica-37991/> Acesso em: 13 jan. 2018.

Kiley, Dr. Dan. *The Peter Pan Syndrome: Men Who Have Never Grown Up*. New York: Avon Books, 1983.

_____. *The Wendy Dilemma: When Women Stop Mothering Their Men*. New York: Arbor House Publishing, 1984.

Kipling, Rudyard. *Kim*. Trad. Monteiro Lobato. São Paulo: Nacional, 1941.

_____. *Mogli – O menino lobo*. Trad. Monteiro Lobato. São Paulo: Nacional, 1949.

_____. *O livro da selva*. Trad. Monteiro Lobato. São Paulo: Nacional, 1954.

_____. *O livro da selva*. Trad. Duda Machado. São Paulo: Ática, 2002. Col. Eu leio.

_____. *O livro da selva*. Trad. Vera Karam. v. 135. Porto Alegre: L&PM, 1997. Col. L&PM Pocket.

_____. *O livro da selva*. Trad. Vilma Maria da Silva. São Paulo: Landy Editora, 2002.

_____. *If…*. Disponível em: <http://www.kiplingsociety.co.uk/poems_if.htm>.

Koshıyama, Alıce Mıtıka. *Monteiro Lobato: Intelectual, empresário, editor*. São Paulo: EDUSP, 2006.

Kristeva, Julia. *Sèméiotikè: Recherches pour una sémanalyse*. Paris: Seuil, 1969.

_____. *La Révolution du langage poétique*. Paris: Seuil, 1974.

Lajolo, Marisa. A modernidade em Monteiro Lobato. In: _____ (org.) *Atualidade de Monteiro Lobato: uma revisão crítica*. Porto Alegre: Mercado Aberto, 1983, p. 41-9.

_____. *A figura do negro em Monteiro Lobato*. Versão anterior deste trabalho foi apresentada no Congresso 100 Anos de Abolição, na Universidade de São Paulo, em junho de 1988. Numa versão reformulada e com o título "Negros e negras em Monteiro Lobato", foi apresentado como conferência na Semana Monteiro Lobato, Universidade Federal de São Carlos, em 22.10.1998. Outra versão foi publicada em *Presença pedagógica*. Editora Dimensão, Belo Horizonte v. 4, n. 23, set./out. 1998, p. 2-3. Na versão atual e com o título "Negros e negras em Monteiro Lobato", foi publicado em *Lendo e escrevendo Lobato*. Belo Horizonte: Autêntica, 1999, p. 65-82. Unicamp/IEL, 1998. Disponível em: <http://www.unicamp.br/iel/monteirolobato/outros/lobatonegros.pdf>.

_____. *Monteiro Lobato: um brasileiro sob medida*. São Paulo: Moderna, 2000.

_____. Lobato, um Dom Quixote no caminho da leitura. In: _____. *Do mundo da leitura para a leitura do mundo*, 2005.

_____. *Monteiro Lobato e Don Quixote*: viajantes no caminho da leitura. 2006. Disponível em: <http://www.unicamp.br/iel/monteirolobato/outros/QuixoteIEL.pdf>. Acesso em: 11 ago. 2017.

_____. Monteiro Lobato & Issac Goldberg: A América Latina na América do Norte. *Remate de Males*, Campinas, v. 30, n. 2, p. 293-310, jul./dez. 2010. Disponível em: <https://docs.google.com/viewerng/

viewer?url=https://periodicos.sbu.unicamp.br/ojs/index.php/remate/article/viewFile/8636253/3962>. Acesso em: 31 jan. 2018.
Landers, Vasda Bonafini. *De Jeca a Macunaíma: Monteiro Lobato e o modernismo*. Rio de Janeiro: Civilização Brasileira, 1982.
Lathey, Gillian (ed.) *The Translation of Children's Literature: A Reader*. Clevedon: Multilingual Matters, 2006.
_____. *The Role of Translators in Children's Literature: Invisible Storytellers*. London: Routledge, 2010.
Lefevere, André. Mother Courage's Cucumbers: Text, System and Refraction in a Theory of Literature. In: *Modern Language Studies*, v. 12, p. 3-20, 1982.
_____. *Translation, Rewriting, and the Manipulation of Literary Fame*. London: Routledge, 1992.
Lemos, Maria Teresa Toríbio Brittes; Moraes, Nilson Alves de (orgs.) *Memória e construções de identidades*. Rio de Janeiro: 7Letras, 2001.
Marcos Junior. Antoine Albalat: a arte de escrever em 20 lições. In: *Caminhada Filosófica*. 2013. Disponível em: <http://caminhadafilosofica.com/sociedade/fichas-de-leitura/a-arte-de-escrever-em-20.html>.
Martins, Milena Ribeiro. Ecos de Camilo Castelo Branco na obra de Monteiro Lobato. In: *Revista Letras*, Curitiba, n. 88, jul./dez. 2013, Editora UFPR, p. 61-77. Disponível em: <https://www.academia.edu/6550791/Ecos_de_Camilo_Castelo_Branco_na_obra_de_Monteiro_Lobato>.
Martins, Penelope. *Toda hora tem história: leitura para todas as idades*. 2014. Disponível em: <https://todahoratemhistoria.wordpress.com/2014/09/06/literatura-infantil-de-figueiredo-pimentel/>. Acesso em: 21 jul. 2017.
Martins, Rui. *António Feliciano de Castilho: apontamentos dum estudo bio-bibliográfico*. 2010. Disponível em: <https://tertuliabibliofila.blogspot.it/2010/11/antonio-feliciano-de-castilho.html. Acesso em: 24 maio 2017.
Martins, Wilson. Artigo em *Gazeta do Povo*. 2017. Disponível em: <https://pt.wikipedia.org/wiki/Memórias_do_Cárcere_(livro)>.
Miceli, Sérgio. *Intelectuais e classe dirigente no Brasil (1920-1945)*. São Paulo: DIFEL, 1979.
Migalhas. *STF discute existência de racismo em obra de Monteiro Lobato*. set. 2012. Disponível em: <http://www.migalhas.com.br/Quentes/17,MI163637,61044-STF+discute+existencia+de+racismo+em+obra+de+Monteiro+Lobato>. Acesso em: 14 jan. 2018.
Milton, John. *O Clube do Livro e a tradução*. Bauru: EDUSC, 2002.

_____. Monteiro Lobato and Translation: "Um País se Faz com Homens e Livros". In: *Delta*, n. 19, Especial, 2003, PUC-SP, org. John Robert Schmitz e Maria Aparecida Caltabiano. p. 117-32. Disponível em: <http://www.scielo.br/pdf/delta/v19nspe/08.pdf>.

_____. (Com Eliane Euzébio) Tradução (e identidade) política: as adaptações de Monteiro Lobato e o Julio César de Carlos Lacerda. In: Martins, Marcia A. P. (org.) *Visões e identidades brasileiras de Shakespeare*. Rio de Janeiro: Lucerna, 2004, p. 81-100.

_____. The Political Adaptations of Monteiro Lobato. In: *Tradução, Retradução e Adaptação, Cadernos de Tradução*, n. XI, 2004a. Florianópolis. UFSC, 2004, p. 211-27.

_____. (Com Eliane Euzébio) The Political Translations of Monteiro Lobato and Carlos Lacerda. In: *META*, v. 49, n. 3, set. 2004, *L'Histoire de la Traduction et la Traduction de L'Histoire*. Org. Georges L. Bastin. Les Presses de l'Université de Montréal, p. 481-97.

_____. The Resistant Translations of Monteiro Lobato. *Translation and Resistance*, ed. Maria Tymoczko. Amherst: Univ. Massachusetts Press, 2010, p. 190-210.

Monteiro Lobato, José Bento. A propósito da exposição Malfatti. *O Estado de S. Paulo*, ed. da noite, 20 dez. 1917.

_____. *Problema vital*. São Paulo: Monteiro Lobato e Cia, 1918.

_____. *Urupês*. São Paulo: Monteiro Lobato e Cia, 1918.

_____. *Cidades mortas*. São Paulo: Monteiro Lobato e Cia, 1919.

_____. *Fábulas de Narizinho*. São Paulo: Monteiro Lobato e Cia, 1921.

_____. *Meu captiveiro entre os selvagens do Brasil, de Hans Staden, texto ordenado literariamente por Monteiro Lobato*. São Paulo: Companhia Editora Nacional, 1925.

_____. *O voto secreto: carta aberta ao Exmo. Sr. Carlos de Campos*. São Paulo: Monteiro Lobato e Cia, 1925.

_____. *Henry Ford, minha vida e obra*. São Paulo: Companhia Editora Nacional, 1926.

_____. *How Henry Ford is Regarded in Brazil*. Rio de Janeiro, 1926.

_____. *Henry Ford, hoje e amanhã*. São Paulo: Companhia Editora Nacional, 1927.

_____. 1930. *Peter Pan*. São Paulo: Companhia Editora Nacional, 1930.

_____. *Peter Pan: a história do menino que não queria crescer, contada por Dona Benta*. São Paulo: Companhia Editora Nacional, 1935.

_____. *Aritmética de Emília*. São Paulo: Companhia Editora Nacional, 1935a.

_____. *O escândalo do petróleo e ferro*. São Paulo: Brasiliense, 1936.

_____. *Don Quijote de los niños*. Trad. Benjamín de Garay. Buenos Aires: Claridad, 1938.

_____. *A Barca de Gleyre: quarenta anos de correspondência entre Monteiro Lobato e Godofredo Rangel*. São Paulo: Companhia Editora Nacional, 1944.

_____. *As Aventuras de Hans Staden*. 5. ed. São Paulo: Companhia Editora Nacional, 1944a.

_____. *Aventuras de Hans Staden*. Trad. M. J. de Sosa, ilustrações de Arturo Travo. Buenos Aires: Americalee, 1944b.

_____. *Viaje al Cielo*. Trad. Ramón Prieto, ilustrações de Silvio Baldessari. Buenos Aires: Americalee, 1944c.

_____. *Hans Staden: suas viagens e cativeiro entre os índios do Brasil*. 4. ed. São Paulo: Companhia Editora Nacional, 1945.

_____. *El Quijote de los niños*. Trad. M. J. de Sosa, ilustrações de Gustavo Doré. Buenos Aires: Americalee, 1945a.

_____. *Mr. Slang e o Brasil e Problema Vital*. São Paulo: Brasiliense, 1948.

_____. A cegueira naval. In: *Mr. Slang e o Brasil e Problema Vital*. São Paulo: Brasiliense, 1948a.

_____. *América*. São Paulo: Companhia Editora Nacional, 1950.

_____. *Prefácios e Entrevistas*. São Paulo: Brasiliense, 1950a.

_____. *Os doze trabalhos de Hércules*. 1 tomo, 2. ed. São Paulo: Brasiliense, 1956.

_____. *Dom Quixote das crianças*. 10. ed. São Paulo: Brasiliense, 1957.

_____. *O Minotauro: Maravilhosas Aventuras dos Netos de Dona Benta na Grécia antiga*. São Paulo: Brasiliense, 1957a.

_____. *O Saci*. 15. ed. São Paulo: Brasiliense, 1957b.

_____. *Alice no país do espelho*. 2. ed. São Paulo: Brasiliense, 1958.

_____. *A Barca de Gleyre: quarenta anos de correspondência entre Monteiro Lobato e Godofredo Rangel*. 2 tomo. São Paulo: Brasiliense, 1959.

_____. Eu tomo o Sol…. In: *Conferências, Artigos e Crônicas*. São Paulo: Brasiliense, 1959a.

_____. *O Picapau Amarelo*. 10. ed. São Paulo: Brasiliense, 1960.

_____. Inglaterra e Brasil. In: *Prefácios e Entrevistas, Obras Completas de Monteiro Lobato*. v. 13. São Paulo: Brasiliense, 1961, p. 149-55.

_____. *Orden jioltogo diatla*. Moscou: Gosudarstvennoe Izdatelstvo Detskoi Literaturi, 1961a.

_____. *Fábulas*. 19. ed. São Paulo: Brasiliense, 1962.

_____. Traduções. In: *Mundo da lua e miscelânea*. 5. ed. São Paulo: Brasiliense, 1964, p. 125-30.

_____. *A chave do tamanho*. 9. ed. São Paulo: Brasiliense, 1967.

_____. *Histórias de Tia Nastácia*. 13. ed. São Paulo: Brasiliense, 1968.
_____. *Críticas e outras coisas*. 3. ed. São Paulo: Brasiliense, 1969a.
_____. Visão Geral da Literatura Brasileira. In: *Críticas e outras coisas*. São Paulo: Brasiliense, 3. ed., p. 3-10. 1969b. Originalmente publicado em "A Novela Seminal", n. 12, 16 jul. 1921, que transcreve o artigo de "Nosotros", de Buenos Aires.
_____. *Peter Pan*. 16. ed. São Paulo: Brasiliense, 1971.
_____. *Cartas escolhidas*. 7. ed. São Paulo: Brasiliense, 1972.
_____. "Eu tomo o Sol...", 1972a. In: *Conferências, artigos e crônicas*. Artigo especialmente escrito para *La Prensa*, de Buenos Aires, que o publicou como "Je Prends le Soleil"; no Brasil, em *Cultura*, São Paulo, nov. 1938, p. 237-45.
_____. *Alice no país das maravilhas*. 11. ed. São Paulo: Brasiliense, 1973.
_____. *A história do mundo para crianças*. 20. ed. São Paulo: Brasiliense, 1974.
_____. *A história das invenções*. 16. ed. São Paulo: Brasiliense, 1974a.
_____. *Emília no País da Gramática*. 18. ed. São Paulo: Brasiliense, 1974b.
_____. *Hans Staden*. 18. ed. São Paulo: Brasiliense, 1976.
_____. *O poço do Visconde*. 11. ed. São Paulo: Brasiliense, 1976a.
_____. *A reforma da Natureza*. 14. ed. São Paulo: Brasiliense, 1977.
_____. *Viagem ao Céu*. 23. ed. São Paulo: Brasiliense, 1977a.
_____. *Memórias da Emília*. 19. ed. São Paulo: Brasiliense, 1978.
_____. *Histórias diversas*. 7. ed. São Paulo: Brasiliense, 1979.
_____. *Reinações de Narizinho*. 31. ed. São Paulo: Brasiliense, 1980.
_____. *Robinson Crusoé*. 12. ed. São Paulo: Brasiliense, 1992.
_____. *As Aventuras de Huckleberry Finn*. São Paulo: Companhia Editora Nacional, 2005.
_____. Amigos do Brasil. In: *Na antevéspera*. São Paulo: Globo, 2006, p. 169-71.
_____. Euclides, um gênio americano. In: *Na antevéspera*. São Paulo: Globo, 2006a, p. 249-53.
_____. O dicionário brasileiro. In: *A onda verde*. São Paulo: Globo, 2008, p. 113-7.
_____. *Il presidente nero*. Edizioni Controluce, Nardò, 2008a.
_____. *Conferências, artigos e crônicas*. São Paulo: Globo, 2010.
_____. *Las travesuras de Naricita*. Trad. Ramón Prieto. Buenos Aires: Losada, 2010a.
_____. Carta a Vicente Guimarães. Arquivo Monteiro Lobato, IEB, USP, s/d.

Niranjana, Tejaswini. *Siting Translation: History, Post-structuralism, and the Colonial Context*. Berkeley: University of California Press, 1992.

Novaes Coelho, Nelly. *Panorama histórico da literatura infantojuvenil*. São Paulo: Ática, 1991.

Nunes, Cassiano. *O sonho brasileiro de Lobato*. Brasília/Rio de Janeiro: Gráfica Olímpica Editora 1979.

_____. *Monteiro Lobato: o editor do Brasil*. Rio de Janeiro: Petrobras, Nuseg, Contraponto, 2000.

O Globo. *Mais um livro de Monteiro Lobato sob ameaça de censura*. set. 2012. Disponível em: <https://oglobo.globo.com/sociedade/educacao/instituto-ve-racismo-em-mais-uma-obra-de-monteiro-lobato-6198038>. Acesso em: 15 fev. 2018.

Opinião e Notícia. *Monteiro Lobato, Ziraldo e o racismo maluquinho*. fev. 2011. Disponível em: <http://opiniaoenoticia.com.br/brasil/politica/monteiro-lobato-ziraldo-e-o-racismo-maluquinho/. Acesso em: 15 fev. 2018.

Ortega y Gasset, José. Miséria y esplendor de la traducción. In: *Obras completas de José Ortega y Gasset*, v. 5. Madrid: Revista de Occidente, 1947.

O'Sullivan, Emer. Does Pinocchio have an Italian Passport? What is Specifically National and what is International about Classics of Childrens Literature. In: *The Translation of Children's Literature: A Reader*, ed. Gillian Lathey. Clevedon: Multilingual Matters, 2006.

Passiani, Enio. *Na trilha do Jeca: Monteiro Lobato e a formação do campo literário no Brasil*. Bauru: EDUSC, 2003.

Peregrino Júnior. A língua Nacional. *Revista do Brasil*, set./dez. 1921, p. 171.

Pires Ferreira, Jerusa (org.); Almeida, Marta Assis de; Fernandes, Magali Oliveira; Senra, Mirian. *Ênio Silveira: editando o editor*. São Paulo: Comarte e Edusp, 1992.

Plett, Heinrich F. Intertextualities. In: *Intertextuality*. Heinrich F. Plett, ed. Berlin: De Gruyter, 1991, p. 3-29.

Pokorn, Nike P. *Post-Socialist Translation Practices: Ideological Struggle in Children's Literature*. Amsterdam: John Benjamins, 2012.

Porciúncula, Rafael Fúculo. 2014. *As ideias raciais na obra de Monteiro Lobato: ficção e não ficção*. Dissertação (mestrado), Universidade Federal de Pelotas, Rio Grande do Sul, 2014.

Prado, Amaya O. M. de Almeida. *Dom Quixote das crianças* e de Lobato: no qual Dona Benta narra as divertidas aventuras do cavaleiro manchego e também se contam os sucessos ocorridos durante os serões. In: Lajolo, Marisa; Ceccantini, João Luís (orgs.) *Monteiro Lobato: li-*

vro a livro. São Paulo: UNESP/Imprensa Oficial, 2008, p. 323-8.

Puurtinen, Tiina. Translating Children's Literature: Theoretical Approaches and Empirical Studies. In: *The Translation of Children's Literature: A Reader*, ed. Gillian Lathey. Clevedon: Multilingual Matters, 2006, p. 54-64.

Ribeiro, Maria Augusta H. W.; Martins, Augustinho Aparecido. Monteiro Lobato tradutor. In: *Repositório*, Unesp, 2002, p. 56-60. Disponível em: <https://repositorio.unesp.br/bitstream/handle/11449/107315/ISSN1981-8106-2002-10-18-56-60.pdf;sequence=1>. Acesso em: 21 jul. 2017.

Rizzini, J. *O livro, o jornal e a tipografia no Brasil*. Rio de Janeiro: Livraria Kosmos Editora, 1945.

Robinson, Douglas. *Translation and Empire*. Manchester: St. Jerome, 1997a.

_____. Tejaswini Niranjana, Retranslation, and the Problem of Foreignism. In: *TradTerm*, v. 4, n. 2, 1997b, p. 149-65.

Romano, Patricia Beraldo. Dona Benta, uma Mediadora Cultural no Peter Pan, de Monteiro Lobato. In: *Caletroscópio*, v. 4, n. 6, jan./jun. 2016, p. 37-53. Disponível em: <http://www.ichs2.ufop.br/caletroscopio/revista/index.php/caletroscopio/article/view/74/59>.

Sanders, Julie. *Adaptation and Appropriation*. London: Routledge, 2005.

Sandroni, L. *De Lobato a Bojunga: as reinações renovadas*. Rio de Janeiro: Agir, 1987.

Santana, Vanete Dutra. Lobato e os carrascos civilizados: Construção de brasilidade via reescritura de *Warhaftige História*, de Hans Staden. Tese (doutorado), IEL, Unicamp, 2007.

Seago, Karen. Nursery Politics: Sleeping Beauty or the Acculturation of a Tale. In: *The Translation of Children's Literature: A Reader*, ed. Gillian Lathey. Clevedon: Multilingual Matters, 2006, p. 175-89.

Schwartzman, Simon; Bomeny, Helena Maria Bousquet; Costa, Vanda Maria Ribeiro. *Tempos de Capanema*. São Paulo: Paz e Terra; EDUSP, 1984.

Shavit, Z. *Poetics of Children's Literature*. Athens: University of Georgia Press, 1986.

Silva, Raquel Afonso da. Histórias de Tia Nastácia: serões sobre o folklore brasileiro. In: Lajolo, Marisa; Ceccantini, João Luís (orgs.) *Monteiro Lobato: livro a livro*. São Paulo: UNESP/Imprensa Oficial, 2008, p. 371-88.

Simeoni, Daniel. "The Pivotal Status of the Translator's Habitus". In: *Target*, v. 10, n. 1, 1998, p. 1-39.

Souza, Loide Nascimento de. Monteiro Lobato e o processo de reescritura das fábulas. In: Lajolo, Marisa; Ceccantini, João Luís (orgs.) *Monteiro Lobato: livro a livro*. São Paulo: UNESP/Imprensa Oficial, 2008, p. 100-19.

Staden, Hans. *Hans Staden, suas viagens e captiveiro entre os selvagens do Brasil*. Trad. Alberto Löfgren. São Paulo: Typografia da Casa Eclectica, 1900. Disponível em: <http://biblio.wdfiles.com/local—files/staden-1900-viagens/staden_1900_viagens.pdf>.

Toury, Gideon. *Descriptive Translation Studies and Beyond*. Amsterdam: John Benjamins, 1995.

Travassos, Nelson Palma. *Nos bastidores da literatura*. São Paulo: Edart, 1964.

Valente, Thiago Alves. Monteiro Lobato: um estudo de "A chave do tamanho". São Paulo: Editora Unesp, 2011. Disponível em: <http://hdl.handle.net/11449/113676>. Acesso em: 24 jul. 2017.

Vasconcellos, Zinda Maria Carvalho de. *O universo ideológico da obra infantil de Monteiro Lobato*. São Paulo: Traço, 1982.

Venuti, Lawrence. *Rethinking Translation*. London: Routledge, 1992.

_____. *The Translator's Invisibility*. London: Routledge, 1995.

_____. *The Scandals of Translation: Towards an Ethics of Difference*. London: Routledge, 1998.

_____. Translation and Minority. In: *The Translator*, v. 4, n. 2, special issue, 1998.

Vieira, Adriana Silene. *As traduções de Carl Jansens e de Monteiro Lobato de Gulliver's Travels*. Tese (doutorado), IEL, UNICAMP, 2001.

_____. Peter Pan lido por Dona Benta. In: Lajolo, Marisa; Ceccantini, João Luís (orgs.) *Monteiro Lobato: livro a livro*. São Paulo: UNESP/Imprensa Oficial, 2008, p. 323-8.

_____. Peter Pan lido por Dona Benta. In: Lajolo, Marisa; Ceccantini, João Luís (orgs.) *Monteiro Lobato: livro a livro*. São Paulo: UNESP/Imprensa Oficial, 2008, p. 169-83.

Vieira, Maria Augusta da Costa. Dom Quixote no Sítio de Picapau Amarelo. In: Literatura e Diferença: IV Congresso ABRALIC, 4. *Anais*... São Paulo: EDUSP, 1995.

_____. *O dito pelo não dito: paradoxos de Dom Quixote*. São Paulo: Edusp-Fapesp, 1998. (Ensaios de Cultura, 14)

Vygotsky, Lev. *A formação social da mente: o desenvolvimento dos processos psicológicos superiores*. Trad. José Cipolla Neto, Luis Silveira Menna Barreto, Solange Castro Afeche. São Paulo: Martins Fontes – selo Martins, 1991.

Washington, Booker. Up from Slavery. In: *Three Negro Classics*. New York: Avon Books, 1965.
_____. *Memórias de um negro*. Trad. Graciliano Ramos. São Paulo: Companhia Editora Nacional, 1940.
Weeks, J. *Sex, Politics and Society. The Regulation of Sexuality since 1800*. 2nd ed., New York: Longman, 1990.
Wielewicki, Vera Helena Gomes; Silve, Adriana Paula dos Santos; Marins, Lilian Cristina. Lobato infiel: a recepção de "As aventuras de Huckleberry Finn" por alunos de Literaturas de Língua Inglesa. In: Ceccantini, João Luís; Martha, Alice Áurea Penteado (orgs.) *Monteiro Lobato e o leitor de hoje*. Goiânia: Cultura Acadêmica Editora e Núcleo Editorial Proleitura, 2008.
Wunderlich, R. The tribulations of Pinocchio: How Social Change Can Wreck a Good Story. In: *Poetics Today*, v. 13, n. 2, p. 197-219, 1992.
Wyler, Lia. *Línguas, poetas e bacharéis: uma crônica da tradução no Brasil*. Rio de Janeiro, Rocco, 2003.
Yunes, Eliana. Lobato e os Modernistas. In: Lajolo, Marisa (org.) *Atualidade de Monteiro Lobato: uma revisão crítica*. Porto Alegre: Mercado Aberto, 1983, p. 50-4.
Ziebell, Zinka. *Terra de canibais*. Porto Alegre: Editora da UFRGS, 2002.
Zilberman, Regina (org.) *Atualidade de Monteiro Lobato*. Porto Alegre: Mercado Aberto, 1983.
_____. *A literatura infantil na escola*. São Paulo, Global, 2003.
Zorzato, Lucila Bassan. Hans Staden à lobatiana. In: Lajolo, Marisa; Ceccantini, João Luís (orgs.) *Monteiro Lobato: livro a livro*. São Paulo: UNESP/Imprensa Oficial. 2008, p. 148-67.

Sites consultados

<http://acervomonteirolobato.blogspot.com.br/2009/09/>.

1ª edição setembro de 2019 | **Fonte** Minion Pro, Avenir
Papel Holmen Vintage 70 g/m² | **Impressão e acabamento** Graphium